KB034668

따니아오 호수
이야기

大淖記事
汪曾祺

대산세계문학총서 101

따니아오 호수 이야기

大淖記事

왕정치 지음 — 박정원 옮김

문학과지성사
2011

대산세계문학총서 101_소설
따니아오 호수 이야기

지은이 왕정치
옮긴이 박정원
펴낸이 홍정선 김수영
펴낸곳 ㈜문학과지성사
등록 1993년 12월 16일 등록 제10-918호
주소 121-840 서울 마포구 서교동 395-2
전화 02)338-7224
팩스 02)323-4180(편집) 02)338-7221(영업)
전자우편 moonji@moonji.com
홈페이지 www.moonji.com

제1판 제1쇄 2011년 2월 28일

ISBN 978-89-320-2188-1
ISBN 978-89-320-1246-9 (세트)

이 책은 대산문화재단의 외국문학 번역지원사업을 통해 발간되었습니다.
대산문화재단은 大山 愼鏞虎 선생의 뜻에 따라 교보생명의 출연으로 창립되어
우리 문학의 창달과 세계화를 위해 다양한 공익문화사업을 펼치고 있습니다.

차례

따니아오 호수 이야기(大淖記事)

1

이곳의 지명은 "따니아오(大淖)"라고 괴상하게 불린다. 현 전체에서 니아오(淖)라는 이런 글자를 아는 이는 몇 사람 안 되었다. 현 경계 내에 도 "니아오"라고 불리는 다른 곳은 없다. 이것은 몽고 말이라고 한다. 그 렇다면 이 지명은 아마도 원나라부터 전해져 내려오는 것일 게다. 원나라 이전에도 이곳은 존재했는가, 무엇이라 불렸는가는 조사할 길이 없다.

니아오는 큰 호수이다. 말이 호수이지, 호수라기에는 좀 부족하다. 연못보다는 훨씬 커서 봄, 여름철 물이 크게 불어날 때에는 꽤 넓고 끝이 없다. 이것은 두 물길의 원류이다. 니아오 호수 중앙에는 폭이 좁고 긴 백사장이 있다. 백사장에는 갈대, 물억새가 가득 자란다. 초봄에는 호수 물이 따뜻해서 백사장에는 자홍색의 갈대싹과 회녹색의 물쑥이 돋으나 아 주 빠르게 청록색 천지가 된다. 여름에는 갈대와 물억새가 모두 눈처럼 하얀 가느다란 이삭을 토하고 미풍 속에서 끊임없이 머리를 아래위로 흔든다. 가을에는 모두가 다 시들어 누렇게 되는데, 사람들이 그것을 베어서 자기 집 지붕 위에 덮는다. 겨울에 눈이 내리면 이곳은 언제나 다른 곳보다 먼저 하얗게 변한다. 눈이 녹을 때도 다른 곳보다 천천히 녹는다. 얼었던 강물이 해빙을 하고 초록빛을 띠지만 백사장의 잔설은 여전히 반짝반짝 빛을 내며 쌓여 있다. 이 백사장은 두 줄기 강물의 경계이다. 호수에서 배를 타고 백사장의 서쪽을 따라 북으로 가면 높은 언덕 위에 있는 온돌집 몇 채가 보인다. 푸른 버드나무 숲에서 눈처럼 하얀 흰 벽에 검게 쓴 큰 네 글자 "닭오리 온돌집(鷄鴨炕房)"이 아주 선명하게 보인다. 온돌집 문밖에는 관례대로 흙을 쌓아 올린 작은 둑이 있다. 몇몇이 나무 그루터기에 앉아 햇볕을 쬐며 잡담을 하곤 하였다. 때때로 몇몇 사람들은 집 안에서 크고 둥글 넙적한 대바구니를 꺼냈다. 바구니 입구는 밧줄로 휘감겨 있었다. 그 안에는 송화단처럼 노랗고 털이 덥수룩하며 삐약거리는 병아리와 오리 새끼가 빽빽하게 들어차 있었다. 백사장에서 동쪽으로 가려면 풀 공장을 지나야 한다. 풀은 옷에 풀을 먹이는 데에 사용한다. 이곳 사람들은 옷과 이불의 안감을 세탁한 후 모두 풀을 먹인다. 풀을 먹인 옷은 입을 때 "쏴쏴" 하고 소리가 난다. 풀은, 가시연밥을 물을 붓고 갈아서 백반을 조금 부은 다음, 침전물을 가라앉히고 물만을 분리하여 햇볕에 말려 만든다. 이것은 별로 값어치가 없다. 잡화점에 가서 동전 두세 닢으로 작은 조각 하나를 사서 뜨거운 물에 풀면 한 대야 정도의 의복과 이불은 충분히 풀을 먹일 수 있었다. 그러나 현 전체에서 쓰는 풀 만드는 전분은 모두 이 공장에서 공급하기 때문에(어느 집에서나 이게 필요했다) 규모가 작다고는 할 수 없었다. 풀 공장에는 네댓 명의 숙련공들이 있는데 항상 바쁘다. 당나귀 두 마리를 길러서 교대로 맷돌을 돌렸다. 풀 공장 문밖에는 넓고 평평한 마당이 있었다. 햇살이 좋을 때는 매일 풀 더미를 말렸는데 사람들이 눈을 뜰 수 없을 정도로 하얬다. 온돌방과 풀 공장 부근에는 올방개, 소귀나물, 마름열매, 신선한 연근을 사고파는 야채상이 있고, 물고기와 게를 파는 생선 장수와 채소를 수매하는 야채상이 있었다. 온돌집과 풀 공장을 지나면 온통 논밭과 보리고랑이었고, 외양간, 수차도 있었다. 민가의 담 위에는 가무스름하고 누르스름한 소똥 전병이 붙어 있었다. 소똥과 물을 손바닥으로 쳐서 직경이 반 척인 전병처럼 만들어 가지런히 담 위에 붙여놓고 그늘진 곳에서 말려 연료로 사용한다. 이것은 이미 농촌의 풍경이 되었다. 따니아오에서 북쪽으로 가면 북쪽 농촌의 마을들까지 갈 수 있다. 동쪽으로 가서 개울 두 개와 언덕 한 개를 넘으면 곧 이웃한 홍화(興化) 현에 갈 수 있다.

　따니아오의 남쪽 강가에는 녹색 칠을 한 판잣집이 있다. 지붕, 바닥이 모두 판자로 되어 있다. 이 집은 원래 기선회사였다. 바깥쪽은 배를 기다리던 휴게실이었다. 안으로 들어가면 물 가까이에 바로 부두가 있었다. 원래는 작은 증기선이 있어서 격일로 한 차례 홍화로 왕복운행했으며 홀수 날에는 출발하고 짝수 날에는 되돌아왔다. 작은 증기선은 알록달록하게 페인트칠을 하고 만국기를 흩날렸다. 기계는 '통통통' 소리를 내고 검은 연기가 굴뚝에서 나왔다. 화물을 싣고 내리고 승객도 타고 내렸다. 소고기를 팔기도 했고, 고량주, 땅콩, 수박씨, 해바라기씨, 호박씨, 참깨를 붙인 사탕을 사라고 고함치는 행상들도 있어 떠들썩하였다. 후에 회사가 손해를 보았기 때문에 투자자들도 계속 운영을 하려 하지 않아 배를 팔고 영업을 중단하였다. 그러나 판잣집을 허물지는 않았다. 지금은 집 안이 텅 비어 썰렁하였다. 부근의 아이들만이 휴게실에서 장난치며 놀기도 하고, 막대기로 마구 두드리며 놀기도 하였다. 또 부두에서 오줌을 싸는 시합도 하였다. 일고여덟 명의 아이들이 한 줄로 가지런히 서서 오줌을 강물 속에 쏴아 하고 누면서 누구 오줌이 가장 멀리 가는지 보았다.

따니아오가 가리키는 것은 강이나 강 주변의 육지를 말하기도 한다. 여기는 시내와 시골이 맞닿은 경계선이다. 기선회사에서 남쪽으로 깊숙한 골목을 지나면 곧 북문 밖 동쪽에 큰 거리가 나온다. 따니아오의 물가에 앉으면 멀리서 시내의 소리를 어렴풋이 들을 수 있었다. 그러나 여기의 모든 것이 시내에서와는 다르다. 여기에는 상점도 하나 없다. 이곳의 색, 소리와 분위기는 시내와는 다르다. 여기의 사람들도 다르다. 그들의 생활과 풍속 그리고 시비의 기준, 윤리도덕 관념은 긴 두루마기 옷을 입고 "공자 왈"을 말하는 시내의 사람과는 근본적으로 완전히 다르다.

2

기선회사로부터 동쪽에서 서쪽으로 가노라면 엎어지면 코 닿을 거리에 마을 두 개가 있다. 이 두 마을은 서로 다른 점이 많고 서로 다른 마을 분위기를 지녔다.

서쪽 편에는 높고 낮은 기와집이 몇 줄로 늘어서 있다. 이곳에 사는 사람들은 소규모 장사를 한다. 그들 대부분은 이 고장 출신이 아니라 하류 지역인 홍화, 타이저우, 동타이 등지에서 온 객지 사람들이었다. 그들은 자색 무(자색 무는 올방개보다 약간 큰 원형의 무로 껍질은 짙은 남자줏빛이 났고 아주 달고 바삭바삭하다)를 팔고, 풍맥(風麥, 풍맥은 큰 뿔 두 개가 있는 마름열매로 아주 딱딱한 껍질이 있다)도 팔았으며, 산사나무의 열매, 잘 익은 연근(연근 구멍 속에 찹쌀을 채워 찐다)도 팔았다. 또 빠오응 출신 안경 파는 사람도 있고, 항저우 출신으로 런듀 젓가락을 파는 사람도 있었다. 그들은 철새들처럼 일정한 시간에 왔다 일정한 시간에 갔다. 올 때는 잘 아는 사람에게 방 한 칸이나 반 칸을 빌려 한동안 머물렀다. 어떤 사람은 오래 머무르고 어떤 사람은 잠시 머물렀는데 장사가 다 끝나면 모두 떠났다. 그들은 모두 해가 뜨면 일하고 해가 지면 휴식을 취했다. 아침 식사를 하고 각자 자신의 장사 짐을 짊어지거나 어깨에 메고 허리에 차거나 들고, 서로 다른 고향 사투리와 서로 다른 곡조로 뽑으며 거리로 나갔다. 해가 산 아래로 지면 모두 새처럼 자신의 보금자리로 돌아왔다. 그리하여 낮은 처마 아래에서는 단맛이 좀 있어서 코를 자극하는 밥 짓는 연기 피어났다(밥 지을 때 땔감인 건초는 마르지도 축축하지도 않았다). 그들의 장사는 모두 소규모라서 이문이 많지 않았다. 객지인이고 사람을 아주 부드럽게 대하고 대부분의 일을 참고 양보하기 때문에 이곳은 평상시에도 항상 조용하며 다투고 싸우는 일은 거의 일어나지 않았다.

이곳에는 또한 주석 세공인도 20여 명 사는데 모두 홍화 향우회 사람들이다. 이곳은 주석 그릇을 애용하며, 집집마다 주석으로 만든 물건 몇 개씩은 가지고 있다. 향로, 촛대, 가래침통, 차 항아리, 물주전자, 찻주전자, 술주전자, 심지어는 요강까지 모두 주석으로 만들었다. 딸을 시집보낼 때도 주석으로 된 그릇 세트를 혼수로 보내야 했다. 최소 쌀 네댓 되를 담을 수 있는 주석 항아리 두 개가 찬장 위에 놓여 있어야지 그렇지 않으면 혼수가 다 갖춰졌다고 할 수 없었다. 출가한 딸이 아이를 낳으면 친정에서는 두 항아리에 찹쌀 죽을 담아 보내는데(그 밖에도 늙은 암탉 두 마리와 계란 100개가 필요하다) 그때 사용하는 것이 바로 찬장 위에 있는 주석 항아리 두 개이다. 이 때문에 20여 명의 주석 세공인이 결코 많아 보이지 않았다.

주석 세공인의 수공기술이 품이 드는 편이 아니며, 사용되는 공구도 비교적 간단하였다. 주석 세공인의 짐 속에는 풀무가 있었고 밧줄 속에 몇 조각의 주석판이 끼워져 있었다. 다른 것은 석탄 화로와 한 면에 표심지 몇 겹을 바른 두 척 크기의 사각형 벽돌이 있었다. 주석 기구는 두드려서 만드는 것이지 주조해내는 것이 아니다. 사람들은 주석 세공인을 불러 주석 그릇을 만들 때 일반적으로 스스로 재료를 준비한다. 오래된 주석 그릇 몇 개를 녹여서 다시 만든다. 주석 세공인은 남의 대문 앞길이나 거리 공터에서 짐을 메고 풀무질을 하며 솥 속에서 낡은 주석을 녹여 주석액으로 만든다. 주석은 녹는점이 매우 낮아 빨리 녹는다. 그런 후에 사각형 벽돌을 서로 마주 향하게 하고(종이를 바른 면이 안을 향하게 한다), 두 벽돌 사이에 밧줄 한 가닥을 눌러놓는다. 밧줄을 만들려고 하는 주석 그릇과 비슷한 형태로 테를 두르고, 밧줄 머리는 벽돌 밖으로 나오게 한다. 주석액을 밧줄로 만든 입구에 쏟아붓고 벽돌을 누르면 주석 판이 된다. 다음 가위로 자르고 이음새를 용접하고 모루 위에서 나무 망치로 두드린다. 대략 한두 끼의 식사 시간이면 만들어진다. 주석은 부드러워서 주석을 두드릴 때는 청동 제품을 두들겨 만드는 것처럼 힘들지 않고 또 시끄럽지도 않다. 막 사용하는 주석 제품은 그렇게 인도할 수가 있다. 그러나 만약 정교한 주석 제품이라면 칼로 깎은 다음 사포로 밀어내고 죽절초(竹節草, 이러한 종류의 풀은 약방에서 판다)로 광을 내야 한다.

주석 세공인들은 의리를 매우 중시하였다. 그들은 동료의 병을 보살피고, 부자든 가난하든 간에 서로 공유하며, 남의 장사를 빼앗지 않았다. 만약 동업을 하면 매우 공평하게 임금을 나누었다. 주석 세공인들의 우두머리로 나이가 가장 많은 주석 세공인이 있었는데, 그가 하는 말을 듣지 않는 사람이 없었다. 이 늙은 주석 세공인은 매우 정직하고 솔직하며 그 나머지 주석 세공인들을(그의 후배가 아니면 그의 제자이다) 엄격히 가르쳤다. 그는 도박을 하거나 술을 마시는 것을 허락지 않았다. 밖으로 나가 일을 할 때는 반드시 모든 사람들을 절대 속이지 않아야 하고 행동이 깨끗해야 한다고 분부하였다. 또한 여자와 히히덕거리며 이야기하는 것을 허락지 않았다. 그는 후배들에게 일을 두려워하지 말 것이며 절대로 사고를 치지 말라고 가르쳤다. 시내에 가서 일을 하는 것 외에 평상시는 한가롭게 여기저기를 싸돌아다니지 못하게 하였다.

늙은 주석 세공인은 권법을 할 줄 알아 다른 주석 세공인도 그를 따라서 권법을 연마하였다. 그의 집에는 백랍나무 봉과 삼절곤이 많았다. 할 일이 없을 때면 마당으로 가지고 나가 대련을 하였다. 늙은 주석 세공인이 말하길, "이것은 소일거리이지만 몸을 보호할 수도 있다. 문밖에 나가서 몇 가지 권법을 할 수 있으면 손해는 보지 않을 거야"라고 하였다. 이외에 주석 세공인들의 오락은 창극이었다. 그들이 노래 부르는 연극을 "샤오카이커우(小開口)"라고 불렀는데 일종의 지방극이었다. 노래의 곡조는 샤머니즘의 박수무당이 신을 부를 때 쓰는 것이어서 "향후오극(香火戲)"이라고 불렀다. 주석 세공인들은 결코 샤머니즘을 믿지 않았지만 대부분은 향후오극을 부를 수 있었다. 연극의 곡조는 비록 단순할지라도 내용은 책으로 펴낼 정도로 방대하였다. "리(李) 씨네 셋째 딸은 물을 져 나르고 맷돌질하며 지아오지랑(咬臍郎)을 낳았네. 바이(白) 씨 여자는 산에 물이 가득 차게 하였네. 류진딩(劉金定)은 데릴사위가 되었고 방징(方卿)은 따오징(道情)*을 노래 불렀네⋯⋯" 이 곡조를 부를 수 있었고, 분장하고 공연도 할 수 있었다. 흐려 비가 오는 날에는 거리로 장사를 할 수 없어 그들은 온종일 악기를 불고 두드리고 켜며 노래를 불렀다. 근처에 사는 처녀와

---

* 창 위주의 곡예로 원래는 도사들이 강창(講唱)한 도교고사(道敎故事)의 곡이었는데, 뒤에 일반 민간고사(民間故事)를 제재로 삼았다.

아주머니들이 모두 모여들어 구경하며 들었다.

　늙은 주석 세공인에게 제자가 하나 있었는데 그의 조카였다. 그는 집안의 서열상 열한번째여서 어렸을 때 아명이 시일즈(十一子)였다. 외부 사람들은 모두 그를 '젊은 주석 세공인'이라 불렀다. 이 시일즈는 늙은 주석 세공인의 걱정거리였다. 지나치게 총명했고 또 너무 잘생겼기 때문이었다. 그는 굳세고 건강하게 자랐으며, 어깨가 넓고 허리는 가늘었다. 입술은 붉고 이는 하얗고 눈썹은 짙고 눈은 아주 컸다. 머리에는 햇볕을 가리는 밀짚모자를 쓰고 검은 신에 깨끗한 양말을 신었으며 몸에 걸친 옷이 단정하고 몸에 딱 맞았다. 날씨가 더울 때는 옷 단추를 풀어헤치고 부채와 같은 가슴을 드러냈으며, 5촌 넓이의 하얀 허리띠를 단단하게 졸라맸다. 길을 갈 때면 다리를 높이 들고 경쾌하고 민첩하게 걸었다. 주석 세공인들 속에서 이런 뛰어난 인물이 난 것은 닭 둥지에서 봉황이 날아오른 것과 같았다. '샤오카이커우'를 노래할 때 모여든 처녀와 아주머니들이 사실은 시일즈를 보러 오는 것이라는 것을 늙은 주석 세공인은 알고 있었다.

　늙은 주석 세공인은 항상 시일즈에게 이곳의 처녀나 아주머니들, 특히 동쪽 끝에 사는 처녀나 아주머니들과 시시덕거리지 말 것을, "그네들은 우리하고는 다른 사람들이다"라고 말하며 훈계하였다.

3

　기선회사의 동쪽은 모두 다 초가집이었다. 갈대로 지붕을 이고 황토로 담을 쌓았다. 바람이 불 때 지붕의 갈대가 날아가는 것을 방지하기 위해 반쯤 깨진 단지와 깨진 항아리로 지붕의 양쪽을 덮었다. 여기의 사람들이 대를 이어 짐꾼을 하였다. 남자, 여자, 어른, 아이, 모두들 어깨에 의지해서 밥을 먹고 살았다. 가장 많이 짊어지는 것은 벼였다. 동쪽 마을과 북쪽 마을의 벼 운반선은 모두 따니아오에서 정박하였다. 배에 가득 실은 벼는 모두 이들 짐꾼들이 운반하였다. 쌀가게로 나르거나 부잣집 곡물창고로 나르기도 한다. 또한 남문 밖 비파(琵琶) 수문에 있는 큰 배로 옮겨져 운하를 따라 외지로 운반되기도 하였다. 때로는 차라(車邏)나 마펑완(馬棚灣)과 같이 먼 부두에까지 직접 운반하기도 하였다. 편도로 한 번 가는 거리는 5~6리에서 7~8리 또는 10리로 일정하지 않았다. 일이십 명이 한 팀을 이루어 가는데, 걸음걸이가 매우 일정하고 빨랐다. 벼 150근을 짊어지고 중간에 한 번도 쉬지 않았다. 길 가는 중에는 계속해서 메김소리를 붙였다. 멜대를 바꿀 때도 모두 동시에 바꾸었다. 선두에 있는 사람이 손을 멜대 쪽으로 옮기면 일이십 명의 짐꾼들이 짐을 동시에 오른쪽 어깨에서 왼쪽 어깨로 옮겼다. 매번 짐을 짊어질 때마다 "산가지"—1척 반 길이에 폭이 1촌인 긴 대나무패로 위는 하얀색이 칠해져 있고 한쪽은 붉은색이 칠해져 있었다—를 받았다. 해 질 무렵이 되면 이 산가지에 따라 돈을 수령하였다.

벼 이외에도 무엇이든 짊어졌다. 벽돌, 기와, 석회, 대나무(대나무를 메면 늘어져 바닥에 끌려서 벽돌로 포장한 길 위에서 싸싸 소리를 낸다), 동유*(동유는 매우 무거워 멜대로는 멜 수 없어 나무 멜대를 사용하여 두 사람이 한 통을 들어야만 한다) 등이 있다. 이 때문에 1년 365일 매일 일거리가 있어 굶지 않았다.

13~14세의 어린 나이 때부터 짐을 지기 시작했다. 처음에는 절반의

---

* 유동(油桐) 나무 씨에서 짠 기름. 후난성(湖南省), 후베이성(湖北省), 쓰촨성(四川省) 등지에서 생산됨.

짐만을 지고 버들가지 바구니 두 개를 사용하다가, 한두 해 동안 단련하여 키가 크고 힘이 세지면 온 짐을 짊어져 어른과 똑같이 돈을 벌었다.

짐꾼들의 생활은 매우 단순하였다. 힘을 팔아 밥을 먹었다. 하루 세 끼 모두 밥만 먹었다. 이들은 부뚜막을 만들지 않고 불에 황토 항아리를 올려놓고 밥을 지었다. 그것은 황토를 구워 만든 작은 항아리로 한쪽에 입구를 만들어 불을 피웠다. 땔감도 돈을 주고 사지 않았다. 호수 주변에는 항상 풀 배가 있었는데 시골 사람들은 갈대 땔감을 짊어지고 거리로 팔러 가면서 항상 길에 조금씩 떨어뜨렸다. 아직 짐을 져서 돈벌이를 하지 못하는 아이들은 대나무 갈퀴 하나씩을 들고 곳곳에서 땔감을 긁어모았다. 이 때문에 녀석들은 좀 모욕적인 호칭인 "갈퀴놈"이라고 불렸다. 어떤 때는 게을러져서 일하기가 싫어지면 시골 사람들의 갈대 땔감 속에서 땔감을 한 움큼 빼서 내뺐다. 시골 사람들이 짐을 내려놓고 욕을 할 때면 녀석들은 이미 모습을 감춘 뒤였다. 황토 항아리 솥에서 연기가 위로 나갈 곳이 없어 사방으로 흘러넘쳐 따니아오의 물 위에 평평하게 퍼져서 멈추고는 흩어지지 않았다. 이 사람들은 다음 날 식량도 없어 모두 하루 벌어 하루 먹고살았다. 그들은 탈곡한 현미를 먹었다. 식사 때가 되면 갈대집 대문 앞에 앉아 있는 남자들을 볼 수 있었다. 그들은 알록달록한 큰 남색 대접을 두 손으로 받치고 있는데, 그릇 속에는 자홍색 쌀밥이 한가득 있었다. 그릇 한쪽에는 푸른 채소와 작은 물고기, 썩힌 두부〔臭豆腐〕*와 절인 고추가 쌓여 있었고 입을 크게 벌려 삼켰다. 그들은 식사할 때 별로 씹지도 않고 입속에서 우물우물하다가 꿀꺽 소리를 내며 삼켰다. 그들이 저렇게 맛있게 먹는 것을 보면, 아마 세상에서 이 밥보다 더 맛있는 밥은

---

* 두부를 소금에 절여 발효시킨 후에, 다시 독 속에 넣고 석회로 봉해 만들어 고약한 냄새가 나는 식품.

없을 것이라고 생각할 것이다.

　그들에게도, 설도 명절도 있었다. 설이나 명절이 올 때마다 깨끗한 옷으로 갈아입는 것 이외에 맛있는 음식을 먹고 함께 모여 도박을 하였다. 도박하는 도구도 돈이었다. 돈을 던지고 굴렸다. 돈 던지기는 사람들 각자 통위앤(銅元)* 일이십 개를 꺼내 아주 높게 쌓는다. 사람이 멀리서 동전으로 동전 더미를 향해 던진다. 그리고 무너져 내린 만큼 돈을 가져간다. 돈 굴리기는 "5, 7촌(寸) 굴리기"라고도 부른다. 공터에 사람들이 동전 한 무더기를 놓는다. 벽돌 한 장을 경사진 곳에 놓고 통위앤을 벽돌 위에 떨어뜨리면 동전이 굴러간다. 동전이 멈춘 후 사전에 준비해둔 풀줄기 두 개를 가지고 거리를 잰다. 만약 돈이 굴러간 거리가 5촌이면 동전을 굴린 사람이 동전 무더기를 모두 딸 수 있고, 거리가 7촌이면 반대로 동전 무더기와 같은 숫자의 동전을 배상해야 한다. 오래된 이런 도박은 짐꾼들에게는 매우 큰 즐거움이었다. 한가하게 구경하는 사람들 또한 때때로 큰 소리로 응원을 하며 흥을 돋우었다.

　이곳의 처녀와 아주머니도 모두 짐을 짊어질 수 있다. 그녀들은 남자들과 비교해서도 짐을 적게 들거나 느리게 가지 않는다. 신선한 과일, 야채를 짊어지는 것이 그녀들의 특기이다. 대개 물기가 많은 물건은 여인에게 적절하고 남자들은 짊어질 가치가 없다고 여겼다. 이런 "여장부"들은 모두 키가 훤칠하고 용모가 빼어나며 새카만 머리카락에 머릿기름을 많이 발라 윤이 나게 빗질을 하였다(그 지방의 표현을 빌려 말하자면, 파리가 위로 올라가면 모두 미끄러질 것이다). 머리 뒤로의 쪽도 아주 컸다. 쪽의 진홍색 댕기는 길이가 2촌이나 되어 멀리서 보아도 새빨갛게 일부분이 보였

---

* 청 말부터 항일전쟁 이전까지 통용된, 동으로 만든 보조화폐.

다. 그녀들은 쪽에 항상 무엇인가를 꽂았다. 청명절(淸明節)에는 버드나무 공을 꽂고(버드나무의 연한 가지를 이에 물고 버드나무 가지의 껍데기를 담황색의 버드나무 잎사귀와 같이 아래로 잡아당기면 작은 구형 하나가 만들어진다), 단오절에는 쑥잎을 꽂았다. 생화가 있을 때에는 치자나무 한 송이, 협죽도 한 송이를 꽂았고, 생화가 없을 때에는 자귀나무 꽃 한 송이를 꽂았다. 1년 내내 짐을 짊어지기 때문에 어깨 부분이 쉽게 해져 그녀들의 어깨 받침은 대부분 새로 바꾼 것들이었다. 낡은 옷에 새 어깨 받침은 색깔은 서로 같지 않았지만 이것이 따니아오 아주머니들 고유한 복장이 되었다. 일이십 명의 처녀와 아주머니들이 자홍색의 올방개와 청록색의 마름열매, 하얀 연근을 짊어지고 일렬로 걸었다. 바람에 버드나무가 흔들리는 것처럼 걷는 모습이 아주 보기 좋았다.

여자들은 남자들과 똑같이 돈을 버는데, 걷는 모양 앉는 모양도 남자들과 같았다. 바람을 일으키며 걷고 두 다리를 쫙 벌리고 앉았다. 그녀들은 남자처럼 맨발에 짚신을 신었다(그러나 발톱은 봉선화로 붉게 물들였다). 그녀들의 입은 날음식이나 찬음식을 가리지 않고 먹어댔고 남자들이 이야기하는 방식으로 이야기하였고 남자들이 욕하는 말로 욕을 하였다. 메김소리를 메길 때도 "좋은 에미가 자식을 망친다"라고 선창하면 "자식을 망친다……"라고 메겼다.

출가하지 않은 처녀는 우아하지만 결혼을 하면 곧 "강태공이 여기에 있으니 전혀 거리낄 것이 없다"는 말처럼 거칠어진다. 늙은 홀아비인 황하이룽(黃海龍)은 젊었을 때 짐꾼이었는데 후에 다리에 문제가 생겨 부두에서 벼를 싣는 배를 관리하고 산가지를 받았다. 이 늙은이는 행실에 좋지 못해 늙어도 아주머니들의 앞가슴과 엉덩이를 손으로 더듬어 만져보고 꼬집기를 좋아했다. 나이로 따지자면 대개 아주머니들은 그를 "작은 할아버지"라고 불러야 맞지만 모두들 "음탕한 늙은이"라고 불렀다. 어느 날 그가 또 희롱을 하자 몇몇 아주머니들은 귓속말을 하더니 하나 둘 셋 동시에 손을 써서 순식간에 작은 할아버지의 바지를 큰 나무 꼭대기에 걸어 버렸다. 또 언젠가는 작은 할아버지가 교면*을 파는 사람들이 짐을 지고 대나무 딱따기를 두드리며 오는 것을 듣고 기운이 났다. "자네들, 니아오 호수에 들어가 목욕할 용기가 있는가? 한다면, 내가 자네들에게 한턱으로 교면 두 그릇을 내겠다." "정말이에요?" —"정말이야!" —"좋아요." 아주머니 몇 명은 옷을 벗고 호수 물속으로 들어가 몸을 한차례 씻었다. 그리고 강기슭에 올라오면서 큰 소리로 "국수를 솥에 넣어라!"라고 외쳤다.

이곳 사람들은 혼사를 매파를 통해 정식으로 하는 경우가 매우 드물어 꽃가마를 메고 나팔을 부는 사람들은 돈은 벌지 못했다. 아주머니들은 대부분 스스로 찾아서 왔다. 처녀들은 보통 스스로 신랑을 구했다. 그들의 남녀 관계는 비교적 자유로웠다. 처녀들이 집에서 사생아를 낳고 아주머니들이 남편 외에 다른 남자를 만나는 것이 드문 일이 아니었다. 이곳의 남녀가 좋아하면서 고민하는 게 하나 있는데, 그것은 진심으로 원하는가였다. 어떤 처녀나 아주머니가 한 남자와 만나게 되면 자연스럽게 남자에게 꽃을 사게 하여 꽂는다. 그러나 어떤 아주머니는 남자의 돈을 원하지 않을 뿐만 아니라 도리어 돈을 남자에게 주어 쓰게 하는데, 그것을 '도첩(倒貼)'이라고 불렀다.

이 때문에 시내의 사람들은 이곳의 "풍습이 좋지 않다"고 말하였다.

도대체 어느 곳의 기풍이 더 좋은 것인가? 말하기 어려운 일이다.

---

* 혼돈자 반에 면 반을 섞은 것으로, 현지인들은 교면(餃面)이라 불렀다. —원주

4

따니아오 동쪽에는 집 한 채가 있었는데, 이 집에는 아버지와 딸 두 식구가 살았다. 아버지의 이름은 황하이차오(黃海蛟)로 황하이룽의 사촌동생(짐꾼들 중에는 황씨가 많다)이다. 원래는 짐꾼들 중에서 뛰어난 사람이었다. 그는 노련하게 높은 곳에 오를 수 있었다. 이곳의 대규모 식량 도매상의 '와적(窩積)'*은 그 높이가 3~4장(丈)이나 되는데 발판이 하나밖에 없었고 아주 가파르다. 높이 올라가려면 숨을 들이마시고 단번에 올라가야만 하며 중간에 멈추면 안 된다. 나이가 많은 사람이나 여장부는 고개를 들어 높이 오를 곳을 보면서 약간은 터무니없이 생각했을 것이다. 그러나 그는 가서 150근의 짐을 받아서 쏜살같이 꼭대기로 뛰어 올라가는데, 두 손으로 벼를 담은 대나무 광주리 두 개를 받쳐 들고 와적 속에 쏟아붓고 서너 걸음만에 땅으로 내려왔다. 그는 사람됨이 충성스럽고 견실하였으며, 25세가 되었는데도 결혼하지 않았다. 그해 차라로 양식을 실어나르던 중, 그에게 길을 묻는 아가씨를 만났다. 아가씨는 긴 앞머리를 가지런히 늘어뜨린 유해**처럼 쑤저우풍으로 머리를 땋았다. 또한 연지도 약간 바르고 당황한 눈빛에 초조한 표정으로 길을 물었다. 그러나 지명도 정확하게 말할 수 없는 것으로 볼 때 부잣집에서 도망쳐 나온 하인이라는 것을 알 수 있었다. 황하이차오와 그녀는 잠시 이야기를 나누었고 처녀는 곧 그를 따라가겠다는 의중을 보였다. 그녀의 이름은 리앤즈(蓮子)였다.

---

* 긴 갈대 삿자리로 둥글게 둘러 만든 식량 통가리.
** 劉海: 두꺼비 위에 올라앉아 손에 돈 꾸러미를 가지고 놀고 있는, 머리카락을 앞이마에 가지런하게 늘어뜨린 전설에 나오는 선동(仙童).

―이 지방의 계집종은 대부분 "리앤즈"라고 불렸다.

리앤즈는 황하이차오와 한 해를 보낸 다음 그에게 여자아이를 낳아주었다. 7월에 태어났는데, 태어났을 때 하늘이 오색구름으로 가득하여 이름을 차오윈(巧雲)이라고 지었다.

리앤즈는 손재주가 매우 뛰어났고 부지런하였다. 그녀는 견직으로 된 바지를 좋아했고 수박씨, 해바라기씨 등과 같은 군것질을 즐겼다. 또한 재담이 들어 있는 민간가요 부르기를 좋아했다. "차가운 달이 정자 끝을 비추니, 하품을 하고 기지개를 켜는구나, 졸음이 찾아오네. 아! 아! 또 졸음이 찾아오네……" 이는 따니아오의 풍속과는 별로 맞지 않았다.

차오윈이 세 살 되던 해, 어머니 리앤즈는 끝내 지나가던 유랑극단의 노래하는 젊은 사람과 도망을 갔다. 그날, 황하이차오는 마침 마펑완(馬棚灣)에 있었다. 리앤즈는 황하이차오의 옷을 모두 빨아 풀을 먹이고, 차오윈의 옷도 한쪽에다가 정리해두었다. 밥 한 솥을 지어 잘 닫아놓고 황 씨를 위해 술 반 근도 사다 놓았다. 그리고 아이를 이웃 사람에게 맡기면서 일이 있어 외출한다고 말하고는 문을 걸었다. 그녀가 어디로 갔는지 알 수 없었다.

차오윈의 어머니가 도망갔는데도, 황하이차오는 별로 상심하거나 슬퍼하지 않았다. 이러한 일은 따니아오에서는 놀랄 만한 가치도 없었다. 길들인 새조차도 날아가는데 하물며 사람은 말할 필요가 있겠는가! 황하이차오는 그녀가 남긴 혈육에 대해서만은 몹시 가슴이 아팠다. 그는 차오윈이 계모 밑에서 억울한 생활을 하는 것을 원치 않았다. 이 때문에 재혼을 하지 않을 것이라 결심하였다. 그는 아버지 역할도 하고 어머니 역할도 하면서 딸 차오윈과 10여 년을 보냈다. 그는 차오윈이 멜대를 짊어지는 것을 원하지 않아 14세부터 그물 짜기와 삿자리를 만드는 것을 배우게 하였다.

　15세가 된 차오원은 한 송이 꽃처럼 자랐다. 몸매, 용모가 모두 어머니를 닮았다. 수박씨처럼 생긴 얼굴 한쪽에는 깊이 보조개가 패었다. 눈썹은 까마귀 날개처럼 까맣고 귀밑머리도 길게 늘어뜨려져 있었다. 눈초리가 약간 치켜 올려 있어 봉안(鳳眼)과 같았다. 속눈썹이 아주 길어 눈을 항상 가늘게 뜨고 있는 것처럼 보였다. 갑자기 뒤돌아보면 놀라 눈을 크게 뜨고 집중하는 모습을 하는데 꼭 먼 곳에서 어떤 사람이 부르는 소리를 들은 듯한 표정이었다. 그녀가 문밖에 있는 두 나뭇가지 사이에서 그물을 짜거나 호수가 평지에서 돗자리를 짜고 있으면 소년 몇몇이 볼일이 있는 것처럼 왔다 갔다 하였다. 그녀가 시장에 가서 고기, 야채, 기름, 술을 사든, 천, 머리끈, 머릿기름, 크림, 소다, 풀을 사든, 상관없이 똑같은 돈을 주어도 그녀가 사면 양도 많고 물건의 품질도 다른 사람들보다 더 좋았다. 이 비밀을 일찍부터 큰어머니와 큰 숙모들이 발견하여 모두 차오원에게 물건을 사다 달라고 부탁하였다. 차오원이 시장에 한번 나가면 대바구니 여러 개를 팔에 걸고 가서 돌아올 때는 두 팔이 시큰거려 아플 정도로 물건이 가득했다. 태산사당에서 연극을 공연하면 사람들은 모두 자신의 걸상을 직접 어깨에 메고 갔다. 그러나 차오원은 빈손으로 갔다. 가기만 하면 항상 누군가 명당자리를 구해주었다. 무대 위에서 왁자지껄 공연을 하여도 칭찬을 하는 사람이 없었다. 많은 사람들이 공연을 보고 것이 아니라 그녀를 보고 있었기 때문이었다.

　차오원은 열여섯 살이 되자 스스로 자신의 일을 돌봐야만 했다. 누구네 집에서 이 한 송이 꽃을 맞이해 갈 것인가? 온돌집의 큰아들인가? 풀공장의 둘째 아들인가? 야채 가게의 셋째 아들인가? 그들은 모두 그럴 심산이 있었다. 이 사실을 황하이차오도, 차오원도 알고 있었다. 그렇지 않다면 그들이 항상 호수의 동쪽으로 왔다 갔다 어슬렁거리는 까닭이 무엇이겠는가? 그러나 차오윈은 그다지 신경을 쓰지 않았다.

차오윈이 열일곱 살이 되자, 운명에 갑작스러운 변화가 생겼다. 그녀의 아버지 황하이차오가 무거운 짐을 짊어지고 높은 곳을 오르다 발을 헛디뎌 높이가 석 장이나 되는 발판에서 넘어져 허리가 부러졌다. 처음에는 별것 아니고 요양하면 곧 좋아지리라 생각하였으나, 뜻밖에도 약주를 많이 마시고 고약을 붙여도 여전히 차도를 보이지 않았다. 그녀의 아버지는 하반신이 마비되어 더는 허리를 곧게 펼 수 없었다. 그는 침대에서 내려올 때 이발사의 짐 속에 있는 높은 나무 걸상에 기대어 한쪽으로 뚜벅뚜벅 거동했다. 평소에는 어쩔 수 없이 말아놓은 이불 위에 기대어 반쯤 누워 있을 수밖에 없었다. 그는 자신의 어깨로 딸을 위해 돈을 벌어 새 옷과 꽃을 사줄 수 없었고, 오히려 딸의 두 손에 의해 부양받는 처지가 되었다. 아직 쉰 살도 되지 않은 사내가 겨우 할머니가 하는 일을 할 뿐이었다. 그래서 딸이 그물을 짜는 데 쓰는 삼실을 한 타래, 한 타래씩 삼았다. 상황은 간단명료하였다. 차오윈은 가련한 불구가 된, 얌전하고 가련한 아버지를 내버릴 수 없었다. 누군가가 그녀를 원하면 이 집에 와서 데릴사위가 되어야 하는데 누가 원하겠는가? 이 집의 전 재산은 세 칸짜리 초가집뿐인데(차오윈과 아버지가 각각 방 한 칸씩 사용하여 가운데에 가운데 방이 있다) 말이다. 그녀에게 관심을 보이던 첫째 아들, 둘째 아들, 셋째 아들은 가끔 오고 가며 하얀 돗자리 위에 앉아 있는 날씬한 그녀의 몸매를 어망 사이로 곁눈질하였다. 그들은 여전히 사모하는 눈빛이었지만 간절함은 줄었다.

늙은 주석 세공인은 시일즈에게 언제나 호수 동쪽으로 가지 말라고 주의를 주었으나 젊은 주석 세공인은 오지 않을 수 없었다. 큰어머니, 큰 숙모, 아가씨, 아주머니들은 수리할 낡은 단지가 있으면 늘 젊은 주석 세공인이 오는 것을 반겼다. 따니아오에서 깊숙한 골목을 지나 큰길로 가려면 이곳을 거쳐야만 하는데 차오원의 집 앞 버드나무로 무성한 터는 수리를 부탁한 사람들을 기다리기에 딱 좋았다. 차오원은 돗자리를 짜고 시일즈는 주석을 녹였다. 둘은 딱 들어맞는 짝이었다. 때때로 차오원은 일손을 멈추고 젊은 주석 세공인을 도와 풀무질하였다. 시시로 차오원이 집으로 돌아가 불구 아버지에게 담배를 피우고 싶은지, 물을 마시고 싶은지를 물으면, 젊은 주석 세공인은 화로의 불꽃을 약하게 하고 돗자리를 짜서 그녀를 도왔다. 차오원이 손가락을 베면(돗자리를 짜면 손가락을 베기 쉽다. 넓고 얇게 잘린 갈대 조각은 칼과 같이 날카롭다) 시일즈는 그녀의 손가락 끝 볼록한 곳에서 나오는 피를 입으로 빨았다. 차오원은 시일즈의 말을 듣고 그의 집안일을 알게 되었다. 그는 형제자매가 없는 독자였다. 그에게는 늙은 어머니가 있는데 수절한 지 오래되었다. 그는 자신의 어머니가 집에서 다른 사람의 삯바느질을 하는데 눈이 점점 침침해져 언젠가는 눈이 멀게 될 것이라고 걱정하였다. 마음씨 좋은 어르신이 이곳을 지나갈 때면 이렇게 생각할 것이다. 이 둘은 한 쌍의 원앙이지만 짝을 이루기가 어렵다. 한집에서는 데릴사위를 들이려고 하고 다른 집에서는 집안살림을 맡을 며느리를 맞이하려고 하니 일이 성사되기 힘들다. 그들 두 사람은 서로를 간절히 원했으나 단지 이야기하며 앉아 있을 뿐이었다. 모두 나이가 들었으니 마음속에 생각이 없는 것은 아니었다. 그저 얇은 구름처럼 흘러가고 흘러올 뿐 비가 되어 내리지는 않았다.

달빛이 매우 아름다운 어느 날 저녁에, 차오원은 호수 근처에 가서 빈 배에 올라 옷을 세탁하였다. (이곳의 배는 정박시킨 후 노를 강가로 들고 나와 잘 아는 집에 맡겨두며 배는 그곳에 묶어놓는다. 감시할 사람이 없어 누구라도 올라갈 수 있다.) 그녀는 뱃머리에서 몸을 앞으로 기울여 큰 옷 한 벌을 힘들게 헹구고 있는데, 철없는 장난꾸러기가 살며시 그녀 뒤에 와서 두 손을 뻗어 그녀의 허리를 건드렸다. 추운 것은 상관없지만 물속으로 거꾸러졌다. 본래 그녀는 수영을 조금은 할 줄 알지만 갑자기 멍해졌다. 요 며칠 간은 물도 크게 불었고 물살도 매우 빨랐다. 그녀는 두세 차례 발버둥치며 구해달라고 소리치며 거푸 물 몇 모금을 마셨다. 그녀는 물에 떠밀려 갔다! 때마침 시일즈는 온돌집 문밖에 있는 흙 둔덕에서 권법을 연마하고 있다가 머리카락을 물 위에 흩날리며 사람이 물에 떠내려 오는 것을 보았다. 그는 신발을 벗고 급히 물속으로 들어가 그녀를 건져 올렸다.

시일즈는 그녀의 배 속에 있는 물을 뱉게 했으나 차오원은 여전히 의식을 잃고 깨어나지 못했다. 시일즈는 하는 수 없이 그녀를 갓난아기처럼 안고서 집으로 데려다 주었다. 그녀는 온몸이 흠뻑 젖어 있었고 몸이 약해서 열이 났다. 시일즈는 차오원이 그를 점점 더 바싹 붙들고 있다는 것을 느꼈다. 시일즈의 가슴은 두근두근 뛰었다.

집에 도착하자 차오원이 깨어났다. (그녀는 이미 오래전에 깨어 있었다!) 시일즈는 그녀를 침대 위에 눕혔다. 차오원은 젖은 옷을 갈아입었다. (달빛이 그녀의 소녀 같은 아름다운 몸을 비추었다.) 시일즈는 약초 한 움큼과 생강과 설탕을 넣고 끓인 물을 좀 마시게 했다. 그런 다음 곧 돌아갔다.

차오원은 일어나 문을 닫고 누웠다. 그녀는 마치 침대에 누워 있는 자신의 모습을 보는 것 같았다. 달빛이 정말 좋았다.

차오원은 마음속으로 "넌 바보야!"라고 중얼거렸다.

그녀의 목소리가 밖으로 나왔다.

잠시 뒤 그녀는 또 곤히 잠 속으로 빠져들었다.

바로 이날 밤, 다른 한 사람이 차오원의 집 대문을 열었다.

5

기선회사 맞은편 골목에서 동쪽의 큰길을 돌아서 서쪽으로 가면 가까운 거리에 리앤양관(煉陽觀)이라고 불리는 도사관(道士觀)이 있었다. 현재 도사는 없고 안에는 대대 규모보다 적은 수상보안부대가 주둔하고 있었다. 이 수상보안부대는 지방의 무장부대였다. 그들은 명목상 현 정부 관할이지만 비용은 현의 상업연합회에서 지불했다. 수상보안대의 임무는 농촌의 토비들을 토벌하는 것이다. 이 지역에는 토비들이 아주 많았으며, 그들은 사람에게 총을 쏘거나 납치를 하며 대부분 갈대가 무성한 호숫가에 정박해놓은 배에 은신하였다(이곳은 도처가 모두 물이다). 그곳은 추적당하면 도주하기에 편리하였다. 이 때문에 지방의 유지와 상인들은 특수한 무장군대를 조직하여 무리를 이루고 있는 토비들과 맞서야 할 필요가 있다고 여겼다. 수상보안대의 장비는 매우 훌륭하였다. 그들이 타는 배는 '철갑선'이었다. 배의 3면은 사람 키의 반 정도 되는 높이에 두께가 3~4푼인 철판으로 되어 있어 총탄도 뚫지 못한다. 철갑선은 따니아오 호숫가 주변에 정박하고 있는데 모습이 매우 거만하였다. 임무가 생기면 병사들이 기관총 두 정을 메고 광주리에 반 정도 탄알을 담아서 메고(탄알은 탄약상자를 이용하지 않고 대나무 광주리에 담아 들었는데 매우 괴상하였다) 배에 올라 출발하였다.

이레에서 여드레, 혹은 열흘이나 보름 후에, 그들은 승리하고 돌아온다(그들은 철갑선이 있고 또 기관총이 있어 토비에 비해 화력이 월등히 우세

하므로 사상자 수는 아주 적었다). 철갑선을 물가에 정박시키고 육지에 올라 대열을 지어 깊은 골목에서 큰 거리로 나와 현 정부를 향하여 갔다. 이 대오는 4열 종대였다. 앞에는 나팔병이 섰다. 이 부대는 대대 규모에는 못 미치지만 12명의 나팔병들이 있었다. 큰 거리로 나가면 "타타타다타 타타다따" 하고 일제히 나팔을 불었다. 뒤에 있는 병사들은 일률적으로 실탄이 장전된 총을 메고 있었다. 나팔병 뒤와 대열 앞 사이에는 체포되어 온 토비들이 있었다. 어떤 때는 3~5명, 어떤 때는 한 명만이 밧줄로 묶여 있었다. 이 대열은 매우 기세등등하였다. 가장 이상한 것은 체포되어 포박당한 토비들도 나팔 소리에 발을 맞추어 씩씩하고 당당하게 걸어가는 것이었다. 심지어 당직 사관이 "하나, 둘 , 셋, 넷"이라고 구령을 붙이면 그들도 따라서 큰 소리로 외쳤다. 대대가 거리로 나가기 전에 마을 관리에게 사전에 길거리 상점에 새장이 있으면 (어떤 상점에서는 구관조, 화미조를 기르고 있었다) 모두 치워야 한다고 알렸다. 그 이유는 토비 두목이 그걸 보게 되는 것을 달가워하지 않아 금기시하는 것이었다(그들은 현 정부에 도착해 감옥에 수감되는데 새장 속의 새를 보면 출옥에 대한 희망이 없어진다). 반짝이는 구리 나팔, 눈처럼 빛나는 총검, 그 사이에 끼어 있는 기묘한 분위기를 지닌 토비 영웅들의 위엄 있는 대열을 보는 것은 이 거리의 사람들에게는 즐거운 일이었다. 그 즐거움은 사자, 용등, 고교*, 대각**, 많은 승려와 도사, 64개의 깃대를 들고 출관(出棺)하는 장면 등을 보는 것 못지않았다.

---

 * 高蹺: 죽마(竹馬) 놀이의 일종으로 극 중에서 전설상의 인물로 분장한 배우가 두 다리를 각각 긴 막대기에 묶고 걸어가면서 공연하는 민속놀이.
** 擡閣: 민간 제전 행사의 하나. 나무로 만든 4각형의 각(閣)에 신상(神像)이나 희곡·소설·전설 따위의 인물로 분장한 아이 두셋을 올려 여러 사람이 메고 다니는 놀이.

보안대의 전우들은 농촌에서의 주어진 임무 이외에 아무런 일이 없었다. 그들은 기관총 두 정을 따니아오 근처에까지 메고 가서 '두두두' 소리를 내며 두 차례 쏘았는데(호수가 진흙을 맞춰 아래로 떨어뜨렸다), 평소에는 연병장에 나가 훈련을 하거나 야외훈련을 하는 것을 보기는 힘들었다. 사람들로 하여금 이 대대의 존재를 느끼게 하는 것은 열두 명의 나팔병이 아침저녁으로 부는 나팔소리뿐이었다. 그들은 이른 아침 8~9시와 오후 4~5시에 따니아오 근처로 왔다. 처음에는 길게 나팔을 불고 다음으로 각자가 몇 단락씩을 불고 마지막에는 함께 행진곡이나 '삼환호(三環號)'를 함께 불었다(그들이 삼환호를 부는 것은 단지 불고 놀기 위한 것으로 지금까지 검열을 받은 적이 없었다). 나팔을 불고 나면 곧 해산하는데 다른 일을 하고 싶은 사람은 그렇게 하였다. 어떤 사람이 살며시 집 밖으로 걸어 나가 기침을 한 번 하고 걸어 들어가면 문이 닫혔다.

이들 나팔병들은 대부분 옷을 단정하게 입고 깨끗한 것을 좋아하였다. 그들은 나팔을 부는 것 외에 온종일 하는 일이 없어 한가로웠다. 그들은 쉽게 돈을 벌었다. 월급이 많은 편은 아니었지만 매번 농촌으로 내려갈 때마다 포상을 받았다. 어떤 때 토비와 마주치면 쌍방이 조건을 이야기하고 항상 상대방의 수중으로부터 돈을 받았는데, 거침없이 대담하여 돈 쓰는 것에 개의치 않았다. 그들은 지방 유지와 상인들의 보호를 받는 군인들로 뒤에는 든든한 배경이 있어 설령 무슨 일이 생겨도 어느 누구도 어떻게 할 수 없었다. 이 때문에 이 나리들은 자신들이 걸출하다고 생각했고 실제로 미안한 생각이 들어도 다른 사람들을 저버렸다.

열두 명의 나팔병 중 리우(劉) 성을 가진 나팔병 대장이 있었는데, 모두들 그를 리우 나팔대장이라고 불렀다. 이 리우 대장은 앞뒤에 있는 따니아오의 몇 집의 색시들과 모두 잘 알았다.

차오원 집의 대문을 잡고 연 것은 바로 그 나팔대장이었다!

나팔대장이 돌아갔을 때 돈 10원이 남겨져 있었다.

이 일이 따니아오에서 첫번째로 일어난 것은 아니었다. 차오원의 불구가 된 아버지는 당시에 이미 알고 있었다. 그는 이 10원을 쥐고 길게 한숨을 쉬었다. 이웃 사람들도 알게 되었으며 아가씨와 아주머니들은 더 이상 말하지 않고 "이 죽일 놈의 자식……"이라고 욕만 하였다.

차오원은 몸을 버렸으나 눈물을 흘리지 않았고, 더구나 호수 속으로 뛰어들어 빠져 죽을 생각 따위는 더더욱 하지 않았다. 사람이 세상을 살아가는 데 있어 이러한 일은 항상 있다! 왜 이 사람이어야 하는가? 정말 이 사람이면 안 된다! 어떻게 할 것인가? 칼로 그를 죽일까? 리앤양관을 불질러 태워버릴까? 안 된다! 그녀에게는 아직 불구가 된 아버지가 있었다. 그녀는 멍하니 침대 위에 앉아 있었으나 마음속은 혼란스러웠다. 그녀는 일어나서 밥을 지어야 한다고 생각하였다. 그녀는 또한 그물과 돗자리를 짜고 거리로 팔러 나가야만 했다. 그녀는 어렸을 때 남의 집에 가서 신부를 보았던 일이 떠올랐는데, 새 신부는 분홍색의 비단 신발을 신고 있었다. 그녀는 멀리 하늘에 있는 어머니를 떠올렸다. 그녀는 어머니의 모습을 기억하지 못하고 다만 어머니가 젓가락으로 연지를 묻혀서 미간에 붉게 찍어주시던 것만 떠올랐다. 그녀는 거울을 들고 비추어 보았는데 마치 처음으로 똑똑하게 자기 자신의 모습을 보는 것 같았다. 그녀는 시일즈가 그녀의 손가락에서 나던 피를 빨았는데 분명히 짰을 것이라고 생각하였다. 그녀는 시일즈에게 미안했고 마치 자신이 무슨 잘못을 저지른 것 같았다.

그녀는 자신의 몸을 시일즈에게 주지 않았던 것을 매우 후회하였다.

그녀의 이러한 생각은 점점 더 강해졌다. 나팔대장이 한 번 오고 나서 그녀의 생각은 더욱더 강해졌다.

수상보안대가 또 시골로 내려갔다.

하루는 차오원이 시일즈를 찾아와서 "할 말이 있으니까 저녁에 따니아오 동쪽으로 나와"라고 말하였다.

시일즈는 호수 근처에 갔다. 차오원은 압별자(鴨撇子, 오리를 풀어놓고 기르는 데 쓰는 작은 배로 매우 작아 겨우 한 사람만 탈 수 있다. 공용으로 평상시에는 호숫가에 매어놓는다. 따니아오 사람 누구라도 삿대질을 해서 백사장으로 가 물쑥을 뽑고, 갈대를 베고, 들오리알을 주울 수 있다)를 밟고 서서 따니아오 가운데 백사장을 향해 삿대질하며 시일즈에게 "이리 와!"라고 말하였다. 잠시 후 시일즈는 백사장으로 헤엄쳐 갔다.

그들은 백사장의 갈대 속에서 달이 중천에 뜰 때까지 있었다.

달빛이 아주 아름다웠다!

6

시일즈와 차오원의 일을 사형들은 다 알았지만, 늙은 주석 세공인에게는 감추었다. 그들은 몰래 그를 위해 문을 열어놓고 문설주 홈에 물을 부어놓았다(이렇게 하면 문을 밀고 들어올 때 소리가 나지 않았다). 시일즈는 항상 날이 밝아서야 돌아왔다. 어느 날 그 시간에 막 문을 밀어 열었다. 이불 속으로 들어가다가 늙은 주석 세공인이 "목숨이 아깝지 않은가 보구나!"라고 말하는 것을 들었다.

어떻게 이 일이 사람들에게 안 알려질 수 있겠는가? 마침내 리우 나팔대장의 귀에 들어갔다. 사실 그에게 입방아 찧는 사람이 없어도 리우 나팔대장이라고 제 스스로 알아채지 못하겠는가? 차오원이 그를 보는 것도 혐오스러웠고, 그녀의 몸도 냉담하였다. 리우 나팔대장은 이 분노를 삼킬 수 없었다. 본래 그와 차오원은 정식으로 혼례를 치르지 않았고 화촉을 밝혀 초야를 보내지도 않았기 때문에 끊어지면 그만이었다. 그러나 젊은 주석 세공인이 그의 사람을 빼앗아가서 군인의 체면을 잃어버렸다. 분수를 모르고 힘 있는 사람을 자극하면 안 된다! 이런 일은 지금까지 일어난 적이 없었다. 보안대의 병사들조차 모두 체면이 깎여 사람들 앞에서 초라해졌다고 생각하였다. 그는 오로지 자신이 다른 사람들 머리 위에 대변을 보고 오줌을 싸는 것만 용납할 뿐, 다른 사람이 그의 얼굴에 침을 튀기는 것은 용납하지 않았다. 만약 눈을 감고 그냥 지나간다면 나중에 보안대의 사람들도 그럭저럭 되는대로 살아가지 않겠는가?

어느 날, 날이 아직 밝지 않았는데 리우 나팔대장이 병사 몇 명을 데리고 와 차오원의 집 문을 발로 박차고 이불 속에서 젊은 주석 세공인을 끌어내어 포박하였다. 사람들을 부르러 갈까 봐 황하이차오와 차오원의 손발도 묶었다.

그들은 젊은 주석 세공인을 타이샨묘 뒤편에 있는 묘지로 데리고 가서 몽둥이를 한 개씩 들고 그를 정면으로 때리기 시작했다.

그들은 젊은 주석 세공인에게 짐을 가지고 훙화로 돌아가라고, 더 이상 따니아오에 머물러서는 안 된다고 하였다.

젊은 주석 세공인은 아무 말도 하지 않았다.

그들은 젊은 주석 세공인이 더는 황 씨 집에 들어가지 않고 차오원의 몸을 가까이하지 않는다고 대답하라 시켰다.

젊은 주석 세공인은 여전히 아무 말도 하지 않았다.

그들은 젊은 주석 세공인에게 용서를 빌고 잘못을 인정하라고 요구했다.

젊은 주석 세공인은 이를 악물었다.

젊은 주석 세공인의 고집은 평소에 잘난 체하던 녀석들을 화나게 하였다. "네가 이렇게도 고집이 세단 말이지! 때려 죽일 수밖에!" "쳐라!" 일고여덟 개의 몽둥이가 바람과 비같이 젊은 주석 세공인의 몸을 내리쳤다.

젊은 주석 세공인은 죽을 정도로 맞았다.

주석 세공인들은 시일즈가 보안대 사람에게 포박당해 끌려갔다는 말을 듣고서 사방으로 찾아다니다 타이산묘에서 찾아냈다.

늙은 주석 세공인이 손으로 한 번 만져보니 시일즈는 아직 희미한 숨이 붙어 있었다. 늙은 주석 세공인은 사람들에게 오래된 소변통을 빨리 구해 오게 하였다. 그는 이러한 경험이 있었는데 심하게 맞은 사람이 통 속에서 긁어낸 소변 소다를 마시기만 하며 목숨은 구할 수 있었다.

시일즈는 이를 꽉 다물고 있어 마실 수가 없었다.

차오원은 소변 소다탕 한 그릇을 받쳐 들고 시일즈의 귓가에 대고 "시일즈, 시일즈, 마셔!"라고 말하였다.

시일즈는 희미한 목소리를 듣고 눈을 떴다. 차오원은 소변 소다탕 한 그릇을 시일즈의 목구멍 속으로 부어 넣었다.

무슨 이유에선지는 모르지만 그녀도 한 모금을 맛보았다.

주석 세공인들은 문짝을 뜯어 시일즈를 문짝 위에 눕혀서 집으로 들고 왔다.

그들은 시일즈를 들고 따니아오의 동쪽에 도착해서 또 서쪽으로 가려고 하였다. 차오원이 가로막았다.

"안 돼요. 우리 집으로 옮겨요."

늙은 주석 세공인은 고개를 끄덕였다.

차오원은 집 안에 있는 어망과 돗자리를 모두 시내로 가지고 나가 팔아 칠리산*을 사서 시일즈 몸의 어혈을 치료하였다.

동쪽에 있는 큰어머니와 숙모는 집에서 알을 낳는 늙은 암탉을 잡아 차오원에게 보냈다.

주석 세공인들은 돈을 모아 인삼을 사서 인삼탕을 끓였다.

짐꾼, 주석 세공인, 아가씨, 아주머니 들이 물 흐르듯 쉴 새 없이 오가며 시일즈를 돌보았다. 그들은 평상시 고생스럽고 단조로운 생활 속에서 잘 표현하지 않았던 열정과 호의를 보여주었다. 그들은 시일즈와 차오원이 한 일들이 모두 당연하고 옳다고 생각하였다. 따니아오는 이 젊은이 한 쌍을 배출하여 긍지를 느끼게 하였다. 모두들 기쁨으로 가득하고 포근하여 마치 설을 지내는 것 같았다.

리우 나팔대장은 사람을 때린 후 감히 다시 얼굴을 들고 나타나지 못했다. 그의 몇몇의 병사들도 모두 보안대의 본부에서 나오지 않았다. 보안대의 입구에 초소 두 개를 추가하였다. 이 사나이들은 원래 둥지 속에 웅크린 암탉처럼 겁쟁이들이었다.

주석 세공인들은 회의를 열었다. 그들은 현 정부를 향해 소장을 제출하고 보안대에 리우 씨를 넘겨줄 것을 요구하였다.

현 정부는 회신하지 않았다.

주석 세공인들은 거리로 나가 시위 행진을 하였다. 이런 시위대는 많은 사람들이 여지껏 본 적 없는 것이었다. 깃발도 없이 표어도 없이 바로 20여 명의 주석 세공인이 각자 지고 다니던 짐을 짊어지고 성의 대로를 천천히 걸을 뿐이었다. 이 침묵의 대열은 매우 엄숙하였다. 그들은 범할 수 없는 위엄과 동요되지 않는 결심을 표현하였다. 중세시대 동업 조직인

---

* 七厘散: 타박상, 멍든 데, 외상 출혈 등에 바르는 약.

행방(行幇)의 분위기를 띠고 있는 시위대는 사람들을 매우 감동시켰다.

시위는 사흘간 계속되었다.

사흘째 되는 날, 그들은 향로를 머리에 이고 "정향청원(頂香請愿)"을 거행하였다. 20여 명의 주석 세공인은 현 정부의 가림담벽 앞에 앉아서 머리 위에 나무 접시에 타고 있는 향로를 올려 머리에 이고 있었다. 이것은 오래된 풍속이었다. 백성이 오래된 억울한 일을 관리가 접수하지 않으면 억압받은 백성은 향불을 이용하여 현 청을 불태울 수 있는데, 이것은 범죄로 여겨지지 않았다.

이 규정은 육법전서에 실려 있지 않고 지금은 청나라가 아니므로 현 정부가 이런 구습에 관심을 갖지 않아도 되었다. 그러나 주석 세공인이 마음을 모질게 먹었으니, 그들이 정말로 실행에 옮기면 결과는 심각하였다. 현장(縣長)은 현 내의 명사와 상인을 초청하여 논의한 결과 이 사건에 간섭하지 않을 수 없다는 일치된 의견을 내었다. 그리하여 상인연합회 회장이 직접 나서서 관련된 사람들을 초정하였다. 현의 대표인 현장, 보안대의 부관, 늙은 주석 세공인과 나이가 많은 두 명의 주석 세공인, 짐꾼 대표 황하이룽, 이웃의 증인, 바오잉 출신 안경을 파는 사람, 항저우 출신인 런뒤 젓가락 파는 사람이 초청되었다. 그들은 큰 찻집에서 회의를 열고 이 사건의 결말을 내었다.

회의 결과는 다음과 같았다. 젊은 주석 세공인의 상처를 치료하는 데 드는 약값은 보안부대가 책임지고(실재로는 상인회가 부담하였다), 리우 나팔대장은 이 지역에서 축출되었다. 리우 나팔대장은 관청에 제출하는 각서에 서명을 하였다. 늙은 주석 세공인은 이 정도면 주석 세공인과 짐꾼들에게 모두 체면을 세웠다고 간주하고 그만두는 것이 좋겠다고 생각하였다. 다만 "만약 그가 다시 한 번 현에 발을 들여놓는다면, 늙은 주석 세공인 마음대로 그에게 벌을 준다!"라는 내용을 리우 아무개의 각서에 추가하도록 요구하였다.

이틀 뒤 리우 나팔대장은 총을 멘 병사 두 명에 호송되어 조용히 떠났다. 그는 산두오(三垛)로 전근되어 가서 세금 경찰이 되었다.

시일즈는 음식을 조금 넘길 수 있었고 말을 할 수 있게 되었다. 차오원이 그에게 물었다.

"그들이 너를 때릴 때 네가 다시는 우리 집으로 들어가지 않겠다고 말했으면 너를 때리지 않았을 거고 너도 이렇게 큰 고통을 당하지 않았을 거야. 왜 말하지 않았니?"

"내가 말하기를 바라는 거야?"

"바라지 않아."

"네가 원하지 않는다는 걸 난 알아."

"너에게 가치가 있었니?"

"나에겐 가치가 있어."

"시일즈, 넌 참 좋아! 나 너 좋아해! 빨리 쾌차해라."

"네가 입맞춤 한번 해주면 빨리 나을 것 같아."

"좋아, 입맞춰줄게!"

차오원 집안에는 입이 세 개가 있다. 남자 두 명은 돈을 벌지 못하지만 밥을 먹어야 하였다. 따니아오 동쪽에 사는 사람들은 저축해놓은 돈도 없고 저당잡혀 돈을 마련할 물건도 없었다. 어망을 짜고 돗자리를 짜는 것은 모두 당시에는 돈벌이가 되지 않았다. 시일즈의 부상은 금방 좋아질 수 없고 날은 기나긴데 어떻게 지낼 것인가? 차오원은 오래 생각지 않고 아버지가 쓰던 대나무 광주리를 찾아 꺼내서 먼지를 털어 메고는 돈을 벌러 갔다. 아가씨와 아주머니들은 모두 그녀에게 탄복하였다. 처음에 그녀들은 그녀가 짐 메는 것에 습관이 되지 않아 걱정했는데 후에는 걸음도 아주 빠르고 고르다는 것을 알고 안심하였다. 이때부터 차오윈은 이웃에 사는 아가씨, 아주머니들과 함께 자홍색 올방개 뿌리, 청록색 마름열매, 새하얀 연근를 메고 바람에 버드나무가 흔들리듯이 거리를 지나 시장으로 갔다. 쪽 찐 머리 한쪽에는 커다란 붉은 꽃이 꽂혀 있었다. 그녀의 눈은 여전히 밝게 빛났고 긴 속눈썹은 부채질하는 것처럼 흔들렸다. 그러나 눈빛은 더욱 깊었고 확고하게 보였다. 그녀는 아가씨에서 아주 유능한 젊은 아주머니로 변해갔다.

시일즈의 상처는 좋아지겠지?

아마 그럴 것이다.

당연히 그럴 것이다.

계를 받다(受戒)

밍하이(明海)가 출가한 지 벌써 4년이 되었다.

그는 13세에 왔다.

이 지방의 지명은 이상하게도 앤자오좡(庵趙庄)이라 부른다. 자오(趙)란 말은 마을 사람들 대부분 성씨가 자오(趙)씨인 데서 비롯됐다. 좡(庄, 마을)이라고는 하나, 사람들은 여기저기에 두세 집씩 흩어져 있다. 문 앞에 나가면 먼 곳까지 볼 수 있으나, 막상 걷자면 꽤 시간이 걸린다. 그 이유는 큰길이 없고 모두가 꼬불꼬불한 논두렁길이기 때문이다. 앤(庵)은 암자가 있기 때문이다. 암자는 원래 푸티앤(菩提庵)이라 불렸으나, 사람들이 한자의 음을 잘못 읽어 삐치앤(荸薺庵)이라고 불리게 되었다. 암자에 있는 스님들도 이렇게 불렀다. "보살님, 어디에 가십니까?" "삐치앤에요." 암자는 본래 비구니가 머무르는 곳이다. 즉 "허상미아오(和尙廟)"나 "니구앤(尼姑庵)"*이다. 그러나 삐치앤에 사는 사람은 비구니가 아니라 스님이었다.

---

* 남자 스님이 머무는 곳을 미아오(廟)라 하고, 비구니가 머무는 곳을 앤(庵)이라 한다.

이는 아마도, 규모가 큰 것을 미아오(廟)라 하고 작은 것을 앤(庵)이라 하는데, 삐치앤의 규모가 크지 않기 때문일 것이다.

밍하이는 집에서 작은 밍즈(小明子)라고 불렸다. 그는 어릴 때부터 출가할 것으로 정해져 있었다. 그의 고향에서는 '출가한다'라고 하지 않고 '스님이 된다'라고 하였다. 그의 고향에서는 스님이 나왔다. 마치 각각 다른 지방마다 거세한 돼지가 나오고 방석이 나오며 테를 두른 통이 나오고 부드러운 목화가 나오며 화가가 나오고 매춘부가 나오듯이, 그의 고향에서는 스님이 나왔다. 집안에 형제가 많으면 한 사람은 스님이 되게 하였다. 스님이 되는 것 또한 쉽지 않아 연줄과 도움이 있어야 가능했다. 이 지방 어떤 사람들은 스님이 되기 위해 먼 지방까지 갔다. 멀리 항저우의 영은사(灵隐寺), 상하이의 정안사(靜安寺), 전장의 금산사(金山寺), 양저우의 천녕사(天寧寺) 등으로 가는 사람도 있었다. 대체로 이곳 현에 있는 사찰들이었다.

밍하이 집은 전답이 적어서 큰아들, 둘째 아들, 셋째 아들만으로도 농사짓기에 충분하였다. 그는 넷째 아들이므로 일곱 살 되던 해, 스님인 그의 외삼촌이 집으로 돌아오자, 부모님은 외삼촌과 상의하여 그를 출가시키기로 결정하였다. 그때 그는 옆에서 말을 들으면서도 확실히 도리에 맞으므로 반대할 이유가 없다고 생각하였다. 스님이 되면 좋은 점이 매우 많았다. 그중 한 가지는 힘들이지 않고도 밥을 먹을 수가 있다는 것이다. 어느 사찰이든지 끼니를 제공하였다. 또 한 가지는 돈을 벌 수 있다는 것이다. 죽은 사람을 위해 독경을 하며 명복을 비는 것만 배우기만 하면 관례에 따라 수고비를 벌 수 있었다. 그리고 돈을 모아서 나중에 속세로 돌아가 아내를 얻을 수도 있었다. 환속하고 싶지 않으면 논밭을 살 수도 있었다. 그러나 스님이 되는 것은 쉽지 않았다. 첫째로 얼굴이 밝은 달과 같아야 하고, 둘째로 목소리는 종소리 같아야 하며, 셋째로 총명하고 기억력이 좋아야 한다. 그의 외삼촌은 그의 관상을 보며 그에게 앞뒤로 몇 걸음씩 걷도록 하고, 그에게 소 몰 때 내는 "이리얏" 소리를 내게 하였다. 그리고 나서 "밍즈, 너는 틀림없이 좋은 스님이 될 자질이 있어, 내가 장담하지!"라고 말했다. 그러나 스님이 되려면 몇 년 동안 책을 읽어야 했다. 글을 모르는 스님이 어디에 있겠는가! 그리하여 밍즈는 입학하여 글을 배웠는데, 『삼자경(三字經)』『백가성(百家姓)』『사언잡자(四言雜字)』『유학경림(幼學瓊林)』『논어』와 『맹자』를 읽었다. 그리고 매일 한 장씩 베껴 썼다. 마을에서는 모두 그가 글씨를 아주 또박또박 잘 쓴다고 칭찬이 대단했다.

외삼촌은 약속한 날짜에 다시 집으로 왔다. 그는 자기네 스님들이 입는 짧은 적삼을 가지고 와서 밍즈 어머니에게 주고 수선하여 밍즈에게 입히도록 하였다. 밍즈는 위에는 스님 적삼을 입고 아래는 여전히 집에서 입던 자줏빛 꽃무늬 바지를 입었으며 헝겊으로 만든 신발을 신었다. 그리고 부모님께 하직인사를 하고 외삼촌을 따라나섰다.

입학하자 그는 이름을 밍하이(明海)라 했다. 외삼촌이 밍하이라는 이름을 바꿀 필요가 없다고 하여 법명이 되었다.

호수를 지났다. 얼마나 큰 호수인가! 현 정부를 지나갔다. 현 정부 소재지는 매우 번화하였다. 국영 소금 가게, 세무서가 있고, 푸줏간에는 돼지가 통째로 걸려 있었다. 당나귀가 돌며 맷돌로 참깨를 갈고 있어 온 거리에 참기름 짜는 향기가 가득하였다. 그리고 포목전과 말리 꽃가루, 머리빗과 머릿기름 등을 파는 가게, 자귀나무꽃을 파는 가게, 옷감을 파는 가게들도 있었다. 또한 들고 다니며 고약을 파는 사람, 피리를 부는 사람, 뱀을 부리는 사람들을 볼 수 있었다. 그는 모두 다 보고 싶었다. 그러나 외삼촌은 길을 재촉했다. "어서 가자, 어서 가!"

강가에 도착하자 배 한 척이 기다리고 있었다. 배에는 깡마르고 키가 큰 쉰 살 정도의 아저씨가 뱃머리에서 밍즈 또래 여자아이와 함께 쪼그리고 앉아서 연꽃 봉오리에서 연밥을 까서 먹고 있었다. 밍즈와 외삼촌이 객실로 가서 앉자 배는 곧 출발하였다.

밍즈에게 누군가 말을 걸었다. 여자아이였다.

"삐치앤에 가서 스님이 되려고 하니?"

밍즈는 고개를 끄덕였다.

"중이 되려면 머리에 불씨를 놓아 계를 받아야 하잖아! 안 무섭니?"

밍즈는 어떻게 대답해야 할지 몰라 애매하게 고개만 가로저었다.

"이름이 뭐니?"

"밍하이."

"집에서는?"

"밍즈."

"밍즈! 나는 샤오잉즈(小英子)라고 해! 우리들은 이웃이야. 우리 집은 삐치앤에서 가깝거든."

샤오잉즈는 먹다 남은 연꽃 봉오리 반쪽을 밍하이에게 던져주고, 자신도 연밥 한 알을 까먹었다.

아저씨는 노를 저었다. 노가 물을 밀어내는 소리만 들려왔다.

……

삐치앤의 지세는 매우 좋았고 높은 지대 위에 있었다. 이 일대는 지세는 높은 편이었는데 애초 암자를 지은 사람이 장소를 매우 잘 선택하였다. 문 앞에는 강이 있었다. 문밖에는 타작을 할 수 있는 꽤 큰 마당이 있었다. 3면은 큰 버드나무로 둘러싸여 있었다. 문 안쪽에는 문과 본당을 연결하는 당자가 있었다. 문에서 마주 보이는 곳에는 미륵불이 모셔져 있었다. 어느 명사(名士)가 대련(對聯) 한 쌍을 써놓았다.

배짱을 키워 세상의 용서받을 수 없는 일을 능히 용서하고
활짝 웃어 속세의 소인배들을 비웃네.

미륵불 뒤에는 베다*가 있다. 당자를 지나면 큰 마당이 하나 있는데 은행나무 두 그루가 심겨 있었다. 마당의 양쪽에는 각각 방 세 칸짜리 곁채가 있다. 마당을 지나가면 본당이 나오는데 삼세불(參世佛)이 모셔져 있다. 불상이 모셔져 있는 곳은 겨우 네 척 높이였다. 본당 동쪽은 주지스님의 처소이고 서쪽은 창고이다. 본당 동쪽에는 작은 육각형의 문이 있는데, 흰색 문에 녹색 글씨로 쓴 대련 한 쌍이 붙어 있었다.

꽃 한 송이는 세상과 같고
광대한 전생, 현생, 후생은 세 보살과 같네.

문으로 들어가면 좁고 긴 마당에는 돌과 화분이 몇 개씩 있고, 세 칸짜리 작은 집이 있다.

어린 중의 생활은 매우 무료했다. 아침 일찍 일어나 절문을 열고 땅을 쓴다. 암자의 땅바닥은 정방형의 벽돌이 깔려 있어 청소하기가 수월했다. 미륵불과 베다에게 향을 피워 올리고, 본당의 삼세불 앞에도 향을 피

---

* Veda: 불법(佛法)의 수호신.

위 올린다. 세 번 이마를 땅에 조아리며 절하고 "나무아미타불"이라고 세 번 소리 내어 외고, 경쇠를 세 번 두들긴다. 이 암자에 있는 스님들은 아침 저녁 공부를 좋아하지 않았다. 그저 밍즈가 울리는 경쇠 소리 세 번으로 공부를 대신하였다. 그런 후에 멜대로 물을 긷고 돼지에게 먹이를 주었다. 그리고 나서 사찰 일을 맡아 처리하는 스님을 기다렸다. 외삼촌이 일어나면 그에게 경을 읽는 것을 배웠다.

경 읽는 것을 가르치는 것은 글을 가르치는 것같이, 스승 앞에 불경한 권이 있으면 제자 앞에도 불경 한 권이 있고, 스승이 한 문장을 큰 소리로 낭독하면 제자도 따라서 큰 소리로 낭송한다. 즉, 노래를 부르는 것이다. 외삼촌은 낭송을 하면서 손으로 탁자를 치며 박자를 맞추었다. 앞박자는 가볍게 뒤 박자는 세게 쳤는데 노래극(唱戲)을 가르치는 것과 같았다. 노래극을 가르치는 것과 완전히 같은 방법이었다. 사용하는 말도 모두 같았다. 외삼촌은 불경을 읽을 때는 첫째로 박자가 정확해야 하고, 둘째로 음높이가 맞아야 한다고 말했다. 그리고 좋은 스님이 되려면 좋은 목소리를 지녀야만 한다고 덧붙였다. 그는, 민국 20년에 큰 홍수가 일어나 운하의 제방이 무너졌는데, 물에 빠져 죽은 사람이 너무 많아 제를 올렸다고 말했다.

열세 명의 대사—열 세 명의 정좌 스님과 큰 사찰의 주지들이 모두 오고, 그 아래의 스님이 백 명 이상이나 모였다. 누가 제를 올리는 데 윗자리를 맡을 것인가? 이리저리 사양하고 전가하였는데 역시 석교(石橋)— 보인사의 주지—가 좋을 것 같았다! 그는 단 위로 올라가서 앉았는데 마치 지장보살 같았다. 이것은 말할 필요도 없었다. "향을 지펴라"라는 그의 소리에 둘러 서 있던 약 천 명의 사람들이 조용해졌다. 듣자 하니, 목소리를 단련해야 하고, 여름에는 삼복 더위에 겨울에는 대한 추위에 단련

해야 하고 단전호흡을 연마해야 한다고 하였다. 또 듣자니, 갖은 고생을 견뎌내야만이 비로소 큰 사람이 된다. 그리고 스님 중에도 장원, 2등과 3등이 있다. 노력해야 하고 노는 데 탐닉해서는 안 된다. 외삼촌은 이번 대법회에서 밍하이 스님에게 오체투지를 하게 했으며, 밍하이는 외삼촌을 따라서 한 구절 한 구절 경을 외기 시작했다.

"향로에 불이 붙었네."

"향로에 불이 붙었네."

"법당에 향내가 가득하고."

"법당에 향내가 가득하고."

"온갖 금빛 불상이 드러나네."

"온갖 금빛 불상이 드러나네."

"……"

밍하이의 아침 불경 공부가 끝나기를 기다려—그는 저녁에도 잠들기 전에 공부를 해야 했는데 저녁 불경 공부라 부른다—삐치앤의 사부들도 모두 잇따라 일어났다.

이 암자의 식구들은 단출해서 모두 여섯 명이었다. 밍하이까지 포함해서 스님은 다섯 명이다.

노스님은 나이가 예순이고, 외삼촌의 사숙(師叔)이다. 그의 법명은 푸자오(普照)이지만 알고 있는 사람이 아주 적다. 왜냐하면 그의 법명을 부르는 사람은 거의 없고 모두 노스님 혹은 노사부라고 불렀기 때문이다. 밍하이는 그를 할아버지 스님이라 불렀다. 스님은 아주 고적한 사람으로 종일 문을 닫고 방 안에만 있었는데 바로 "꽃 한 송이는 세상과 같다"라는 식이었다. 그가 염불하는 것도 볼 수 없었고, 그저 한마디 말도 하지 않은 채 앉아만 있었다. 그는 늘 소식하였지만 설을 지낼 때만은 예외였다.

아래로는 세 명의 후배 스님이 있는데, 항렬에 런(仁) 자를 썼으며 이름이 순서대로 런산(仁山), 런하이(仁海), 런뚜(仁渡)였다. 사찰 안팎에서 어떤 사람은 그들을 첫째 사부, 둘째 사부라 불렀고, 또 어떤 사람은 산 사부, 해 사부라 불렀다. 사람들은 런뚜는 "뚜 사부"라고는 부르지 않았다. 발음이 이상하게 들렸기 때문에 "런뚜"라고 이름을 직접 불렀다. 그럴 수밖에 없는 이유가, 스무 살의 젊은 나이였기 때문이었다. 런산은 밍즈의 외삼촌으로 사찰 집사를 맡고 있었다. "방장"이라 불리지 않았고 "주지"라고도 불리지 않았다. 오히려 "절 집사"라고 불렸는데 이는 매우 타당한 것으로, 그가 암자의 일을 도맡아 처리했기 때문이었다. 그는 방에 계산대를 놓아두었고, 책상 위에는 장부와 주판이 놓여 있었다. 장부는 모두 세 권이었다. 한 권은 사찰 경영에 대한 장부이고, 다른 한 권은 세를 준 내역을 적은 장부이며, 또 다른 한 권은 부채에 대한 장부였다. 스님은 불사(佛事)를 해야만 하고 불사를 하기 위해서는 돈을 거둬들여야 했다. 그렇지 않으면 스님이 무슨 일을 하겠는가? 늘 하는 불사는 제를 올리는 것이다. 정식으로 제를 올리는 스님은 열 명이다. 정좌하는 스님 한 명, 북을 두드리는 스님 한 명, 양쪽은 각각 네 명씩이다. 사람이 부족하여 여덟 명이면 한 쪽에 각각 세 명씩 앉아도 그런대로 구색이 맞았다. 삐치앤에는 스님이 네 명밖에 없어 제대로 제를 올리기 위해서는 다른 암자의 도움을 받아야 했다. 이런 적도 있었다. 보통은 절반 인원으로 제를 올렸다. 즉, 정좌하는 스님과 북을 두드리는 스님 각각 한 명, 그 외 양쪽에 각각 한 명씩이다. 그 이유는 첫째, 다른 암자를 찾아 합작을 한다는 것은 번거롭고 까다로웠다. 둘째, 이 일대에서 정식으로 제를 올리는 집이 많지 않았다. 어떤 때는 어느 집에서 사람이 죽으면 단지 두 명만을 모셔 갔고, 심지어는 스님 한 사람만이 중얼중얼 한바탕 경을 읽고 몇 번 법기

(法器)를 두드리면 제를 올린 것으로 쳤다. 대부분 집이 돈을 즉시 주는 것이 아니라 추수가 끝난 후 주었다. 때문에 장부에 기록해두어야만 했다. 그 밖에 제를 올리는 스님의 수고비는 똑같지 않았다. 극을 공연하는 것과 마찬가지로 각자의 몫이 있었다. 첫번째 몫은 정좌하는 스님의 것이다. 왜냐하면 그는 선창을 해야 하며 게다가 독창도 해야만 하기 때문이다. '탄고루(嘆骷髏)'라는 부분에서는 다른 스님들은 모두 법기(法器)를 놓고 쉬고 상좌에 앉아 정좌하고 있는 스님만이 박자에 맞추어 부드러운 목소리로 소리 높여 경을 읊는다. 두번째 몫은 북을 두드리는 스님의 것이다. 이것이 쉬울 것이라 생각하는가? 첫머리에 종고(鐘鼓)를 치는 게 다지만 손재주가 없다면 느림과 빠름, 멈춤과 변화를 쳐낼 수 없다. 그 나머지 스님들은 똑같다. 이것 또한 기록해두어야 했다. 모월 모일 누구네 집에서 절반 인원으로 제를 올렸는데, 정좌는 누가 하고 북은 누가 치고…… 이는 연말결산할 때 설왕설래를 방지하기 위해서이다. ……이 사찰에는 몇십 묘의 재산이 있어 사람들에게 소작으로 빌려주고 때가 되면 소작료를 거둬들였다. 암자에서는 돈도 빌려주었다. 임대료, 부채는 항상 잘 징수되었다. 왜냐하면 소작을 세내어 쓰고 돈을 빌린 사람은 부처님이 기뻐하시지 않을까 봐 두려워했기 때문이다. 세 권의 장부는 런샨을 아주 바쁘게 만들었다. 그 밖에 향촉, 땔감, 기름과 소금이 쓰인 제사 음식들도 언제나 장부에 기록하였다. 장부 이외에 산사부가 머무르는 처소의 벽에는 임시 장부 대용으로 쓰는 조그만 판자가 걸려 있었고, 위에는 붉은색으로 "붓을 부지런히 놀리면 근심을 면한다(勤筆免思)"라는 글자가 씌어져 있었다.

런샨이 말하는 훌륭한 스님이 되는 세 가지 조건 중, 그 자신은 한 가지도 갖추지 않았다. 그의 용모는 단지 두 글자를 사용하기만 하면 명확하게 설명되었다. '누런색'과 '뚱뚱함'이었다. 목소리 또한 종소리같이 낭랑하지 않고 암퇘지 같았다. 총명한가? 이 점에 대해서는 말하기 힘들다. 마작을 하면 언제나 졌다. 그는 사찰에서 가사도 입지 않았고 법의도 회피하였다. 언제나 짧은 승복을 몸에 걸쳐 누런 배를 드러내었다. 아래는 맨발에 스님들이 신는 신발을 질질 끌고 다녔다. —새 신발이라도 그는 질질 끌었다. 그는 온종일 장삼도 입지 않고 신발도 신지 않은 너저분한 모습으로 이리저리 다니면서 암퇘지 같은 소리를 내었다.

둘째 사부는 런하이이다. 그에게는 아내가 있었다. 그의 아내는 매년 여름 가을 사이에 몇 개월을 암자에서 묵었다. 암자 안이 시원했기 때문이다. 사찰에는 여섯 명이 있는데 그중의 한 명이 스님의 아내였다. 런샨, 런듀는 그녀를 형수라고 불렀고 밍하이는 그녀를 사모님이라고 불렀다. 이 부부는 모두 깔끔한 것을 좋아해서 온종일 씻었다. 해 질 무렵에는 마당에 앉아서 더위를 피하며 서늘한 바람을 쐬었다. 대낮에는 방 속에 틀어박혀 나오지 않았다.

셋째 사부는 매우 총명하고 야무진 사람이었다. 때때로 장부를 정리할 때 첫째 사형은 오랫동안 주판을 퉁겨도 정확한 계산이 나오지 않는데, 그는 눈 깜짝할 사이에 아주 분명하고 신속하게 계산을 했다. 그는 마작을 해서 이길 때가 더 많았다. 그는 20~30장의 패가 땅에 떨어지면, 앞의 사람과 다음 사람의 손에 무슨 패가 들어 있는지 거의 다 알았다. 그가 마작을 할 때면 항상 그의 뒤에서 목을 길게 빼고 구경하는 사람들이 있었다. 어느 집에서는 그를 마작에 초대하면서 "당신에게 동전 두 냥을 드리고 싶습니다"라고 말하였다. 그는 참회하는 것에 능통할 뿐만 아니라 (작은 사찰의 스님들 중 참회를 할 줄 아는 사람이 많지 않다), 재주가 많아 바라를 잘 날렸다. 7월쯤 일부 지역에서는 우란회* 행사를 개최하는데,

넓은 빈터에서 제를 올리고 몇십 명의 스님은 수놓은 승복을 입고서 바라를 날린다. 무게가 10여 근이 되는 큰 바라를 던져 날리는 것이다. 어느 시간이 되면 모두 법기 두드리는 것을 멈추고 오직 몇십 개의 큰 바라만을 격렬하고 빠르게 두들긴다. 갑자기 손을 치켜 올려 큰 바라를 공중으로 날리는데, 날아가면서 회전한다. 그런 연후에 또 아래로 떨어지면 손으로 받는다. 받을 때는 평범하게 받는 것이 아니라 여러 가지 자세가 있다. 예를 들어 '코뿔소가 달을 바라보듯이'처럼 말이다. 이것이 무슨 경을 읽는 것인가, 이것은 잡기를 부리는 것이다. 아마 지장보살이 잡기 보는 것을 좋아할지도 모르지만 진짜 즐거워하는 사람들은 특히 부녀자와 아이들이다. 이것은 젊고 아름다운 스님이 윗사람의 주의를 끌려고 자기를 드러내는 기회이다. 한바탕 제를 올린 뒤는 극단이 지나간 후와 같이 과년한 처녀와 젊은 부인이 하나둘 실종될 수도 있다. 스님과 함께 달아나는 것이다. 그는 또한 꽃불을 올리는 제를 올릴 수 있었다. 어떤 집에서는 친척 중에 방랑기가 있는 젊은이들이 많으면 슬픈 불사, 예를 들어 죽은 사람의 기일이 아닐 때도 꽃불을 올리는 제를 지낼 수도 있었다. 소위 꽃불을 올리는 제란, 바로 정식으로 제를 올린 후 스님이 속요를 부르고 현악기를 켜고 피리를 불며 박(자판)을 두드리는 것이다. 뿐만 아니라 곡목을 지정할 수 있었다. 런듀 혼자서도 서로 다른 곡으로 밤새워 부를 수 있었다. 런듀는 몇 년 전부터 계속해서 속세에 있었는데, 2년 전부터 사찰에 거주하였다. 들리는 말에 의하면 그에게 사랑하는 사람이 생겼는데 게다가 한 사람이 아니라는 것이다. 그는 평소에는 규율에 맞게 생활했으나 아가씨와 색시들을 보면 농담 한마디도 산가(山歌) 한 구절도 부르지 못했

---

* 盂蘭會: 하안거의 마지막 날인 음력 7월 보름날에 개최되는 행사.

다. 한 번은 타작 마당에서 더위를 피해 서늘한 바람을 쐬고 있을 때, 사람들이 그를 둘러싸서 노래 두 곡을 부르지 않으면 안 되었다. 그는 차마 부탁을 거절할 수 없어 "좋아요, 한 곡 부르지요. 하지만 고향의 것은 부르지 않겠어요. 고향의 것은 당신들 모두가 잘 아니 안후이 지방 노래를 부르겠어요"라고 말하였다.

　　누나와 어린 하인이 보리 타작을 하네
　　타작을 하니 말을 들을 수 없네
　　들을 수 없으면 들을 수 없는 것이지
　　보리 타작을 마치고는 밀 타작을 하네

노래를 마쳤는데 모두들 듣기 좋아해서 그는 또 한 곡을 불렀다.

　　누나는 매우 아름답게 생겼네
　　불룩 솟아오른 두 젖가슴
　　한번 만져보고 싶은 마음 간절한데
　　심장만 뛰는구나
　　……

이 암자에는 스님들이 지켜야 할 계율이 없다. 또한 이 두 글자를 입에 올리는 사람도 없다.

런샨은 물담배를 피우는데 밖에 나가 불사를 할 때도 그의 물담배 통을 가지고 다녔다.

그들은 언제나 마작을 하였다. 이곳은 마작하기에 딱 좋은 장소였다.

본당에 있는 밥을 먹는 데 쓰는 탁자를 문 쪽으로 갖다 놓으면 마작용 탁자가 되었다. 탁자가 일단 놓이면 런산은 그의 처소에서 산가지를 가져다가 와르르 소리를 내며 탁자에 쏟는다. 골패로 노름할 때가 많았고, 마작을 할 때는 적었다. 도박꾼에는 선후배 스님 세 명 외에 오리털을 사러 다니는 사람과 토끼를 잡거나 닭을 훔치는 사람이 있는데 모두 직업이 있는 사람들이었다. 오리털을 사는 사람은 대나무 광주리를 메고 작은 지방 도시인 향(鄕)과 진(鎭)을 돌아다니며 쉰 목소리로 길게 늘여뜨려 소리를 지른다.

"오리털을 팔아 돈으로 바꿔요!"

닭을 훔치는 데에 있어 도구가 하나 있는데, 그것은 바로 구리로 된 잠자리이다. 암탉이 나타나면 구리로 만든 왕잠자리를 떨어뜨린다. 그러면 암탉은 한 입에 쫀다. 구리로 된 왕잠자리의 용수철이 풀리면서 닭 부리를 물어버려 소리를 낼 수 없게 된다. 닭이 갑갑해할 때 가서 집어 오면 된다.

밍즈는 이 사람이 구리로 된 왕잠자리로 어떻게 닭을 잡는지 보고 싶었다. 그는 샤오잉즈의 집 앞에 가지고 가서 한번 시험해보았는데 과연 생각대로였다! 샤오잉즈의 어머니가 알고서 밍즈에게 욕을 해댔다.

"죽일 놈의 애새끼! 어째서 우리 집에 와서 구리 잠자리를 가지고 노는 거냐!"

샤오잉즈가 뛰어나왔다.

"이리 줘! 이리 내!"

그녀도 한번 해보았는데, 신통하게도 검은 암탉의 부리를 물어버려, 눈이 휘둥그레졌다.

비가 내리는 흐린 날, 이 두 명은 삐치앤에 와서 하루를 보냈다.

외부 손님이 없을 때면 나이 든 사숙 또한 끌어들였는데, 마작의 끝은 대부분 절의 일을 맡아 처리하는 스님이 잔뜩 심통이 나는 것으로 끝이 났다. "제기랄! 또 졌어! 다음부턴 안 할 거야!"

그들은 고기 먹는 것을 남들에게 감추지 않았다. 새해에도 돼지를 잡았다. 돼지를 잡는 곳은 사찰의 본당이었다. 모든 과정이 속세 사람들과 똑같았다. 끓인 물, 물통, 끝이 뾰족한 칼을 사용하였다. 돼지를 잡아 맬 때는 돼지도 필사적으로 소리를 내었다. 속세 사람들과 다른 점은 한 차례의 절차가 더 있다는 것이다. 승천할 돼지의 후생을 위해 주문을 외워주는 것인데, 언제나 나이 든 사숙이 읽었으며 안색은 매우 장중하였다.

"……모든 생명은 무에서부터 와서 다시 무로 돌아간다. 다시 태어나 세상에 오는 것은 기쁨이다. 나무아미타불!"

셋째 사부인 런듀가 칼을 그으니 선홍색의 돼지 피가 거품과 함께 뿜어 나왔다.

밍즈는 언제나 샤오잉즈의 집으로 달려갔다.

샤오잉즈의 집은 마치 작은 섬과 같았는데, 3면이 모두 강이고 서쪽에는 오솔길이 있어 삐치앤과 통하였다. 독립가옥으로 섬에는 다른 집이 없었다. 섬에는 뽕나무 여섯 그루가 심겨 있었는데, 여름에는 모두 큰 오디가 열렸다. 세 그루는 하얀 오디가, 또 세 그루는 자색의 오디가 열렸다. 채소밭이 있어 콩과 채소가 사시사철 충분히 수확되었다. 담장 아랫부분은 벽돌로 쌓았고 윗부분은 진흙으로 다져 만들었다. 대문은 유동나무 기름을 발라 반들반들했고 붉은 종이에 쓴 대련 한 쌍이 붙어 있었다.

태양을 향한 집에는 봄이 항상 있네

선을 쌓은 가정에는 복이 넘치네

집에는 넓은 정원이 있었다. 정원의 한쪽에는 외양간과 디딜방아가 있는 방앗간이 있었고, 다른 한쪽에는 돼지우리와 닭장이 있었고, 오리를 가둔 울타리가 있었다. 밖에는 돌절구가 놓여 있었다. 북쪽으로는 벽돌로 지은 집이 있는데 지붕은 반은 기와이고 반은 풀로 덮여 있었다. 집을 수리한 지 3년밖에 안 되어 목재에 그루터기가 있었다. 가운데는 응접실인데, 집안 신인 보살의 불화가 거무스름하게 바래지 않았다. 양쪽은 침실이다. 칸막이 창에는 네모난 유리를 끼워 넣어 침실이 환하게 밝았다— 이것은 시골에서 흔히 볼 수 있는 모습은 아니다. 처마 아래 한켠에는 석류나무 한 그루가 심겨 있고 다른 한쪽에는 치자나무 한 그루가 심겨 있는데 모두가 다 처마 높이만큼 컸다. 여름철에는 꽃이 피었는데, 붉은색과 하얀 꽃으로 매우 아름다웠다. 치자나무 꽃은 향기가 코를 찌른다. 그래서 바람이 불면 삐치앤 전체에서 향기를 맡아볼 수 있었다.

이 집안 식구는 많지 않았다. 그의 집안 성씨는 자오씨이고 모두 네 식구였다. 즉, 아버지, 어머니, 두 딸인 따잉즈(大英子)와 샤오잉즈(小英子)가 있었다. 집안에는 아들이 없었다. 근래 몇 년 동안 식구들이 병이 나지 않았고, 소도 무탈하고 또한 가뭄과 홍수에 병충해가 발생하지 않았기 때문에 살림이 매우 넉넉해졌다. 집안 소유의 밭이 있어 넉넉히 먹을 수 있었는데도 사찰의 밭 열 묘를 소작하였다. 집안의 밭 한 묘에는 올방개를 심었다—이것은 샤오잉즈의 의견이 많이 반영된 것이었다. 그녀는 올방개를 아주 좋아하였다. 그리고 한 묘에는 쇠귀나물을 심었다. 집에서는 닭과 오리를 많이 길러 달걀과 오리털만으로도 1년 동안 사용할 기름과 소금을 넉넉히 살 수 있었다. 아버지는 능력 있는 사람이었다. 그는 재주

꾼이었다. 밭에서나 장터에서 여러 가지 일에 정통할 뿐만 아니라 또한 통발로 물고기를 잘 잡고, 맷돌을 잘 갈고, 매통을 잘 다듬었다. 물차와 배를 잘 수리하며 담을 잘 쌓고 벽돌을 잘 구우며 통에 테를 잘 씌우고 대나무를 잘 쪼개고, 밧줄도 잘 꼬았다. 그는 천식도 없고 허리도 견실하여 튼튼한 느릅나무 같았다. 사람이 매우 부드럽고 온화하여 하루 온종일 말 한마디 없었다. 아버지는 한 그루의 돈나무였고 어머니는 보물단지였다. 어머니는 아주 활달했다. 쉰이나 되었지만 두 눈동자는 여전히 맑았다. 어느 때고 머리는 깔끔하게 빗질하였으며 옷도 매우 단정히 입었다. 남편과 마찬가지로 그녀는 하루 온종일 분주했다. 돼지 밥을 끓여 돼지를 길렀고, 채소를 소금에 절였는데, 그녀가 소금에 절인 무말랭이는 매우 맛있었다. 곡식을 빻았고 콩을 갈아 두부를 만들었으며, 도롱이를 짜고 갈대로 발도 짰다. 그녀는 또한 그림을 잘 오렸다. 이 지방에서는 처녀가 시집갈 때 가져가는 혼수인 도자기, 주석 항아리에 붉은 색종이로 오려 만든 상서로운 문양을 붙였는데, 그래야 길하고 보기에도 좋았다. "봉황이 태양을 향한다" "부부가 백년해로 한다" "자자손손" "만복과 장수가 가득하기를" 등등이었다. 20~30리 안에 있는 집에서 모두 그녀를 청해 갔다. "아주머니, 경사가 있는 날이 열엿새인데 언제 해주실 건가요?"

"보름 날 이른 아침에 해줄게요!"

"반드시요!"

"꼭이에요!"

두 딸들은 어머니와 같은 틀에서 찍어낸 붕어빵처럼 닮았다. 눈이 아주 컸는데 흰자위는 오리알같이 엷은 푸른색이고 검은자위는 바둑돌처럼 까맣다. 빤히 쳐다볼 때는 맑은 물 같았고 깜박거릴 때는 별 같았다. 몸가짐 또한 단정하고 산뜻하였다. 머리카락은 윤기가 흘렀고 의복은 단정하였다. ―이 지방 풍속에 의하면 열대여섯 살 된 아가씨들은 머리를 땋았다. 두 계집아이들의 삼단 같은 머릿결! 새빨간 모근, 눈처럼 하얀 비녀! 어머니와 딸 둘이 시장에 가면 시장 사람들은 모두 넋을 놓고 그녀들을 쳐다보았다.

자매 둘은 외모는 닮았으나 성격은 달랐다. 큰딸은 매우 우아하고 침착하였으며 말수가 매우 적은 것이 아버지를 닮았다. 샤오잉즈는 어머니보다 한술 더 떠 언변이 좋아 온종일 쉬지 않고 웃고 지껄였다. 큰언니가 말했다.

"넌 아침부터 저녁까지 지껄이는구나―"

"마치 까치 같지!"

"네 스스로 잘 아는 구나! ―사람의 마음을 어지럽힐 정도로 떠들어대지!"

"마음을 어지럽힌다고?"

"마음을 어지럽혀!"

"언니 마음이 어지러운 게 내 탓이야!"

두 딸의 말속에는 다른 뜻이 있었다. 따잉즈는 이미 정혼한 남자가 있었다. 그녀는 그 사람을 몰래 본 적이 있었는데, 사람이 매우 견실해 보이고 인물도 반듯하고 집안 살림도 넉넉하여 만족하였다. 이미 신랑집에서 신부집으로 정혼의 의미로 간단한 패물을 보냈지만 날짜는 아직 정하지 않았다. 그녀는 요 2년 동안 문밖 출입이 매우 적었고, 하루 온종일 그녀의 혼수품을 준비하였다. 재단하고 자르는 것은 그녀가 모두 할 줄 알았지만 수놓는 것은 어머니만 못하였다. 그녀는 어머니가 놓는 수가 너무 구식이라고 싫어하였다. 그녀는 성안으로 가서 신부를 보았는데 사람들이 요즈음 수놓는 것은 모두 생기 있는 꽃과 풀이라고 말하였다. 이 말은 어머니를 난감하게 하였다. 까치가 갑자기 엉덩이를 두드리며 지껄였다.

"내가 한 사람을 추천해주지."

그 사람이 누구인가? 밍즈였다. 밍즈가 『맹자』 상하 편을 읽을 때 어떻게 화보집 『개자원(芥子園)』 반 권을 손에 넣었는지 알 수 없으나, 그는 매우 기뻐하였다. 삐치앤에 가면 그는 언제나 무엇을 펼쳐놓고 보고 있었는데, 어떤 때는 옛 장부를 펼쳐놓고 그대로 따라서 베끼기도 했다. 샤오잉즈가 말하였다.

"그 앤 그림을 그릴 줄 알아요. 마치 살아 있는 것처럼 그려요!"

샤오잉즈는 밍하이를 집으로 불러 그에게 먹을 갈고 종이를 펴주었다. 어린 중이 그림 몇 장을 그렸는데 따잉즈는 아주 좋아했다.

"바로 그렇게! 바로 그렇게! 그렇게 하면 '난잔(亂屛)'을 할 수 있어!" —소위 '난잔'이란 것은 수놓는 바느질법의 한 종류이다. 첫번째 땀을 수놓고 두번째 땀의 바느질 자리는 첫번째 땀의 꿰맨 자리로 끼워 넣는데, 이렇게 하면 빛깔이 짙은 것에서부터 옅은 것에까지 미칠 수 있고 흔적을 남기지 않으면서도 어머니 세대가 수놓은 꽃무늬처럼 밋밋한 바느질이 아니라 한 땀 한 땀의 짙고 옅은 색 사이에 명암의 경계가 분명하였다. 샤오잉즈는 옆에서 시중드는 소년 같았고 또 참모 같았다.

"석류나무 꽃 그려봐!"

"치자나무 꽃 그려봐!"

그녀가 꽃을 꺾어오자 밍하이는 그대로 따라서 그렸다.

나중에는 봉선화, 패랭이꽃, 여뀌, 담죽잎, 생달나무 과일, 새양나무 꽃 등, 모두 다 그릴 수 있었다.

어머니가 보고서 마음에 들어 하며 밍하이의 머리를 껴안았다.

"정말 총명하구나! 내 수양아들이 되지 않겠니!"

샤오잉즈는 그의 어깨를 손으로 힘 있게 누르면서 말하였다.

"빨리 말해! 빨리 대답하라니까!"

밍하이는 땅에 무릎을 꿇고 이마를 조아리며 절을 올렸다. 이때부터 샤오잉즈의 어머니는 수양어머니가 되었다.

따잉즈가 수놓은 가죽신은 사방 30리까지 소문이 퍼졌다. 많은 아가씨들이 길을 걷고 배를 타고 와서 보았다. 보고 나서 말하길, "칭찬이 자자하던데 정말로 곱구나! 이것은 어떤 사람이 수놓은 것인지, 한 떨기 생화로구나!" 아가씨들은 종이를 들고 와서는 어린 중에게 그림을 그리도록 부탁해달라고 큰어머니께 간청하였다. 어떤 이는 축 늘어진 모기장을, 어떤 이는 바람에 휘날리는 휘장을 그려달라고 요청하였으며, 또 어떤 이는 신발코를 장식하는 꽃을 그려달라고 청하였다. 매번 밍즈는 꽃을 그렸으며 샤오잉즈는 그에게 맛있는 것을 만들어주었다. 계란 두 개를 삶아주고 토란 한 그릇을 데워주었으며 연근 경단을 부쳐주었다.

언니가 혼수품을 장만하러 시장에 가기 때문에 자질구레한 밭일은 샤오잉즈가 도맡아 하였다. 그리고 그녀의 일을 거들어주는 조수는 바로 밍즈였다.

이 지방의 바쁜 일은 모내기를 하고, 지대가 높은 밭에 수차를 이용하여 물을 대며, 잡초를 뽑고, 그리고 벼 베기를 하고 타작을 하는 것이었다. 몇 번 그루갈이를 하는 이런 중노동은 집안 식구만으로는 바빠서 다 감당할 수가 없었다. 그래서 이 지방에서는 품앗이가 성행하였다. 날짜를 다 짜고 몇 가구가 한 집안의 일을 차례대로 돌아가면서 했다. 품삯은 받지 않았지만 맛있는 것을 먹었다. 하루에 여섯 끼를 먹는데 두 번은 고기가 나왔고 끼니마다 술을 준비했다. 일을 할 때는 징과 북을 두드리며 노래를 불러 매우 왁자지껄했다. 나머지 시간에는 각자 자신의 일을 했기 때문에 그다지 일손이 바쁘지 않았다.

세번째 잡초를 뽑을 때면, 벼 모종이 이미 상당히 크게 자랐기 때문에 머리를 숙이면 사람이 보이지 않았다. 짙은 초록 물결 속에서 우렁찬 노랫소리가 들려왔다.

치자나무에서 꽃이 피었네, 여섯 개 꽃이……
누나네 집 문 앞에는 다리가 있네……

밍하이는 샤오잉즈가 어디에 있는지 알고 부랴부랴 걸음을 재촉해 고개를 숙이고 잡초를 뽑기 시작했다. 해 질 무렵에 소를 몰고 가서 흙탕물 목욕을 시키는 것은 밍즈의 몫이었다. ―물소는 모기를 두려워하였다. 이 지방 관습은 소의 멍에를 벗기고 소에게 물을 먹인 뒤 흙탕물 속으로 이끌고 간다. 그러면 소는 혼자서 데굴데굴 구르고 발길질을 하기 때문에 온몸이 진흙투성이가 된다. 이러면 모기가 물지 못한다. 지대가 낮은 밭에 물을 대려면 바퀴살이 열네 개인 수차 한 대로 두 사람이 반나절 동안 물을 퍼 올리면 된다. 밍즈와 샤오잉즈는 수차에 올라서서 여유 있게 차축의 살을 발로 밟았다. 밍하이가 사부들에게서 배운 각 지방의 산가(山歌)를 흥얼댔다. 타작할 때면 밍즈가 잠시 아버지 대신 타작을 하고 아버지가 집으로 가서 밥을 먹을 수 있게 하였다. ―자오 씨네 집에는 타작 마당이 없어서, 해마다 삐치앤 밖에 있는 마당에서 타작을 했다. 그는 채찍을 휘두르면서 타작하는 메김소리를 질렀다.

"어영차아."

타작하는 메김소리에는 음만 있고 가사는 없으나, 음이 변화무쌍하

여 어떤 산가보다 듣기 좋았다. 어머니는 집에 있다가 밍즈의 메김소리를
귀 기울여 들었다.

"저 애 목소리 한번 좋다!"

따잉즈도 바느질을 멈추었다.

"정말 듣기 좋다!"

샤오잉즈는 매우 자랑스럽게 말하였다.

"열세 개 성(省) 중에서 제일일걸!"

저녁에, 그들은 함께 타작마당으로 가보았다—삐치앤에서 소작세로
받은 벼도 마당 위에서 햇볕을 쬐고 있었다. 그들은 돌태*를 어깨에 메고
앉아서 북을 치듯이 울어대는 청개구리 소리와 땅강아지 울음소리를 들었
다—이곳에서는 땅강아지를 지렁이라고 불렀으며 게다가 지렁이는 "겨
울뱀"이라고 불렀다. "쏴아", 아낙네들이 쉴 새 없이 실 뽑는 소리도 들었
고 반딧불이가 이리저리 날아다니고 유성이 떨어지는 것을 보았다.

"아차! 허리띠 묶는 것을 까먹었네!" 샤오잉즈가 말하였다.

이곳의 사람들은 유성이 떨어질 때 허리띠를 묶고 마음속으로 좋은
일을 생각하면 곧 원하는 대로 된다고 믿었다.

올방개를 만지작거리며 가지고 노는 것은 샤오잉즈가 가장 좋아하는
놀이였다. 가을철이 지나가면 대지는 텅 비고 올방개 잎은 시들어 말라버
린다. 파와 같이 매우 곧은 올방개 잎 안은 격자 모양으로 되어 있어 손으
로 만지면 '비비' 하고 소리를 냈는데, 샤오잉즈가 가장 좋아하는 놀잇거
리였다. —올방개는 진흙탕 속에 숨어 있다. 맨발로 차갑고 미끄러운 진

---

* 탈곡장을 고르거나 탈곡하는 데 쓰는, 원주형의 돌로 된 농기구.

흙을 밟으면—아! 딱딱한 덩어리! 손을 뻗어 적자색 올방개를 캐냈다. 그녀도 이런 생활을 좋아했고 밍즈도 끌고 갔다. 그녀는 언제나 맨발로 밍즈의 발을 밟았다.

그녀는 올방개가 담긴 바구니를 허리에 차고 돌아가면서, 부드럽고 논두렁 위에 발자국 한 줄을 남겼다. 밍하이는 샤오잉즈의 발자국을 보면서 멍해졌다. 다섯 개의 작은 발가락, 발바닥은 평평하고 발꿈치는 가늘고 작았다. 발바닥의 활과 같이 생긴 부분은 살이 없었다. 밍하이에게 예전에 없었던 감정이 생겨 마음이 애가 타기 시작했다. 이 아름다운 발자국은 스님의 마음을 어지럽게 흔들어놓았다.

밍즈는 항상 자오 씨 집의 배를 타고 성으로 들어가 사찰에 향과 양초를 사다 주고 기름과 소금을 사다 주었다. 한가할 때는 아버지가 노를 저어갔으나, 바쁠 때는 샤오잉즈가 갔는데, 밍즈가 노를 저었다.

마을에서 현 정부 소재지로 가려면 도중에 무성한 갈대숲을 지나야 했다. 갈대가 빽빽하게 자란 한가운데에 수로가 있었고 사방 아무도 볼 수 없었다. 배를 저어 이곳에 이르면 밍즈는 언제나 호흡이 가빠지며 마음속이 긴장되어 노만 힘껏 저었다.

샤오잉즈가 소리쳤다.

"밍즈야! 밍즈야! 왜 그래? 너 미쳤니? 왜 이렇게 빨리 저어?"

……

밍하이는 계를 받으러 선인사(善因寺)에 갔다.

"너 정말 계를 받으러 가려 하는 거야?"

"정말이야."

"머리 위에 열두 개의 구멍을 잘 태워야 하는데 그러면 아프지 않을까?"

"이를 악물고 참아야 해. 외삼촌이 그것은 스님이 되는 큰 관문이므로 반드시 거쳐야만 한다고 말씀하셨어."

"계를 받지 않으면 안 되니?"

"계를 받지 않은 스님은 땡초 스님이야."

"계를 받으면 어떤 점이 좋아?"

"계를 받으면 도처를 다닐 수 있고 절간을 만나 '괘답(掛褡)'을 할 수 있어."

"'괘답'이 뭐니?"

"바로 절간에서 머무르는 거야. 시주하는 음식이 있으면 먹지."

"돈은 내지 않니?"

"돈은 내지 않아. 불사가 있으면 외부에서부터 온 사부가 먼저 하도록 해야 하거든."

"그래서 모두 '먼 데서 온 스님이 경을 잘 읽는다'라고 말하는구나. 바로 머리 위에 있는 계를 받은 흔적을 근거로 하는 거니?"

"또 계를 받았다는 증명서를 가지고 있어야만 해."

"결국 계를 받는다는 것은 바로 스님의 합격 증서를 받는 거구나!"

"바로 그래!"

"배를 타고 가서 너를 배웅해줄게!"

"좋아."

샤오잉즈는 아침 일찍 배를 저어서 삐치앤 문 앞에 도착하였다. 무슨 이유인지 몰라도 매우 즐거워했다. 그녀는 호기심으로 가득 차 선인사라는 큰 사찰을 보러 가고 싶었고 계를 어떻게 받는지도 보고 싶었다.

선인사는 현 전체에서 제일 큰 사찰이다. 동문 밖에는 수심이 매우 깊은 호성(護城) 강이 있었고 3면은 모두 큰 나무들로 둘러싸여 있어, 나무 숲 속에 사찰이 있었다. 멀리서 보면 황금빛과 푸른빛이 휘황찬란한 지붕만 어렴풋하게 보여 절의 규모가 얼마나 큰지 알 수가 없었다. 나무 위에는 어디에나 "사납고 흉악한 개 조심"이라는 팻말이 걸려 있었다. 이 절의 개는 사납기로 유명했다. 평소에는 사람들이 그리 많이 왕래하지 않지만 계를 주는 기간에는 사람들이 마음대로 이리저리 구경하며 돌아다니기 때문에 사나운 개들을 모두 묶어놓았다.

　　얼마나 큰 사찰인가! 사찰의 문턱은 샤오잉즈의 무릎보다도 높았다. 문 맞은편에는 큰 팻말 두 개가 한쪽에 하나씩 우뚝 솟아 있다. 하나는 "계를 드립니다"라는 글자가 아주 크게 씌어져 있었고, 다른 하나에는 "떠들지 마시오"라는 글자가 씌어져 있었다. 이 사찰은 분위기가 장엄하여 이곳에 오면 누구라도 감히 기침조차 할 수 없었다. 밍하이는 직접 이름을 등록하러 갔고 샤오잉즈는 이리저리 돌아다니면서 구경하였다. 아! 사천왕은 세 장(丈) 이상의 높이였고 내부를 수리한 지 얼마 되지 않았다. 마당은 두 묘만큼 넓었고 푸른 빛깔을 띤 응회암이 깔려 있으며 사시사철 푸른 소나무와 측백나무가 심겨 있었다. 대웅보전, 바로 진짜 본당이었다! 안으로 들어가니 바람이 싸늘했다. 가는 곳마다 모두 찬란한 금빛으로 눈부셨다. 석가모니 상이 연화대에 앉아 있는데, 연화대만 해도 샤오잉즈 키보다 높았다. 고개를 들어도 석가모니의 얼굴을 다 볼 수 없고 다만 살짝 다물고 있는 입술과 통통하게 살찐 아래턱만이 보였다. 양쪽에 있는 두 개의 큰 붉은 양초는 한 아름 정도로 굵었다. 불상 앞에 있는 큰 제상 위에는 생화와 자귀나무 꽃, 비단으로 만든 조화 그리고 또 산호수 나무가 놓여 있었다. 향로에는 단향목이 타고 있었다. 샤오잉즈는 사찰을 나와 옷에 가득 밴 향기를 맡았다. 많은 깃발이 걸려 있었다. 이 깃발들이 어떤 옷감으로 만들어졌는지 알 수 없어도 꽤 두껍고 수놓은 꽃무늬가 아주 섬세하였다. 큰 경쇠는 물 다섯 동이를 채워 넣을 수 있을 정도로 컸다. 큰 목어는 소처럼 크고 새빨갛게 옻칠을 하였다. 그녀는 또 나가서 나한당(羅漢堂)을 둘러보고 천불루(千佛樓)에 올라가 구경하였다. 장경루(藏經樓)에는 그다지 볼만한 것은 없고 모두 경서만 있었다. 아이구! 이렇게 한 바퀴 한가롭게 구경하니 다리가 시큰거렸다. 샤오잉즈는 집에 기름을 사 가야 하고 언니를 대신해서 수놓는 실을 사고 어머니에게 신발을 만들 천을 사 가야 하며, 자신의 앞치마에 늘어뜨릴 장식띠 두 개를 사야 하며, 아버지 궐련을 사야 한다는 생각이 나서 곧바로 사찰을 나왔다.

일을 다 처리하고 나니 정오였다. 그녀는 다시 사찰로 가서 구경하였다. 스님들이 막 죽을 먹고 있었다. 스님들이 공양을 올리는 식당은 8백 명 정도의 스님이 앉을 수 있었다. 죽을 먹는 것도 간단치가 않았다. 정면에 있는 법좌에는 주석으로 된 꽃병 두 개가 놓여 있고 붉은 자귀나무 꽃이 꽂혀 있었다. 뒤에는 진홍색과 금빛으로 가득 수놓은 승복을 입은 한 스님이 책상다리를 하고 앉아 있는데 손에 죽비를 들고 있었다. 이 죽비는 스님들을 때리는 데 사용한다. 소리를 내면서 죽을 먹는 스님이 있으면 죽비로 내리친다. 그러나 사람을 정말로 때리는 것이 아니라 단지 시늉만 내는 것이다. 그렇게 많은 스님이 죽을 먹는데도 정말 신기하게도 소리 하나 나지 않았다! 그녀는 밍즈도 안에 앉아 있는 것을 보고 그에게 손짓을 하고 싶었으나 쉽지가 않았다. 궁리 끝에 소란 피우는 것을 금지하든 안 하든 상관없이 큰 소리로 외쳤다. "나, 간다!" 그녀는 밍즈가 돌아보지 않고 고개를 살짝 끄덕이는 것을 보고는 사람들이 자신을 보는 것에 개의치 않고 어깨에 힘을 주며 걸어갔다.

나흘째 되는 날, 이른 아침 샤오잉즈는 밍즈를 만나러 갔다. 그녀는 밍즈가 계를 받는 날은 사흘째 되는 날 저녁이라는 것을 알고 있었다. 계를 받는 모습은 다른 사람들이 볼 수 없다. 머리를 깎는 늙은 사부를 초청하여 머리를 깎을 때 종횡으로 가지런히 깎아야만 머리의 모근이 보이지 않게 되는데, 만약 그렇게 하지 않고 머리에 불을 붙이면 계는 고사하고 몽땅 다 타버린다는 것을 알았다. 먼저 대추 소를 사용하여 머리에 점을 찍고 그런 연후에 향으로 머리에 불을 붙인다는 것도 알았다. 계를 받은 후에는 즉시 버섯탕 한 그릇을 마셔 불붙인 자리의 열을 '발산'시켜야 하며, 또한 눕지 않고 계속해서 움직여야만 하는데 그것을 "산계(散戒)"라고 부른다는 것을 알았다. 이것들은 모두 밍즈가 그녀에게 이야기해준 것들이다. 밍즈는 외삼촌이 이야기하는 것을 들은 것이다.

스님들이 정말로 담벽 아래 공터에서 산계를 하고 있는 것을 보았다. 모두 법의를 입었고, 반들반들한 머리 위에는 모두 열두 개의 검은 점이 있었다. ─검은 흉터가 떨어지면 비로소 새하얗고 둥근 계 받은 자국이 드러날 것이었다. 스님들은 매우 기쁜 듯이 모두 히죽히죽 웃고 있었다. 그녀는 한눈에 밍즈를 알아보았다. 호성 강을 사이에 두고 그를 큰 소리로 불렀다.

"밍즈야!"

"샤오잉즈!"

"계 받았어?"

"받았어."

"아팠니?"

"응, 아팠어."

"지금도 아프니?"

"지금은 괜찮아."

"너 언제 돌아갈 거니?"

"내일 모레."

"오전? 오후?"

"오후에."

"내가 마중 나갈게."

"그래, 좋아!"

샤오잉즈는 밍하이를 배에서 맞이하였다.

샤오잉즈는 곱고 하얀 얇은 모시로 만든 저고리를 입었고 아래에는 검은 양사로 된 바지를 입고 있었다. 그리고 용수초(龍須草)로 된 보드랍고 가는 짚신을 신었고 머리에는 한쪽에 치자나무 꽃 한 송이를 꽂고 다른 한쪽에는 석류나무 꽃 한 송이를 꽂고 있었다. 그녀는 밍즈가 법의 안에 입은 짧은 홑저고리의 흰 옷깃이 밖으로 나와 있는 것을 보고 "밖으로 나온 그 옷은 벗어. 너, 덥지 않니!"라고 말하였다.

그들 중 한 사람이 노를 잡았다. 샤오잉즈는 한복판에 있는 선실에 있었고 밍즈는 선미에서 노를 저었다.

그녀는 마치 1년 만에 만난 것처럼 가면서 내내 밍즈에게 많은 말을 물어보았다.

계를 받을 때 우는 사람이 있었는지, 소리 지르는 사람이 있었는지 물어보았다. 밍즈는, 우는 사람은 없었고 단지 쉬지 않고 염불만 외웠고 어떤 산둥성의 스님은 사람들에게 욕을 하였다고 하였다.

"빌어먹을! 나, 지지지 않을래!"

그녀는 선인사의 주지인 석교(石橋) 스님의 용모와 목소리가 남보다 뛰어난가를 물어보았다.

"그래."

"그 스님의 처소는 아가씨의 방보다도 더 볼만하니?"

"볼만해. 모든 물건을 꽃무늬로 수를 놓았거든."

"스님의 방 안은 향기롭니?"

"상당히 향기로워. 그는 매우 비싼 침향을 태우지."

"듣기로는 스님이 시를 잘 짓고 그림을 잘 그리며, 필체가 뛰어나다는데?"

"잘하셔. 사찰 회랑의 돌로 만든 액자에 스님의 글자가 새겨져 있어."

"스님에게 첩이 있니?"

"한 명 있어."

"겨우 열아홉 살이지?"

"듣기로는 그래."

"예쁘데?"

"모두들 예쁘다고 말해."

"넌 본 적이 없니?"

"내가 어떻게 보겠니? 난 사찰에 갇혀 있었잖아."

밍즈는 선인사의 노승 한 분이 그에게 알려준 것인데 절에서는 그를 사미승으로 뽑을 생각이 있지만 아직 정해지지 않았고 주관하는 스님과 상의할 때까지 기다려야만 한다고 그녀에게 알려주었다.

"무엇을 사미승이라고 불러?"

"한 차례 계를 놓으면 어른 사미승과 동자 사미승 두 명을 선출하게 돼 있어. 어른 사미승은 경험이 풍부하여 어른스럽고 신중해야 하며 불경을 많이 읽은 스님이어야 돼. 동자 사미승은 젊고 총명하며 용모가 좋아야만 하지."

"동자 사미승이 되면 다른 스님들과 어떤 점이 다른데?"

"어른 사미승과 동자 사미승은 장래에 모두 주지스님이 될 수 있어. 현재의 주지스님이 물러나면 바로 맡는 거야. 주지 석교 스님도 원래 동자 사미승이었어."

"네가 동자 사미승이 되는 거야?"

"아직 확실하지 않아."

"네가 주지스님이 되면 선인사를 관리하니? 그렇게 큰 사찰을 관리해!"

"아직 멀었어!"

한 차례 물살을 헤치며 배를 젓고서 샤오잉즈가 말하였다.

"주지스님 되지 마!"

"좋아. 되지 않을게."

"동자 사미승 맡지 마!"

"좋아, 맡지 않을게."

또 한 차례 물살을 헤치며 노를 저으며 갈대가 무성한 호수를 바라보았다.

샤오잉즈가 갑자기 노를 놓고서 선미로 걸어와 밍즈의 귓가에 대고 작은 목소리로 말하였다.

"내가 너의 아내가 될게, 어때?"

밍즈는 눈을 크게 떴다.

"말해봐!"

밍즈는 말했다.

"응, 그래."

"뭐가 '응'이야! 원해 안 원해, 원해 원하지 않아?"

밍즈는 큰 소리로 말했다.

"원해!"

"소리는 왜 치니?"

밍즈는 작은 목소리로 말하였다.

"원해―!"

"빨리 좀 저어라!"

샤오잉즈는 배의 한복판으로 뛰어갔다. 노 두 개가 나는 듯이 빠르게 물살을 헤치며 갈대가 무성한 호수로 나아갔다.

갈대꽃이 새 이삭을 피웠다. 자회색 갈대 이삭은 은빛을 내고 있었고, 부드러워 마치 실타래 같았다. 어떤 곳은 창포 이삭이 피었는데 새빨간 것이 마치 작은 양초 자루 같았다. 푸른 부평초, 자줏빛 부평초. 발이 긴 모기, 물거미. 야생 마름은 꽃잎이 네 개인 희고 작은 꽃을 피웠다. 놀란 푸른 물새 한 마리가 갈대 이삭을 스치면서 날개를 푸드덕거리며 멀리 날아갔다.

계압명가(鷄鴨名家)

조금 전 그 두 노인은 누구일까?

아버지는 오리발을 문질러 씻고 계셨다. 발등 부분의 모든 물갈퀴를
벌려서 남아 있는 오물은 없는지, 껍질이 제대로 제거되었는지 자세히 살
펴보는 모습이 정교한 수공예를 하는 것 같았다. 살결이 희고 깨끗한 오
리발 두 쌍이 한 줄로 가지런하게 배열되어 있었다. 오리 날개 네 개도 역
시 희고 깨끗하게 한 줄로 놓여 있었다. 매우 예쁘고 귀여웠다. 심지어
아버지는 오리의 모래주머니 두 개도 매우 깔끔하게 손질하셨다. 내가 어
렸을 때부터 자주 봐온 뿔손잡이가 달린 주머니칼을 사용하여 밤색빛이
나는 자주색 사이에서 강철처럼 반짝이는 남색의 조그맣고 오목한 곳을
조심스럽게 갈라, 뒤집어서, 안에 있던 누르스름한 꽃봉오리 같은 것을
꺼냈다. 여러 번 씻어서 오리발과 오리 날개 사이에 놓으니 보기 드문 진
귀한 과일처럼 보였다. 나는 아버지가 하얗고 남성적인 손으로 이러한 일
들을 노련하게 해내시는 것을 아주 흥미롭게 지켜보았다. 나는 어렸을 때
부터 아버지가 그림을 그려 도장을 새기거나 아버지가 손을 사용해서 이

런 일들을 하시는 것을 구경하기를 좋아했다. 나와 아버지는 10년간 떨어져 지냈지만, 여전히 나에게는 매우 익숙한 두 손이었다.

조금 전 그 두 노인은 누구일까!

오리발과 오리 날개는 닭과 오리를 파는 가게에서 조금 전 사 온 것이었다. 이 지역은 닭과 오리가 많고 닭과 오리를 파는 가게도 많았다. 닭과 오리를 파는 가게는 모두 회족(回族)이 연 것이었다. 이 지역에는 회족이 많이 살고 있는 것이 분명했다. 나의 고향에는 회족이 매우 적었다. 성 전체에서 닭과 오리를 파는 가게는 오직 한 곳만 있었던 것 같다. 조그마한 가게 앞은 깨끗하고 조용했다. 문 입구에는 희고 깨끗한 닭과 오리가 잘 정리되어 걸려 있었는데 사는 사람은 별로 없었다. 나는 가게 앞을 지나칠 때마다 쉽게 잊을 수 없는 인상이 엄습해옴을 느꼈다. 이 가게에는 다른 가게와는 다른 무언가가 있었다. 마치 아주 오래된 가게처럼. 가게는 나의 외삼촌 집 근처에 있었는데 후미진 골목과 가파른 언덕을 벗어나 번화가에 서면 모퉁이에 있는 첫번째 집이었다. 주인의 용모는 괴상했다. 코가 아주 컸는데, 코 위에는 작은 구멍들이 많고 선명하게 붉어서, 주독이 오른 주부코였다. 나는 그 코를 보고 무엇을 주부코라고 부르는지를 알게 됐다. 나에게 알려주는 사람은 없었지만 나는 스승 없이도 보자마자 곧 "주부코다!"라는 것을 알았다. 나는 타향에서 지내는 10년 동안 때때로 그 코를 떠올리곤 했다. 방금 닭과 오리를 파는 가게에서 또 그 코가 생각났다. 현재 그 코의 주인과 노을이 지는 옛 버드나무 골목이 어떻게 되었는지는 알 수 없다.

그 두 노인은 누구일까?

금빛으로 빛나는, 보기에도 예쁜 큰 수탉 한 마리가 닭 울음소리를 내며, 조그마한 뜰에서 자기의 그림자를 보며 서성거리는데, 거만하기도 하고 적적하기도 했다.

강가의 백사장에서 아버지와 인사를 나누던 그 두 노인은 누구일까?

거리에서 돌아오는 길에 백사장을 지나갔다. 백사장 위에서 어떤 사람이 오리를 나누고 있었다. 남자 네 명이 커다란 오리 우리 앞에 서서 북적거리는 오리들 속에서 한 마리 한 마리씩 오리 목을 잡고 꺼내어 한번 살펴보고는 좀더 작은 네 개의 우리 속으로 나눠 던졌다. 그들은 무엇을 보는 것일까? ─네 명 모두 짧은 솜저고리를 입고 아래에는 물고기를 잡을 때 입는 검은 천으로 된 치마를 둘러맸다. 이 일대 양쯔강 이남과 이북 지역, 물에 의지해 살면서 먹고사는 사람, 물고기를 파는 사람, 마름열매와 연근, 가시연밥, 갈대 땔감, 줄풀을 파는 사람들은 모두 이런 치마를 입었다. 송 왕조 시대부터 성행해온 천으로 된 이런 치마를 두르고 기와 모양의 전모를 쓰고 있어 무슨 일을 하는지 한눈에 알 수 있었다. ─보는 것은 오리 머리뿐인데 수컷과 암컷을 구별하는 것일까? 암컷 오리는 알을 낳으니 비싸게 팔 수 있을까? 그렇지 않았다. 오리가 시장에 나오면 대부분 식용으로 팔렸고 특별히 알을 낳는 암컷 오리를 사는 사람은 매우 드물었다. 단지 암컷과 수컷을 구별하기 위해서라면 두 개의 큰 우리를 만들면 되었다. 수컷 오리를 한쪽으로 몰면 남아 있는 것은 모두 암컷 오리가 아니겠는가? 이렇게 번거롭게 할 필요가 없었다. 수컷인지 암컷인지 한눈에 알아볼 수 없어서 그렇게 일일이 꺼내서 확인하는 것일까? 게다가 몇 개의 오리 우리 속에는 회색 머리와 녹색 머리가 섞여 있었다! ─백사장은 매우 조용하지만 모든 것에는 소리가 있어, 강물은 도도히 흐르고 세차게 흐르기도 하지만, 가라앉은 신비한 그리움이기도 하고, 광대하면서 깊고 미묘한 호소이기도 하고, 영원하면서도 심원하고, 소리 없이 사람을 슬프게 하고 감동시키기도 하고 종잡을 수 없다. 동북풍. 소설(小雪)

이 지나가자 정말 겨울이 되었다. 그러나 양쯔강 남쪽의 대지는 따뜻하여 비록 "만나도 손을 내밀지 않는" 때에 이르렀다고는 하지만 몸의 각 부분은 여전히 매우 편안하게 느껴졌고, 흥취가 넘쳐흐르고 그다지 스산하지 않았으며 날씨가 약간 흐리고 공기가 눅눅했다. 새로운 보리, 오래된 버드나무, 덩굴손을 뽑아 올리는 완두의 연한 잎, 흩어진 솜 같은 민들레, 이 모든 것이 물기를 머금었다. 오리 또한 이러한 날씨에 매우 만족한 듯 평소보다 훨씬 더 안정돼 보였다. 비록 목덜미가 들어 올려져도 반항하지 않았다. 또 오리 노점 상인들은 오리 목덜미를 쥐자마자 바로 내던졌기 때문에 오리를 고통스럽게 하지 않았다. 심지어 그렇게 내던지면 오리들은 근육이 펴지는 쾌감을 느낄 수 있어서, 왔다 갔다 움직이는 것이 훈훈하고 만족스러운 모양이었다. 대부분의 사람들은 오리가 매우 시끄럽게 떠드는 동물인 걸로 생각하는데, 사실 오리도 조용할 때가 있었다. 그러나 나는 이렇게 큰 무리의 오리들이 이처럼 온화하고 고상하게 있는 것을 아직 본 적이 없었다. 아마도 오리들이 아침에 배부르게 먹은 것 같다— 어디에선가 엿기름을 끓이는 냄새가 풍겨오는데 매우 향기로웠다. 어떤 사람이 긴 손잡이가 달린 주걱으로 구리 솥 안을 천천히 휘저으면서 엿을 만들고 있는 것이 틀림없었다. —무게를 달아서 어린 오리와 늙은 오리를 구분하는 것일까? 이것 역시 옳지 않다. 이 오리들은 모두 크기가 별 차이 없고 모두 같은 해 4월 하순 아니면 5월 초에 태어나서 며칠 차이밖에 나지 않는다. 노새와 말은 이빨의 숫자로써 가축의 나이를 판단하지만 오리는 노새와 말이 아닌데, 그래도 이를 보고 몇 살인지를 알 수 있을까? 보려면 오리의 부리를 벌려야 하는데 오리의 부리는 전부 납작하게 닫혀 있었다. 누런 부리도 납작하고 녹색 부리도 납작했다. 설령 열어보아도 이빨이라고 할 만한 것을 볼 수 없다. 가느다란 톱니들이 모두 하나의 원을 이루고 있어서 이빨이 많은지 적은지를 구분할 수 없는 것이다. 보는 것은 부리였다. 부리의 무엇을 보는 것일까? 아! 오리의 부리 위에 약간의 흔적이 새겨져 있었다. 어떤 것에는 한 개가, 어떤 것에는 두 개가 어떤 것에는 +자 모양의 ×표가 새겨져 있었다. 아! 이것은 표시였다! 이 오리들은 한 집에서 기른 것이 아니었다. 서로 잘 알고 지내던 주인들이 한 무리를 이뤄 강을 건너와서 한데 뒤섞어놓았다가 지금은 다시 분리해서 각자 팔러 나가는 것일까? 맞다, 맞다! 그렇다! 이런 표시는 정말 쓸 만했다.

강가에 바람이 세서 오래 서 있으면 추워지니 가자.

방금 한 수레의 닭을 운반한 부부는 어디로 갔을까. 닭 상자들이 한 수레 가득 높이 쌓여 있었다. 이 닭들은 그들 자신의 것일까, 아니면 다른 사람 집에 운반하는 것일까? 처음에 나는 정말로 어이가 없었다. 이 남자는 정말로 어찌 이럴 수가 있을까? 어떻게 여자에게 수레를 끌게 하고 자기는 무게도 별로 나가지 않는 부들 꾸러미 두 개를 들고 뒤에서 천천히 팔자걸음을 걸을 수 있단 말인가! 그러나 나중에야 비로소 그의 짐이 한층 더 무겁다는 것을 알아차렸다. 이 일대의 땅은 평평하지 않고 온통 움푹 패어 있었다. 수레를 끌 때에는 별로 힘이 들지 않았지만 구덩이에 빠져 위로 밀어 올리려면 쉽지 않았다. 이런 상황은 불만하였다! 수레가 구덩이 속으로 떨어지자 그가 급하게 어깨로 지탱했다. 그러나 수레바퀴 한 개는 어떻게 해도 위로 올릴 수 없었다. 노인 둘이 달려왔다(그들은 원래 한쪽에 웅크리고 앉아서 잡담을 하고 있었다). 한 노인이 벽돌 하나를 주워서 바퀴가 안 미끄러지도록 한 뒤에, 수레를 미는 남자가 큰 소리를 지르자 수레가 위로 올라왔다! 그는 여자가 땅에 떨어뜨린 모자를 대신 주워 오자, 받아서 북데기를 털어낸 다음 노인에게 감사의 말을 하였다.

"수고하셨습니다!" 수레는 삐꺽삐꺽 소리를 내면서 멀리 가버렸다. 나는 갑자기 「타화고(打花鼓)」의 두 구절이 생각났다.

금실 좋은 부부
징을 두드리는 채는 징을 떠나지 않네

이 노래 두 구절은 언제나 나의 마음속에서 맴돌았고, 매우 슬펐다.

이런 표시는 정말 쓸 만했다. 오리의 몸 전체를 두루 살펴봐도 부리 외에 또 어느 곳에 표시를 할 수 있을까? 오리는 닭과는 다르다. 닭은 성장하면 털색이 각각 서로 달라서, 닭을 기르는 사람이 모두 기억한다. 그들의 눈에는 이 세상에 똑같은 두 마리의 닭은 없다. 설사 사람이 훔쳐가서 죽여 먹어치우고 털 한 무더기만을 남겼을지라도 그는 확실히 구별해낸다. (『왕파매계(王婆罵鷄)』안에 무수히 많은 닭의 명칭을 열거해놓았는데 이것이 '계전(鷄典, 닭 서책)' 한 질이다.) 어린 닭은 모두 비슷비슷해서 닭을 기르는 사람들은 모두 그것들의 어깨와 날개 사이에 붉은색이나 녹색으로 물을 들여 잃어버리는 것을 막았다. 나는 어렸을 때 이것이 보기 안 좋다고 여겨서 찬성하지 않았다. 그러나 사람들이 닭을 기르는 것은 나에게 보여주기 위해서가 아니었다! 오리는 번거로워서 물을 들일 수 없었다. 어린 오리는 물에 들어가려고 하는데 염색을 해도 물속에 들어가면 곧 탈색되기 때문이었다. 깃털이 자라면 온 세상의 오리는 단지 두 종류만 남게 된다. 수컷 오리와 암컷 오리. 모든 수컷 오리는 다 똑같고 모든 암컷 오리 또한 다 똑같았다. 오리는 강에서 기르기 때문에 너의 집에서 기르든 그의 집에서 기르든지 간에 뒤섞일 수밖에 없었다. 표시를 할 수 있는 곳은 한 번 보면 즉시 알아볼 수 있는 부리밖에 없었다. 하느님도 오리를 만들 때 오리의 부리에 이런 용도가 있으리라고는 생각지 못했을 것이다. 어린 오리의 부리는 매우 연해서 선 몇 줄 새기기는 매우 쉬웠다. 오리 부리는 손톱처럼 각질로 되어 있고 신경이 없어 새겨도 아프지 않았다. 새긴 부리로 쌀 부스러기, 부평초, 송사리, 새우와 전갈류, 구더기 같은 똑같은 음식을 먹었다. —오리들은 대부분 신경 쓰지 않았다. 오리가 다른 오리의 색다른 점을 보고 "아이구! 형씨, 자네 부리 위에 무슨 일이 일어난 건가. 그림이 조각되어 있잖아?"라고 소리 지르는 오리가 있을 리도 없었다. 이런 표시를 해야겠다고 맨 처음 생각해낸 사람은 분명히 똑똑한 사람이었다.

그런데 그 두 노인은 누구일까?

오리와 오리 날개는 이미 진흙으로 만든 솥 속에 있었다. 솥은 반나절 동안 부글부글 끓었고 국 냄새가 나는 것으로 보아 곧 다 끓을 것 같았다. 밥그릇과 젓가락을 차려놓고 밥을 먹으려고 하였다.

"그 두 노인은 누구세요?"

"뭐라고? —너 기억 안 나니?"

아버지의 이 반문이 나를 기쁘게 했다. 이것은 분명 두 노인이 내가 기억할 만한 사람이라는 의미였다. 내가 물었을 때 아버지는 내가 묻는 사람이 누구인지를 바로 알아들었다.

"위라오우(余老五)잖아."

위라오우! 나는 바로 알았다. 키가 매우 크고 이마가 넓으며 볼에 하얀 수염이 삐죽삐죽 솟아 있는 그 사람이라는 것을. —여위고 작은 몸에 눈빛이 형형하고 한 줌의 '염소 수염'을 지니고 있으며 머리를 항상 위로 약간 쳐들고 있고 다른 사람을 비웃는 듯한 시선에 행동이 민첩해서 예순을 넘었으리라고 생각되지 않는 사람은,

"루창껑(陸長庚)이란다."

"루창껑요?"

"루야(陸鴨) 말이다."

루야! 많이 듣던 친숙한 이름이지만 그 사람에 대해서는 잘 알지 못하는데, 위라오우처럼 날마다 보는 이웃 사람이 아니기 때문이었다.

위라오우는 위 씨네 온돌집의 숙련공이었다. 그도 비록 성이 위(余)씨지만 온돌집은 그가 세운 것이 아니었고, 비록 그럴지라도 그는 이 온돌집에서 가장 중요한 사람이었다. 주인과 그는 동성동본이었지만 "오복"*을 입지 않는 먼 친척이었기에 그들 사이에는 단지 주인과 고용인으로서의 인연만 있달 뿐 친척 간의 정을 운운할 수는 없었다. 만약 의견이 맞지 않으면 주인이 점원을 해고하거나 점원이 주인을 해고해도 모두 괜찮았다. 오랜 이웃이라고는 하지만 위 씨네 집은 우리 집에서 한 구역 떨어져 있었다. 지명은 따니아오(大淖)로, 성곽의 가장 바깥쪽에 붙어 있었다. 따니아오가 큰 호수였기 때문에 동, 북의 각 마을 및 하류의 여러 현(縣)에까지 갈 수 있었다. 집이 있는 물가 역시 따니아오라고 불렀다. 이곳은 사람을 매우 감동시키는 지역으로 풍경과 사람 모두 빼어나게 아름다웠다. 이곳을 출입하는 사람은 대부분 기와 모양의 전모를 쓰고 물고기를 잡을 때 입는 치마를 두르고 있는 친구들이었다. 작은 배를 타고 북쪽으로 흐름을 따라 내려가면 수양버들, 부서지기 쉬운 느릅나무, 띠로 지붕을 인 오두막집, 기와집 사이의 높고 시원한 지역에서 비교적 반듯한 집 한 채를 볼 수 있었는데, 양쪽 팔(八) 자형의 흰 벽에 검게 옻칠한 큰 글자 몇 개가 선명하게 눈에 띤다. 여름철에는 문밖에 삿자리로 햇빛을 가리는

---

* 五服: 옛날 행해졌던 다섯 가지 상복(喪服).

막을 치고, 초록색 항아리 속에는 냉차를 담가놓아 누구든지 얻을 수 있었다. 겨울철에는 여느 때처럼 땅콩과 박쥐*를 파는 아이들이 문 앞에서 제기를 찼다. 나무 꼭대기에는 종이 기(旗)나 한 줄로 늘어선 홍록색의 초롱이 나부끼고 있었는데 그것은 '가게'였다. 하나는 신선한 물건을 파는 가게였다. 중개상인이 물고기와 새우 등의 수산물, 올방개와 소귀나물, 참마와 토란, 율무쌀과 가시연 등 여러 가지 종류를 사고팔았다. 또 하나는 닭과 오리의 알을 파는 가게였다. 닭과 오리의 알을 파는 가게 옆에는 늘 온돌집이 자리했다. 온돌집은 상호가 없고 대부분 성을 사용하여 아무개 집이라고 불러서 오래된 의미가 있는 것 같았다. 그중 위 씨네 온돌집이 최고의 명성을 자랑했고, 지금까지 최고의 일가를 이루었다.

위라오우는 하루 종일 하는 일이 아무것도 없었다. 거리를 왔다 갔다하다가, 어디든 가서 곱게 윤이 나서 빛을 발하는 자줏빛 커다란 찻주전자를 손에 들고 앉아서 수다를 떠는데 한번 시작하면 반나절은 기본이었다. 게다가 술을 잘 마셨는데 하루에 두 번 마시고 한 번에 4량이었다. 또 한 남의 일에 참견하기를 좋아했다. 그와 전혀 상관없는 일인데도 밀치고 들어와 말참견을 하려고 했다. 게다가 목소리가 엄청나게 컸다. 이 거리에 있는 찻집과 술집에서 고함지르는 것처럼 말하는 그의 목소리를 수시로 들을 수 있었다. 어느 두 집에서 싸움이 나서 시끄럽든, 찻집에 모여 차를 마시며 어느 쪽이 옳은가를 가리든 간에 모두 그의 몫이 있었다. 그의 큰 목소리 때문에 다른 사람들은 부득이 피할 수밖에 없었고 그 혼자 떠들어댔다! 온돌집에 일이 생길 때면 어린아이를 보내어 그를 찾아오라고 했는데, 사람들에게 그를 보았냐고 물어보면 항상 하는 대답이 "보지

---

* 薄脆: 밀가루를 반죽하여 설탕 또는 소금을 넣어서 대단히 얇게 구운 것. 부스러지기 쉬운 과자의 이름.

는 못했는데 듣기는 들었어. 더 걸어가서 세번째 상점 문 앞에서 귀를 세워봐. 못 찾으면 다시 나한테 와!"라고 말하였다. 그는 1년 내내 놀기만 하는데 먹고 마시고 입고 쓰는 데에 전혀 부족함이 없었다. 위 씨네 집에서 그를 먹여 살렸다. 단지 매년 봄, 여름 사이에만 그의 그림자를 볼 수 없었다.

사람들이 '교단(巧蛋)'을 먹지 못한 지가 여러 해 되었다. 교단은 병아리를 품고 있지만 부화되어 나오지 못한 알이었다. 왜 그런지 몰라도 몇몇 병아리들은 온전하게 성장하지 못하는데 대개 머리만 자라고 아래는 여전히 알이었다. 어떤 것은 심지어 날개도 있지만 껍질을 깨고 나올 수는 없었다. 이런 닭은 우둔하게 태어났기 때문인데, 그래서 이런 종류의 알을 '졸단(拙蛋)'이라고도 불렀고, 어린아이들은 먹을 수 없었으며 먹으면 공부하는 데에 안 좋다고들 말했다. 반면에 '교단'이라고 말을 바꾸면 마치 널리 먹을 수 있는 것 같아서 공부하는 아이들도 대충 먹게 되었다. 이것은 대부분의 사람들이 잘 안 먹었다. 왜냐하면 보기에 몸이 마비될 것 같고 아무리 생각해봐도 괴상하고 기분이 별로 좋지는 않기 때문이었다. 결론적으로, 이런 것을 먹는 것은 매우 고상하지 못했다. 아주 부끄러운 얘기지만 나는 먹어본 적이 있었고, 솔직히 말하면 맛도 좋았다. 먹기는 먹은 것이니 억지로 부인할 수도 없고 고상함을 생각하기에는 이미 너무 늦었다. 교단을 먹을 때 위라오우는 보이지 않았다. 청명 전후는 바로 계란을 부화시킬 때였다. 이어서 4월에는 오리 알이 부화할 때였다.

알은 우선 골라내야 했다. 그것은 알을 판매하는 사람의 책임이었다. 닭과 오리도 또한 '종자'가 있었다. 어떤 종류의 닭이 기르기가 쉽고 어떤 종류의 닭이 매우 크게 자라며 어떤 종류의 닭이 알을 많이 낳는지 알을 판매하는 사람은 모두 알았다. 알을 낳으면 모두 거두어들인 후 분류하여 배치하고 결코 섞지 않았다. 분류가 끝나면 하나씩 골라내는데, 껍질이 얇거나, 지나치게 작거나, 계란 노른자가 흩어져 있거나, '난대(亂帶)'하며 날짜가 오래된 것들은 모두 쓸모없었다. '난대'는 계란 노른자를 묶고 있는 인대가 끊어진 것을 말했다.

　　그다음은 온돌집 숙련공의 일이었다. 빛이 들어오지 않는 어두운 방의 한쪽 문에 작은 구멍이 나 있는데 알을 구멍 속에다 놓고 한쪽 눈은 감고 한쪽 눈은 뜨고서 반복해서 비쳐봤다. 그것을 '조단(照蛋)'이라고 하였다. 맨 처음 비쳐보는 것을 '두조(頭照)'라고 하였다. 두조는 "구슬"을 비쳐보는 것을 말하는데, 계란 노른자 속의 밑씨를 비치어 수정되었는가를 보는 것이었다. 그들의 표현법을 빌리자면 수탉이나 수오리와 관계가 있었나 없었나를 보는 것이었다. 관계가 없는 것은 무정란으로 새끼 닭과 새끼 오리가 나올 수 없었다. 다 비쳐보는 것이 끝나면 곧 온돌에 내려놓았다. 온돌에 내려놓고 사나흘이 지나면 골라내어 다시 비쳐보는데 이를 '이조(二照)'라고 불렀다. 이조에서는 밑씨가 배부르기 시작했는지 아닌지를 비쳐봤다. 두조는 매우 간단해서 누구라도 할 수 있었다. 문구멍에서 하지 않고, 손을 원통처럼 가볍게 쥐어 그 안에 알을 넣은 후 밝은 빛을 향해 이리저리 방향을 돌리면 계란 노른자 속에 어른거리는 둥근 그림자가 있는지 없는지를 볼 수 있었다. 이조는 좀 기술이 필요했는데 밑씨가 좀 솟아올랐는지 아닌지는 항상 단정하기가 쉽지 않았다. 밑씨가 배부르지 않은 것은 골라내야 했다. 이조에서 골라낸 알은 평소대로 시장에 가지고 나가 팔았고 식별할 수 없는 것은 온돌에 남았다. 이조를 한 후 삼조, 사조를 며칠 간격을 두고 한 번씩 하였다. 서너 번 비쳐본 후에는 알이 변했다. 온돌 속의 알이 모두 정상적으로 발육하고 있다는 것을 알게 되면 더 이상 그것을 흔들지 않고 온돌에서 나와 "침대에 올리기"를 조용히 기다렸다.

온돌에 내려놓은 후에는, 사람들이 제멋대로 가서 볼 수 없었다. 온돌에 내려놓은 날은 관례에 따라 돼지머리 세 통을 제물로 바치고 많은 향불과 초를 사르고 불을 붙여 폭죽을 터뜨리고 이마를 땅에 조아리며 부처님을 경배하는데 의식이 매우 장엄하고 성대하였다. 온돌집은 1년 중 한철 장사이기 때문에 이윤을 남길지 밑천을 까먹을지는 요 며칠을 보면 알 수 있었다. 아버지와 위라오우는 매우 잘 아는 사이였기 때문에 나도 아버지를 따라 가본 적이 있었다. 소위 "온돌"은 하나하나의 항아리로 내부에는 진흙과 풀이 발려 있고 아래에다가는 볏짚과 쌀겨에 불을 붙여서 끊임없이 불로 데웠다. 불은 약한 불로 일정한 온도를 유지해야만 했다. 너무 뜨거우면 온돌에 있는 알이 완전히 익어버리고 너무 낮으면 온도가 알 속으로 뚫고 들어가지 못했다. 언제 풀과 쌀겨를 더 넣고 언제 좀 치울 것인지 결정하는 건 위라오우의 일이었다. 요 며칠간 그는 하루 종일 한 발짝도 떠나지 않았다. 수많은 일에 그 자신이 직접 손쓸 필요는 없었다. 그는 어쩌다 한번씩 보기만 하면 되었고 두 마디의 분부를 내리면 조수인 견습공이 그대로 처리하였다. 위라오우는 요 며칠 동안 극도로 중요해졌고 극도로 존귀해졌으며 또한 극도로 신중해졌고 극도로 온유해졌다. 그는 말수가 매우 줄었으며 말하는 목소리 또한 살살 조심스러웠다. 그의 표정은 매우 기괴했는데, 항상 뭔가에 정신을 집중해서 귀를 기울이고 있는 것 같았고, 자신의 가벼운 기침 소리에도 이 소리가 놀래서 흩어져버릴까 봐 두려워하는 것 같았다. 정신을 집중하고 있을 때면 몸의 각 부분이 전부 흥분되는 극도로 민감한 상태에 빠져들었다. 온돌집의 상황을 잘 아는 사람들은 모두 이 일로는 먹고살기 어렵다고 말했다. 불을 쬐는 게 끝나고 나면 사람이 한바탕 살이 빠져서 마치 큰 병을 앓고 난 것 같았다.

밥을 먹거나 잠자는 것 모두 한시라도 등한시할 수 없는 것인데 앞뒤로 보름 이상이라니! 그 또한 제대로 자본 적이 거의 없었다. 항상 방구석에 있는 작은 침대에 누워 담배를 피우거나 혹은 옷을 입은 채 잠깐 잤으며, 이따금 주전자 주둥이에 입을 대고 차를 마시며 옹알옹알 한마디 했다. 측량할 만한 기계는 하나도 없었고 오직 그 한 사람에게만 의지하였는데, 정교하고 정확하고 복잡한 도표에서 구하지 않고 전부 그의 신경과 감각을 사용하여 모든 것을 판단하였다. 온돌집 안은 어둡고 따뜻하며 훈훈하고 촉촉하여서 봄 같은 감흥에 사로잡히게 하는 묘한 정취가 감돌고 있었다. 위라오우의 몸도 일종의 '모성'을 지니고 있었다. (모성!) 그는 생명 하나하나가 완성되는 것을 체험하고 있었다.

알이 온돌에서 불 쬐는 게 끝나면 선반 위에 하나하나 놓는데 그것이 바로 '침대'였다. 나무 선반 위에 목화(솜)를 간다. 알을 올려놓으면 바로 '나왔다.' 병아리 한 마리 한 마리가 알 껍질을 깨고 나와 삐약삐약 소리를 내며 울었다. 이 병아리들은 자기 목소리로 자신들이 이미 살아 있다는 것을 증명하기 위해 매우 다급한 것 같았다. 온통 삐약삐약 울어젖히니 떠들썩하기가 이루 말할 수 없다. 이 소리를 들으면 주인의 마음에 꽃이 활짝 폈다. 그런데 위라오우의 눈꺼풀은 축 늘어져서 이미 깊은 잠에 빠져들었다. 병아리를 거리에서 팔 때는 바로 위라오우가 곯아떨어져 있을 때였다. 그는 며칠 동안 계속해서 잘 수 있었다. ─오리는 비교적 간단해서 침대에 올릴 필요조차 없었다. 어려운 것은 닭이었다.

병아리와 진정한 봄이 같이 오는데 기후도 온화해졌고 꽃도 폈다. 그리고 새끼 오리는 이어서 여름을 가져왔다. "봄 강물이 따뜻한 것은 오리가 먼저 안다"는 내용을 그리는 사람은 흔히 누런 털의 새끼 오리를 그렸다. 이것은 매우 자연스럽기는 하지만 계절상으로는 그다지 옳지는 않았다. 복숭아꽃이 필 즈음에는 새끼 오리가 아직 태어나지 않을 때였다. 병아리와 새끼 오리는 모두 납작하고 평평한 대바구니에 담겨서 팔렸다. 길을 걸어갈 때에 삐약삐약 울며 잘 놀았다. 병아리와 새끼 오리는 모두 너무 귀여웠다. 병아리는 어여쁘고 가냘프고 의지할 데 없고 새끼 오리는 어리벙벙하면서도 고집스러웠다. 그것들이 대바구니 속에서 꿈틀거리면서 도망가는 것을 보면 생명의 환희를 느끼게 되었다. 손에 쥐면 그 가벼운 발버둥과 연약한 발톱이 사람의 마음을 두근거리게 하고 가슴속을 애타게 했다.

여 씨네 집은 어째서 장사가 제일 잘될까? 왜냐하면 위라오우가 있기 때문이었다. 위라오우는 이 일에 있어서 최고였다. 위라오우가 어째서 최고일까? 온돌에서 나온 그의 닭과 다른 집의 닭이 같이 진열되어 있으면 사러 온 사람은 반드시 위라오우의 닭을 샀는데, 그의 닭은 굉장히 컸다. 방금 온돌에서 나온 병아리는 이치대로 하자면 크기가 비슷하고, 저울에 달아보아도 무게에 별 차이가 없었다. 그러나 눈으로 보기에는 그의 병아리가 훨씬 컸다. 보기에 훨씬 좋으므로 당연히 사는 사람이 있었다. 어떻게 더 클 수 있을까? 그는 병아리의 솜털이 풍성하게 나도록 하였다. 계란을 온돌에 내려놓았다가 몇십 시간이 지나면 온돌에서 꺼낼 수 있는데, 다른 숙련공들은 모두 감히 최후 한도까지 기다리지 못했다. 화공과 수기가 약간 잘못되어 온돌 안의 알이 전부 못쓰게 될까 봐 몹시 두려워했고, 안전 지향적이었다. 기다리고 싶기는 했지만 그만한 담력이 없었다. 위라오우는 언제나 반 시간을 더 기다렸다. 이 반 시간이 가장 긴박한 시간으로 보름 이상 되는 수고가 이 짧은 시간에 결판났다. 위라오우 역시 피로가 최고조에 달했으나 그는 평상시보다 더욱 각성했고 더욱 민감해졌다. 그는 완전히 다른 사람으로 변했다. 눈 주위가 꺼지고 안색조차 모두 변했으며 눈빛은 미친 것에 가까웠다. 신경질 내는 것도 잦아져서 걸핏하면 화를 내므로 전혀 그를 건드릴 수 없었고 매우 독단적으로 결정하였으며 완고하기 이를 데 없었다. 기이하게도 그는 오히려 이때 온돌 근처에는 한 걸음도 가지 않고 단지 작은 침상에 반쯤 기대어 담배를 피우고 한마디의 말도 하지 않았다. 나무 침대, 이불 솜, 모두가 다 준비되었다. 어린 견습공이 마음을 놓지 못하고 조심스럽게 와서 한마디 묻는다. "꺼낼까요?" 고개를 흔든다. —"꺼낼까요?" 여전히 고개를 흔들며 담배만 피운다. 이 짧은 순간이 병아리에게 솜털이 생기는 때였다. 이것은 신성한 순간이었다. 그가 갑자기 일어난다. "꺼내!" 견습공들이 벌집을 쑤신 것처럼 소란스럽게 재빨리 꺼내면 비로소 나무 침대에 놓고 병아리들이 삐약삐약 울면서 연달아 태어났다. 위라오우는 온돌을 맡은 이후 한 번도 일을 그르친 적이 없었고 동업자 중에 탄복하지 않는 이가 없었다. 방법은 누구든지 아는 것이었지만 다른 사람들은 그와 같은 확고부동한 신념을 가지지 못했다. 이것은 타고난 재능으로, 억지로 구해지는 게 아니었다.

위라오우는 새끼 오리를 부화시킬 때도 이와 비슷하게 뛰어났다. 특히 알을 비쳐보고 불을 쬐는 것은 일도 아니었다.

그래서 그는 진흙으로 만든 자색의 찻주전자를 손에 들고 돌아다니며 한담이나 나눴고, 온돌을 관장하는 것 외에는 어떤 일에도 관여하지 않았다. 사람들은 주인이 그를 먹여 살리는 것이 아니라 그가 주인을 먹여 살린다고 말했다. 위라오우가 없으면 위 씨네는 오늘날의 위 씨네가 될 수 없었다. 그러나 위 씨네가 없어도 위라오우는 여전히 위라오우였다. 언제라도 그가 먼저 그 집 대문을 나서면 어떤 사람이 뒤따라와서 그를 대신해서 그 자색 찻주전자를 받아 들고 그를 모셔갈 것이다. 모든 온돌집이 언제나 그를 기다리고 있었다. 해마다 어떤 사람이 와서 그와 이야기를 나눴는데 그는 여러 가지 이유를 대며 모두 거절하였다. 나중에는 정말 너무 귀찮아서 그는 반농담조로 말하였다. "미안합니다. 주인이 나를 위해 묘자리까지 봐두셨어요!"

아버지가 말씀하시길, 나중에 위 씨네 집에서 진짜로 그에게 타이샨 묘 뒤에다, 온돌집에서 그리 멀지 않은 곳에 묘지를 잡아주었다고 했다. 그 부근에 작은 소나무 숲이 하나 있는데 우리들이 어렸을 때 항상 그곳에 올라가 연을 날렸다. 누에콩 꽃이 요란하게 피어 있었고 산비둘기가 울었다.

위라오우는 키가 크고 몸집이 컸으며 네모난 어깨와 네모난 아래턱, 그 밖에 모든 곳이 다 네모났다. 반면에 루창껑은 몸이 여위고 작았으며 머리도 작고 얼굴도 작았다. 팔자 눈썹이었고, 작은 눈을 끊임없이 깜박거렸다. 입술이 작고 보잘것없었으며 부드러웠다. 그는 농민이었는데 행동거지나 말투가 모두 농민 같았으며 분수에 만족하면서도 비굴한 데가 있었다. 그의 눈은 보통 농민에 비해 놀라서 당황하는 경우는 적었지만 더 깊은 절망을 내포하고 있었다. 그는 위라오우처럼 그렇게 술과 밥이 있거나 의탁할 곳이 있거나 보장을 받을 수도 없었다. 그는 불운한 사람이었다. 그의 얼굴은 작았지만 얼굴에 있는 주름은 위라오우에 비해 어지럽고 복잡해서 한층 더 다양한 인간성을 드러냈다. 그는 익살스럽고 재미있는 말을 하지 않았으며, 쓸데없이 추파를 던지지도 않았고, 애교도 없었으며 위안거리도 없었고, 눈썹을 치켜들고 울분을 토하지도 않았고, 없는 게 너무 많았다. ……그는 매우 총명한 사람이어서 농촌의 일은 어느 것 하나 그를 난처하게 하지 않았다. 수많은 일을 그는 조금만 보면 곧 할 수 있었고 조금만 생각해보면 곧 이해하였다. 그는 야오좡(窯庄) 일대에서 능력 있는 사람으로 이 일대 찻집과 술집, 콩 넝쿨이 있는 오두막의 장식품이자 주요한 이야깃거리였다. 그러나 그는 운이 안 좋아서 무엇을 하든지 간에 모두 성공하지 못했다. 날이 가면 갈수록 생활은 더욱 궁핍해져 그 또한 자포자기 상태에 빠져들었고 나태해졌다. 그는 걸핏하면 술을 마시고 노름을 하였는데, 마치 뜻을 이루지 못한 수재 같았다. 내 아버지가 그의 재능을 알게 된 것은 완전히 우연이었다. 그가 그렇게 한 번 보여주게 된 것 또한 우연이었다.

어머니가 돌아가신 후 아버지는 매우 적막하고 무료하다고 느꼈다. 어머니는 야오좡에서 장사 지냈다. 야오좡에는 우리들의 땅이 있었다. 이 땅에서는 지금까지 수확한 적이 없었는데 모래가 많아서 벼와 보리를 심기에는 모두 부적합했다. 오직 콩만 심을 수 있었고 풀이 많이 자랐다. 북쪽 농촌에는 이런 척박한 땅이 매우 많았고 "황무지"라고 불렸다. 아버지는 그 땅을 개간하여 작은 농장으로 만들고 싶어 하셔서 과일나무와 목화를 시험 삼아 심으셨다. 장방*을 회수해서 내부공사를 간단하게 하고서 그는 평소에 그곳에 머물렀는데, 설이나 명절이 다가와야 비로소 집으로 돌아왔다. 나는 그때 겨우 여섯 살이어서 늙은 유모가 길러주셨고 외삼촌 집에서 살았다. 때때로 유모는 나를 야오좡으로 보내 며칠 머물게 했다. 나는 시골에 가본 적이 거의 없어서 야오좡에 오는 것을 아주 좋아했다.

또 왔어요! 아버지는 접목을 하고 있는 중이셨다. 나뭇가지를 자르는 데 사용하는 것은 바로 오리의 위를 손질하던 뿔손잡이가 달린 작은 칼이었다. 이 칼은 이렇게 오랫동안 사용하였는데도 여전히 막 숫돌에 간 칼날처럼 날카로웠다. 바로 이때 머슴 한 명이 달려왔다.

"셋째 어르신, 오리를 모두 잃어버렸어요!"

---

* 庄房: 지주가 소작인에게서 거두어들인 곡물 따위를 쌓아두는 창고.

소작인과 머슴은 모두 나의 아버지를 "셋째 어르신"이라고 불렀다.

"어떻게 모두 잃어버려?"

이 일대는 많은 하천이 분기하는 곳으로 작은 물고기와 작은 새우를 잡을 수 있어 오리를 기르기에 적합했다. 여러 집에서 오리를 길렀다. 이 지역에서는 오래된 소작인을 '니얼(倪二)'이라고 불렀는데 아버지는 원래 그에게 소작농을 계속하라고 말했다. 그러나 그는 그렇게 하지 않았다. 그는 이전부터 목화 다래를 수확한 적인 없는 곳에서 목화가 생산될 것이라고는 믿지 않았다. 그는 빌린 토지를 되돌려주려고 하였다. 토지를 되돌려주면 어떻게 생계를 유지할 것인가? 그는 오리를 기르려고 하였다. 그는 이때까지 오리를 길러본 적이 없었는데 이것이 어떻게 가능할까? 그는 그가 사람을 도운 적이 있어서 조금은 안다고 말하였다. 그는 밑천이 없어서 아버지에게 돈을 빌리려 하였다. 아버지는 그가 아버지의 황무지를 여러 해 동안 경작하였으므로 마땅히 그에게 돈을 빌려줘야 한다고 생각했다. 그러나 그가 잘할 수 있을지 걱정이 많았다. 아버지도 새끼 오리 백 마리를 사서 그에게 맡기셨고 그가 대신 길렀다. 일을 시작한 이후 그는 뜻밖에도 오리를 제법 잘 길렀다. 면화도 역시 잘 자랐다.

"니얼, 자네는 내가 목화를 재배해내리라고는 믿지 않았지, 나도 자네가 오리를 잘 길러내리라고는 생각도 못했어. 지금 땅 위에 하얀 것이 송이송이 있는데 저게 무엇인가?"

"목화죠. 하천에 살이 통통하게 오른 한 마리 한 마리는 오리구요!"

매일 아침저녁으로 마을 어귀에 서면 자욱한 안개와 희미하고 어렴풋한 금빛 햇살 속에서 오리 소리를 내며 커다란 오리 무리를 모는 그의 모습을 볼 수 있었는데, 아버지는 항상 고개를 흔들었다.

"아직 멀었어. 아직 흉내도 못 내! 오리들과 아직 친해지지 않았어.

원래 힘을 다해야 하는데 오리 모는 데 사용하는 상앗대를 그다지 안 움직이잖아. 그렇지만 그가 얼마나 바쁜지 보거라!"

니얼은 아버지가 뭐라고 말하는지 듣지 못했지만 아버지가 머리를 가로젓는 것을 멀리서 보았다. 그러나 그는 굴하지 않고 대나무 상앗대를 휘두르며 말하였다. "셋째 어르신, 보세요!"

그의 말뜻은, 8월 중추절이 되면 이 오리들은 난징(南京) 혹은 전장(鎭江)의 오리 시장에 가서 돈으로 바꿀 수 있다는 의미였다. 올해는 닭과 오리의 시세가 좋았다. 그때가 되면 셋째 어르신은 비로소 니얼에게 탄복할 것이고 니얼가 왜 생업을 바꾸어 오리를 기르려 했는지를 알게 될 것이다!

오리를 방목하는 것은 매우 고된 일이었다. 오리를 방목하는 사람에게 가장 고된 것이 뭐냐고 물으면 "적적함"이라고 할 것이다. 오리를 방목하는 것과 농사짓는 것은 같지 않았다. 농사는 한 사람이 짓는 게 아니었다. 씨를 뿌리고 수차로 밭에 물을 대며 잡초를 뽑고 타작할 때에는 노랫소리가 있고 징과 북소리가 있으며 같이 호흡하는 사람의 숨결이 있었다. 오리를 기른다는 것은 남들과 유리되어 추방당한 것처럼 지내는 일종의 유랑생활이나 다름없었다. 청명한 이른 아침, 하늘이 막 밝아올 때 한 사람만 탈 수 있는, "압별자(鴨撇子)"라 불리는 평평하고 납작한 작은 배를 움직인다. 손에는 볏짚 혹은 찢어진 부들 부채를 매단 대나무 상앗대 하나를 쥐고 마을을 떠나 망망한 물속으로 간다. 한 번 가면 하루 온종일, 저녁때나 되어야 비로소 돌아온다. 비가 오는 날에는 도롱이를 입고 태양이 뜨거우면 삿갓을 쓰고 날씨가 쌀쌀하면 옷 한 벌을 더 입는다. "말 한 마디 하는 사람조차도 없다." 아주 멀리서 사람이 말하는 한두 마디 말을 우연히 들을 수 있지만 눈앞에는 단지 날짐승들뿐이다. 어떤 사람은 소,

양, 돼지와 이야기하는 것을 즐기기도 한다. 소와 양 또한 사람의 말을 이해한다. 그러나 오리와 대화하려면 아주 힘들었다. 이것들은 단지 "꽥꽥" 울기나 하고 납작한 부리로 "삭삭" 소리를 내며 쉴 새 없이 먹어댈 뿐이었다.

그러나, 오리가 살이 찌자, 니얼은 기뻐하였다.

이틀 전 니얼은 오리를 서둘러 팔러 가야겠다고 말하였다. 그가 계산해보니 구전과 화물의 징세를 제외하고도 최소한 세 배 정도 이윤이 남았다. 급히 팔러 가려고 아버지에게 오리 백 마리를 같이 팔 것인지 아닌지, 어떻게 할 것인지를 물었다. 오늘 아침에, 아버지는 서른 마리를 남겨두고 나머지를 팔아야겠다고 생각하고는 머슴을 보내어 니얼에게 알려주도록 하였다.

"오리를 모두 잃어버렸어요!"

니얼이 오리를 팔러 가야겠다고 말하자 아버지는 그에게 오리를 모는 전문가의 도움을 요청할 필요가 있는지 여부를 물었는데 그 혼자서 대처하지 못할까 봐 걱정되었던 것이다. 오리를 운송하는 것은 닭을 운송하는 것과 달랐다. 닭은 닭장에 담았다. 오리를 운송하는 것은 작은 배로, 배 위에는 커다란 오리 우리와, 건조식품, 간단한 짐을 싣고, 사람은 배에, 오리는 물에서 함께 구불구불 길게 줄을 지어 갔다. 오리는 가는 도중에 작은 물고기와 작은 새우 같은 살아 있는 먹이를 먹어야 도착했을 때 살이 빠지지도 않고 활기찼다. 오리의 대열을 지휘하고 작은 배를 젓는 것은 온전히 상앗대 한 개에 의지했다. 여정은 열흘에서 보름이었다. 양쯔 강의 큰 파도를 통과해야 하는데 가진 것은 오직 대나무로 된 상앗대 한 개뿐이었다. 저녁에는 모래밭을 찾아 잠시 쉬는데, 오리를 몰아 운반하는 것은 위험한 일로 비전문가가 무모하게 할 수 있는 일이 아니었다.

"필요 없어요!"

그는 아버지가 다른 사람에게 도움을 청하자고 재차 말할까 봐 염려하여, 오리 서른 마리를 남기고 슬그머니 아침 일찍 오리를 강으로 몰고 가서 백련호를 건너 곡물을 운송하는 수로를 따라 강을 건널 준비를 했다.

머슴은 강에 도착해서 사람들에게 물었다.

"니얼은요?"

"니얼은 백련호에 있어. 빨리 가봐. 셋째 어르신도 가서서 보라고 해. 오리들이 모두 흩어져버렸어!"

"흩어졌다"는 것은 바로 오리가 지휘를 따르지 않고 각자 제멋대로 사방으로 도망치고, 갈대 숲 속으로 뚫고 들어가서 다시 나오지 않는다는 것이었다. 이런 일은 예전에도 발생한 적이 있었다.

바이리앤호는 별로 크지 않은 호수로 야오촹에서 멀지 않았다. 마름 열매와 연근이 생산되었는데 연근은 하얗고 통통했으며 부스러기가 적었다. 삼일장, 오일장, 팔일장이 서는 날에는 아버지가 나를 데리고 갔었다. 호수 주변에는 하천의 분기점이 매우 많고 갈대가 무성하게 자라고 있었다. 새 갈대는 키가 매우 컸고 음산하게 떼 지어 있었다. 연밥이 들어 있는 송이는 이미 따갔고, 연잎 또한 거무스름해졌다. 사람이 지나갈 때면 항상 물총새가 갑자기 튀어나오는데 청록색이 번쩍이는 게 마치 화살처럼 빨랐다.

작은 배는 해안가에 떠 있고 대나무로 만든 상앗대는 배 위에 가로 놓여 있었다. 니얼은? 햇볕이 내리쬐는 타작 마당에 있는 돌로 된 바퀴 축에 앉아 있었다. 손에는 중절모를 둥글게 뭉쳐 쥐고 이마에는 상처가 나 있었다. 몇 사람이 그의 주위를 둘러싸고 있었다. 그는 마치 10년은 늙어버린 것 같았다. 그는 지쳐 있었다. 이른 아침부터 지금까지, 지금은 이미 오후가 되었는데 그는 오리와 반나절을 씨름하였다. 그는 틀림없이 아직 밥도 못 먹었을 것이다. 그의 밥은 천으로 된 주머니 속에 있는데― 굳은 누룽지 한 덩어리였다. 그는 멍청하게 앉아서 꿈쩍도 하지 않았다. 때때로 머리를 흔들었는데 충격을 받은 것 같았다. 그의 목에는 바둑판 무늬처럼 생긴 깊은 주름이 매우 많았다. 진홍색 얼굴빛은 마치 타서 눌은 것 같았다. 오랫동안 그렇게 앉아 있어서 발도 마비되어버린 것 같았다. 그의 발이 멍한 모양으로 드러났다.

아버지가 그를 불렀다.

"니얼."

그는 어린아이처럼 울기 시작했다.

어떻게 해야 할까?

둘러싸고 있던 사람이 말했다.

"루창껑을 찾아가봐. 그에게 방법이 있을 거야."

"이봐, 루창껑 말고는."

"오로지 루창껑뿐이야, 루야."

루창껑은 어디에 있을까?

"보통 다리 어귀에 있는 찻집에 있어."

다리 어귀에는 찻집이 하나 있었는데, 신선한 과일을 파는 장사꾼, 계란을 파는 장사꾼, 땅에 늘어놓고 장사하는 장사치들이 장사에 대해 이야기를 나누도록 지은 것이었다. 구(區)와 현에서 어떤 큰 인물이 오면 역시 이곳에서 쉬게 하였다. 차를 팔고 또 궐련, 바늘과 실, 제사 때 쓰는 향과 초와 지전과, 카스테라, 깨떡, 칠리산, 자색의 금괴, 채소의 씨, 짚신, 계약할 때 쓰는 계약서, 소록영의 붓, 금하고도 안 바꿀 먹, 카드 등을 번갈아 팔았는데, 말하자면 필요로 하는 것은 다 갖추고 있었다. 이

찻집은 관례에 따르면 한가해서 빈둥거리는 사람들이 모여서 도박을 하는 곳이었다. 찻집에는 마작패(이 마작패에서 '홍중紅中' 패가 없어져서 나중에 맞춰 넣었다) 한 벌과 패구* 한 벌이 있었다. 패구를 할 때는 앉아서 패를 들고 있는 이보다 훈수 두는 사람이 더 많아서 그들은 뒤에 서서 육이라고 큰 소리를 지르며 응원했다. 배가 다리 어귀를 건너자, 흥분한 사람의 머리와 손이 멀리 보였다. 배가 지나가도 큰 소리가 여전히 들렸다. "칠칠팔팔 ─구는 안 돼!"─"하늘과 땅이 범의 머리를 만나 점점 커져 제후로 봉해지도다!" 항상 그런 자리엔 뒤에 머리를 비스듬히 하고 서서 다른 사람이 돈을 걸고 도박하는 것을 구경하는 사람이 있는데, 어떤 사람이 손으로 가리켜서 보니, 바로 루창껑이었다. 그는 이 일대에서 오리 방목의 제일인자여서 별명이 루아이었다. 그와 오리는 서로 대화를 나눌 수 있다는 말이 있었다. 그 자신이 바로 한 마리 늙은 오리 그 자체였다. ─삐쩍 마르고 보잘것없었으며 표정은 항상 근심에 차 있었다. 그는 이미 오랫동안 오리를 키우지 않았고 지금은 오리를 보면 두려워하기까지 했다.

"많이 달라고는 안 해. 15원."

이 금액을 들은 도박하는 사람들이 모두 패를 쥐고는 고개를 돌려 쳐다봤다. 15원! 15원이면 예전에는 큰돈이었다. 그들은 니얼을 보고 또 루창껑을 쳐다보았다. 이때 패구 탁자 위에는 가장 큰 노름 돈인 1,000전이 3, 3, 4로 나뉘어 있었고 천(天)이 구(九)를 세 번 다 이겼다.

반나절을 이야기한 끝에 10원으로 정해졌다. 그는 당황해하지도 분주해하지도 않았고, 한 사람이 전승을 거두는 것을 보고 붉어지는 야오좡을 향해 갔다.

---

* 牌九: 서른두 개의 골패로 네 사람이 저마다 여덟 개씩 가지고 패를 서로 내면서 승부를 내는 도박.

"오리 우리를 잘 잡아, 니얼, 오리를 오리 우리 쪽으로 몰아. 할 수 있겠소? 내가 오리를 불러내면 자네가 바로 몰아넣어. 오리는 물속에서는 다루기 쉽지만 뭍에 오르면 이리저리 흩어져서 사로잡기 힘들어."

이렇게 10원을 버는 것은 하나도 힘들지 않은 일이었다! 상앗대를 잡고(여전히 그 상앗대는 그가 손에 쥐고 있는 바로 그 모양이었다) 호수 가운데로 배를 저어가서, 사람이 배 위에 엎어져서 상앗대를 평평하게 하고는 물 위를 한바탕 세게 내려치면서 입으로는 알아듣지 못할 소리로 꽥꽥 거리자, 앗! ─모두 몰려왔다! 사방팔방에 흩어져 있던 오리들이 갈대 틈 사이에서 마치 뭔가를 쟁탈하려는 것처럼 필사적으로 날개를 파닥거리며 목을 길게 빼고 그가 있는 작은 배 주위로 다 같이 몰려들었다. 원래 평온하고 조용했던 호숫가가 갑자기 떠들썩해지면서 오리로 꽉 찼다. 왜 그런지는 알 수 없지만, 몹시 기뻐하면서 좋아했는데, "꽥꽥꽥꽥꽥" 하고 소리를 크게 지르면서 끊임없이 머리를 물속에 집어넣고 발을 수면 위로 뻗으며 어지럽게 왔다 갔다 하는데 마치 한 마리 한 마리가 작은 미치광이 같았다. 강가에 있던 사람들이 이 모습을 보고는 모두 참지 못하고 크게 웃음을 터뜨렸다. 니얼도 콧물을 훔치며 웃었다. 오리가 거의 다 모인 것을 보고는 손으로 상앗대를 들고 목소리를 길게 뽑아 노래를 부르자 오리는 바로 평정을 찾고 점잖아져서 흔들거리며 강기슭으로 헤엄쳐 오는데 여유와 질서와 정취가 있었다. 병법에서는 병사를 부릴 때 '화(和)'를 가장 중히 여긴다. 이 '화'라는 글자를 사용하여 이 오리들을 묘사하는 것은 정말 적절하기 이를 데 없었다. 그가 부른 노래가 무엇인지 알 수 없지만, 오리들 모두 듣기 좋아하는 것 같고 넋을 잃고 듣는 것 같으니 정말 이상한 일이었다!

이 사람은 정말로 마법을 지니고 있었다.

"모두 몇 마리지?"

"3백여 마리요."

"3백 몇 마리?"

"342마리요."

그는 높은 곳에 올라가 주위를 한 번 둘러보았다.

"세어봐. 아마 모자라지 않을 거야. ―어! 여기에 어떻게 늙은 오리 가 한 마리 왔지?"

"그럴 리가요. 모두 올해 것들이요."

"어느 집에서 기르던 늙은 오리인데 자네한테 데리고 가라던가!"

니얼은 변명하였다. 그러나 변명하여도 소용없었다. 그가 손을 뻗어 건져 올렸다. "오리 꽁무니를 한 번 치켜들어보면 바로 알 수 있지. 새끼 오리는 묽은 똥을 누는데, 1년이 지나면 비로소 딱딱해지지. 오리의 창자 에는 둥근 모양의 작은 테가 붙어 있는데 늙은 오리의 것은 늘어지고 헐 었지. 봐봐! 남의 집 늙은 오리가 섞여 있었다는 것은 몰랐을지라도 한 마리가 더 많다는 것은 알겠지!"

니얼은 웃을 수밖에 없었다.

"많이 달라는 게 아냐. 단지 두 마리면 돼. 주고 안 주고는 자네 맘 이지."

아무리 인색하더라도 그에게 안 줄 수가 없었다. 그는 이미 오리 무 리로 가서 두 마리를 꺼내어 한 손에 한 마리씩 들고 있었다.

"무게가 얼마나 나가지?"

그가 물었다.

"당신 보기에는 무게가 얼마나 될 것 같소?"

그 사람이 그에게 물었다.

"여섯 근 네 냥. —이 한 마리는 한 냥이 더 나가 여섯 근 다섯 냥. 여기서 가장 살진 두 마리야."

"믿을 수 없어요. 한 냥의 차이를 손으로 들어보는 것으로 가려낼 수 있단 말이오?"

"못 믿어? 못 믿겠으면 저울을 가져와서 달아봐. 내가 틀렸으면 오리 두 마리는 자네 것이 되는 거야. 내가 맞으면, 오늘 저녁 자네 집에 가서 술이나 한잔하지."

찻집에 가서 저울을 빌려 와 달아보니 정말 딱 맞았다.

"손으로 들어볼 필요도 없어. 눈만으로도 이 오리들 한 마리 한 마리의 무게가 얼마나 나가는지 말할 수 있지. 그렇지만 먼저 크게 소리를 한 번 내질러야 해. 오리 몸에는 털이 있어서, 털이 텁수룩하면 알아볼 수가 없어. 그러니까 그것들을 놀라게 해서 오리털이 촘촘하게 몸에 붙으면 어느 놈이 살쪘고 어느 놈이 말랐는지 알 수 있지. 저녁에 술이나 마시게 찻집에서 만나세. 자네를 귀찮게 하지 않고 오리를 잡는 게 좋겠지."

그는 칼도 사용하지 않고 손가락으로 오리의 세 갈래의 뼈대를 한 번 툭 치자 오리 두 마리가 발버둥도 치지 않고 곧 죽었다.

"죽은 오리는 맛이 없어. 오리는 피를 쏟는 것을 먹어야 고기가 안 질겨."

어떤 일이든 모두 가볍게 처리하는데 조금도 거드름을 피우지 않았다. 말을 하다 보면 자연스럽게 득의양양함이 흘러나왔지만 그 속에는 또 한 자신에 대한 일종의 '조소'가 들어 있었다. 이것도 재주였다. 그러나 사람에게 이런 재주는 없는 게 제일 좋았다. 그에게 바로 이런 재주가 있었기 때문에 그는 여러 면에서 다른 사람보다 못했다. 그는 여러 해 동안 오리를 방목했으나 결국 본전도 못 건졌다. 오리 돌림병. 오리들이 돌림

병에 심하게 걸렸다. 오리 하나가 고개를 흔드는 것이 보이면 모든 게 끝났다. 닭과는 달랐다. 닭 돌림병은 그래도 구할 방도가 있었다. 닭에게 후추와 향유를 약간 부어주면 몇 마리는 살릴 수 있었다. 오리는 한 마리가 고개를 흔들면 다른 것들도 하나씩 고개를 흔들기 시작하면서 이내 모두가 움직이지 않았다. 여러 번 오리를 호수에 방목하였으나 돌아올 때는 자기 혼자만 남았다. 죽는 것을 지켜보기만 할 뿐 어떤 방법도 없었다. 그는 앞으로 다시는 오리를 기르지 않겠다고 맹세를 하였다. .

"니얼, 아까워하지 마. 공짜로 10원을 달라고 하는 게 아니야. 나도 자네에게 갖다 주었지 않나. 오늘은 늦었으니까 자네는 오리를 우리에 가두고 밤을 지내게. 내일 아침에 내가 오겠네. 셋째 어르신, 오리 한 번 모는 데 10원이면 비싸다고는 할 수 없죠?"

그는 이 10원이 누구한테서 나올지를 알았다.

물론 이튿날 이른 아침이 되자 그는 여전히 루창껑이었다. 밤새도록 "칠착오(七戳五) 패를 손에 들고 있다"가 져서 빈털터리가 되었다.

"없어. 겨우 1원 남았네!"

이 두 노인은 어떻게 이곳까지 오게 된 것일까? 그들은 어떻게 지내고 있을까?

남과 다른 점(異秉)

．

왕얼(王二)은 이 거리의 사람들이 보기에 발전한 것 같았다.

언제부터 시작했는지는 모르지만 그는 빠오취앤탕(保全堂) 약국 처마 밑에 '훈소(熏燒)' 간판을 차려놓았다. '훈소'란, 간수로 삶은 음식을 말한다. 그는 오전에는 집에 있고 오후에 나왔다.

그의 집은 길 뒤쪽 해안가의 높은 언덕 위에 있었고 주변 인가와 떨어져 있었다. 아주 오래된 집으로 담은 벽돌로 만들었고, 지붕은 풀로 덮었고 진흙 바닥은 널찍하고 매우 깨끗했으며 여름에는 아주 시원하였다. 집은 모두 세 칸이었다. 정중앙에는 대청이 있고 "하늘과 땅, 군주, 부모, 스승(天地君親師)"이라는 글 아래에는 돌절구가 있었다. 중앙을 중심으로 한쪽은 주방이자 작업장이었고 다른 한쪽은 침실로 왕얼 가족이 살고 있었다. 부모님은 이미 돌아가셨고 피붙이라곤 아내와 아들 딸, 모두 네 식구였다. 집은 항상 고요하여 밖에서 어떠한 소리도 들을 수 없었다. 뒤쪽에 있는 집들은 항상 소란스러웠다. 남자는 여편네 머리채를 끌어 잡고 패고 여편네들은 부지깽이로 아이들을 때렸다. 할머니는 부엌칼로 도마 위를 두드리며 알 낳는 닭을 훔쳐간 도둑을 저주하였다. 왕 씨 집에서는 지금까지 그러한 소리가 나지 않았다. 가족들은 매우 일찍 일어났다. 왕얼은 날이 새기 전에 일어나 재료를 준비하여 삶았다. 부인은 머리를 빗고 난 후 맷돌질을 하여 두부를 만들었다. ─왕얼의 훈소 가판에서는 날마다 말린 간두부를 많이 팔았다. 말린 간두부는 집에서 직접 만들었다. 두부를 다 간 다음에는 왕얼을 도와서 불을 지폈다. 불꽃은 둥근 그녀의 얼굴을 붉게 비추었다(주변의 공기는 왕얼 집에서 나오는 다섯 가지 냄새로 넘쳐났다). 나중에 왕얼이 당나귀 한 마리를 기르게 되자 그녀는 맷돌을 둘러싸고 돌릴 필요가 없게 되었다. 당나귀를 맷돌에 끌어다 놓고 맷돌 구멍 속으로 콩 반 접시를 붓고 물을 조금 넣기만 하면 됐다. 남는 시간에 바느질을 하였다. 네 식구라 재단하는 데 일손이 많이 들었다. 두 아이들 중 큰아들은 엄마를 닮아 얼굴이 둥글고 두 눈은 웃으면 가늘게 되었다. 작은딸은 아버지를 닮아 얼굴이 마르고 눈이 아주 컸다. 아들은 서당에서 몇 년간 공부하였는데 장부를 기록할 능력이 생기자 공부를 접었다. 그는 하루 종일 당나귀를 끌고 물을 마시게 하고 풀밭에 풀어놔 뛰어놀게 하였다. 좀 커서는 아버지를 도와서 재료를 씻고 준비하여 장사를 하였다. 당나귀를 방목하는 일은 자연히 여동생 차지가 되었다.

매일 오후 학교에 갔던 아이들이 수업을 마치고 사람들이 저녁에 쌀을 씻을 때쯤 그는 가판을 차렸다. 왜 빠오취앤탕을 골라 가판을 차렸는가? 그것은 목이 좋아 동서쪽 시장과 근처 골목들이 모두 여기에서 가깝기 때문이었다. 그리고 빠오취앤탕의 처마가 넓고 계산대에서 점포까지 상당한 공간이 있었기 때문이었다. 또한 그곳은 약국이기 때문에 저녁때가 되면 장사가 별로 되지 않았다. ─저녁에 약국에 와서 약을 사 가지고 가는 손님들이 아주 적어 그가 가판을 차려도 남의 장사에 방해가 되지 않았다. 그러나 그것 또한 분명하게 말할 수 없다. 처음에는 사람을 청해 약국 주인에게 좋은 말로 호의를 부탁하거나 직접 가서 인사를 했다. 이 것도 아무튼 여러 해가 되었다. 그의 노점의 모든 물건을 —이곳에서는 장사하는 도구를 '생재(生財)'라고 불렀다. —약방 뒤편에 있는 좁은 통로 에 맡겨두었다. 바싹 벽에 붙여놓았고 위의 둘째 서까래에는 조공신의 위 패를 모셔놓은 감실이 매달려 있었다.

생재는 긴 판자 두 개와 다리가 두 개씩 세 군데 달린 높은 나무 걸상 (이런 높은 나무 걸상은 양쪽 끝에 다리 두 개씩, 가운데도 다리 두 개 있었 다)과 한 면에 유리가 달려 있는 상자가 여러 개 포함되어 있었다. 그는 나무 걸상을 잘 받쳐서 긴 판자를 평평하게 놓고 유리상자를 진열하였다. 이 유리상자 속에는 수박씨, 호박씨, 소금으로 볶은 완두, 기름에 튀긴 완두, 기름에 튀긴 잠두콩, 다섯 가지 향이 나는 땅콩이 담겨져 있고 긴 나무판자에는 '훈소'를 벌여놓았다. 훈소는 말린 간두부 외에 주로 소고 기, 포포육*과 돼지 머리고기를 말한다. 이곳 사람들은 소고기를 그다지 좋아하지 않았다. 홍소**로 먹는 경우나 푹 삶아 먹는 경우는 아주 적고 오직 훈소 노점에서 사서 먹었다. 이런 소고기는 다섯 가지 향이 들어간 소금물로 삶고 새빨간색이 나는 홍곡***으로 겉을 물들여 한 무더기씩 쌓 아놓았다. 사는 만큼 그 자리에서 잘라 가져온 그릇 속에 넣고 풋마늘을 한 움큼 집어넣고 고춧가루를 한 숟가락 뿌린다. 포포육은 아마 이 고장 의 특산물일 것이다. 부들로 엮어 만든 길이 3촌에 직경이 1촌 반 정도 되는 자루 안에 두부피를 겹대고 자잘한 고기 조각을 다져넣어 가득 채우

---

* 蒲包肉: 신선한 고기를 오향이 들어간 소금물이나 간장으로 삶아 만드는 요리.
** 紅燒: 고기, 물고기 등에 기름과 설탕을 넣어 익혀 검붉은색이 되게 하는 중국 요리법.
*** 紅曲: 멥쌀을 쪄서 누룩을 섞어 발효시킨 것으로 빛이 붉으며 양념이나 약재로 씀.

고 입구를 막은 뒤 삼끈으로 가운데를 단단히 묶으면 표주박 모양이 된다. 푹 삶은 뒤에 꺼내면 부들 무늬가 찍힌 표주박이 된다. 잘라 조각으로 만들면 아주 맛이 있었다. 돼지 머리고기는 부위별로 팔며, 튀어나온 주둥이, 귀, 볼살(볼살은 전문용어로 '대비大肥'라 불렀다)로 나누어 팔았다. 원하는 부위를 잘라 팔았다. 등불을 켠 이후에 왕얼의 장사는 최고조에 달한다. 칼을 들고 쉴 새 없이 자르고 바쁘게 돈을 받으며 기름에 튀긴 완두와 소금으로 볶은 완두, 해바라기씨, 호박씨를 포장하느라 잠시 쉴 시간도 없는 그의 모습만 보였다. 9시까지 몇 시간 내내 바빴다. 높은 덮개를 덮은 석유등잔 두 개의 석유가 이미 반이 닳고 훈소를 담은 쟁반과 완두를 담은 상자가 모두 바닥을 드러냈을 때 부인이 밥을 날라와서야 따뜻한 물로 얼굴을 씻고 저녁밥을 먹었다. 저녁을 먹은 후에도 언제나 보잘것없는 장사를 하였다. 그는 서둘러 노점을 정리하지 않고 따뜻한 차 한 잔을 손에 들고 빠오취앤탕 안에 있는 의자에 앉아서 사람들이 잡담하는 것을 들었다. 그는 노점을 곁눈질하면서 오는 사람을 보면 일어나 잘라서 하나둘 포장을 하였다. 그의 고객들은 모두 잘 아는 사이여서 누가 언제 오고 무엇을 사는지 훤히 꿰고 있었다.

이 거리의 상점과 노점들은 장사가 잘되는지 안 되는지 손금 보듯이 잘 알고 있었다. 몇 년 동안 경기가 좋지 않았다. 몇몇 상점은 잘되었지만 현상 유지할 정도였다. 어떤 상점들은 점점 망해갔다. 먼저 상품 진열대의 물건들이 점점 비어가고 밖으로 나가기만 하고 입고되지 않아 결국에는 '생재'들을 남에게 양도하고 폐업을 하였다. 그러나 왕얼의 장사는 나날이 번창하였다. 그의 노점은 점점 커져 볶은 음식들을 담은 상자와 훈소를 담은 서양 도자기 쟁반이 점점 더 늘어났다. 매일 저녁 장사가 최고조에 달할 때면 노점은 언제나 많은 사람들로 둘러싸였다. 날씨가 좋을 때면 상관없었지만, 눈비가 내리면(비가 오거나 눈이 내리면 그의 물건을 사러 오는 사람이 평소보다 더 많았다) 단골손님들에게 우산을 쓰고 거리에 서 있게 해서 아주 미안하였다. 그리하여 남의 소개로 세를 내고 노점을 이웃에 있는 위앤창(源昌) 담배 가게로 옮겼다.

위앤창 담배 가게는 오래된 가게로 잎담배를 전매하였는데, 도소매를 모두 하였다. 한쪽은 계산대이고 다른 쪽은 잎담배를 대패질하는 작업장이었다. 이 지역에서 피우는 잎담배는 대패로 깎아서 실처럼 가늘었다. 포연 장인은 특별히 제작한 나무 작업대 위에 잎담배를 한 장 한 장 겹쳐 놓고 고무줄과 나무 쐐기로 꽉 조인 뒤 두 다리에 작업대를 끼우고 날이 반 척 넓이인 대패로 대패질하였다. 담배는 누런색이었다. 그들은 모두 하얀색 덧바지를 입었는데 이 덧바지도 누렇게 변하였다. 작업이 끝나 덧바지를 벗으면 그들의 몸도 모두 누랬다. 머리카락도 누랬다. ─장인들은 모두 그들 직업 특유의 색깔이 있다. 염색공장 장인들의 손톱 밑은 모두 쪽빛이고 정미소 장인들의 눈썹은 언제나 뽀얐다. 원래 위앤창 가게에서는 매일 장인 네 명이 각각 작업대에서 대패로 깎아 잎담배를 만들었다. 날마다 어른들과 아이들이 옆에 서 있었다. 나중에는 장인들이 세 사람, 두 사람, 한 사람으로 점점 줄어들더니 마지막 한 사람도 그만두었다. 이 상점의 주인은 궐련, 성냥, 소포장 찻잎 판매로 생활을 유지하였고 또 도매로 사온 잎담배, 살담배를 팔기도 하였다. 원래 넓고 환했던 상점이 왜 점점 어두워지고 간판의 금빛 글자도 모두 힘이 없어졌는지 아무도 알 수 없었다. 그 계산대는 특히 크게 보였다. 컸으나 비어 있었다.

왕얼이 와서 상점의 반을 차지하였는데 그곳은 포연 장인들이 대패로 잎담배를 깎던 곳이었다. 그의 노점은 원래 빠오취앤탕 처마에서 동서로 가로로 놓여 있었는데 위앤창으로 이사 와서는 남북으로 바로 놓았다. 그래서 노점이라고 부를 수 없는 반점포가 되었다. 그는 원래 있던 나무판자 이외에 한 개를 늘려 곱자 모양으로 설치하였는데 꼭 계산대 같았다. 그가 판매하는 물건 종류도 늘어났다. 훈소로 말하자면 원래 있던 간수로 간한 두부, 소고기, 돼지고기, 포포육 이외에 봄철에는 '탈(鷞)'이라는 사냥한 짐승을 팔았다. ─이것은 철새의 일종으로 부리와 다리가 길고 복숭아꽃이 필 때 날아와서 어느 풍류 문인이 '도화탈(桃花鷞)'이란 이름을 지어주었다. ─또한 메추라기를 팔았고 겨울이 된 후에는 기다란 유리 액자를 걸고 그 위에 진홍색 석전(臘箋) 종이를 이용하여 금색으로 글자를 썼다. "오늘부터 맛있는 새끼 양과 다섯 가지 향료가 들어간 토끼 고기를 새로 추가합니다." 이 지방에서는 집에서 직접 양고기를 요리하는 사람은 없었고 모두 훈소 노점에서 샀다. 이것을 먹는 방법은 한 가지밖에 없다. 껍질째 물에 삶은 후 얼려서 조각조각 썰어서 마늘과 고춧가루를 첨가하고 반드시 당근을 채로 썰어 한 움큼 넣는다(이것이 노린내를 없앨 수 있는 최고의 방법이라 말한다). 간장과 식초는 사 가지고 와서 직접 첨가한다. 토끼 고기는 소고기와 같이 소금과 다섯 가지 향료를 넣어 삶고 진홍색 홍곡으로 물을 들인다.

설을 쇨 때 거리의 춘련(春聯)은 다양했다. 어떤 것은 가게 이름을 새겨넣어 특별 제작하였다. 예를 들어 빠오취앤탕은 발공*시험 출신인 상점 주인이 입안한 "우리 백성을 보호하고 장수촌을 만들자"였다. 포목전 같은 큰 상호들은 어조가 강하여 "생활은 자공(子貢)을 본받고 장사는 도주(陶朱)를 본받자"라고 붙였다. 가장 흔히 볼 수 있는 것은 "장사가 번창하여 사해까지 통하고 재산이 번성하여 삼강(三江)에까지 이른다"였다. 소자

---

* 拔貢: 청대(淸代)의 제도로서, 일종의 관리 등용 시험.

본으로 상점을 운영하는 곳에는 매우 겸손하게 "장사는 삼춘*의 풀 같고 재산은 비 온 뒤의 꽃과 같다"라고 씌어져 있었다. 이 마지막 춘련은 노점을 넘어선 왕얼의 반상점에서 붙인 것으로 딱 알맞았다. 비록 왕얼은 춘련을 붙일 그런 생각도 하지 않았지만—그에게는 붙일 곳도 없었다—이 상점의 상호는 "위앤창"**이었다. 그의 장사는 정말 삼춘의 풀과 비 온 뒤의 꽃처럼 일어났다. "일어난다"라고 하는 가장 두드러진 지표는 그가 긴 덮개가 달린 석유램프를 치워버리고 "싸싸" 소리가 나는 가스등을 걸었다는 것이다. 꼭 알아야 할 것은 가스등은 전장***과 포목점에서만 사용한다는 것이다. 그러나 왕얼은 뜻밖에 훈소 노점 위에다 걸었다. 밝게 빛나는 가스등으로 인해 더욱더 위앤창 계산대 안에 있는 석유램프가 어두웠다.

왕얼의 치부는 생활을 보고도 알아낼 수 있었다. 첫째로, 그는 자유롭게 소설을 들을 수 있었다. 왕얼는 소설 듣는 것을 가장 좋아하였다. 거리를 걷다가 형형색색의 광고문 중에서 그가 가장 유심히 보는 것은 설서****의 소식이었다. 그것은 3촌 넓이와 4척 길이의 황색 종이에 짙은 먹으로 씌어져 있었다. "유명한 ××× 선생을 특별히 초대하여 ××× (찻집)에서 ××(『삼국지』『수호전』『악부전』……)의 설서를 시작하는데 ×월 ×일부터 비바람에도 개최합니다." 이전에는 소설을 들으러 가려면 따져야 했었다. 첫째는 돈이 들어가고 둘째는 시간이 들어가며 더더욱 중요한 것은 그것이 그의 신분에 부합하지 않는다고 생각했기 때문이었다.

　＊ 三春: 맹춘(孟春), 중춘(仲春), 계춘(季春).
　＊＊ 상점 상호를 '근원이 창성하다'라고 해석하고 있음.
　＊＊＊ 錢庄: 옛날 개인이 운영하던 금융 기관, 금융업 점포.
＊＊＊＊ 說書: 창과 대사를 통해 『삼국지연의』 『수호전』 따위를 공연하는 송대의 예술.

훈소를 파는 일개 장사꾼이 항상 소설을 듣는다면 남들이 험담을 할 것이라는 것을 두려워하였다. 요즈음 그는 괜찮다고 생각되어 듣고 싶으면 들으러 갔다. 샤오펑라이(小蓬萊), 우리우위앤(五柳園)—이것들은 모두 설서를 하는 찻집이다—에 모두 가서 『삼국지』『수호전』『악부전』을 모두 들었다. 특히 여름에는 해가 길어서 리넨 천이나 모시로 된 장삼을 입고 엽전 한 꾸러미를 들고 갔다. 오후의 설서는 1시부터 시작하고 4시가 안 되어서 "내일 아침에 뵙겠습니다"라 하였다. (여기 설서의 규칙은, 설서 선생이 예정한 곳까지 이야기하면 절정을 남겨놓고 사환이 "내일 아침에 뵙겠습니다—!"라고 크게 한 번 고함을 친다. 청중들은 서둘러 자리를 일어나고 설서는 끝난다.) 이것으로 장사를 그르치지는 않았다. 아침부터 저녁까지 바빴으나 이 시간만큼은 비워두었다. 두번째로, 설을 쇠면서 패구*를 하였는데 그는 돈을 걸 때 망설이지 않았다. 왕얼은 평소에는 절대 도박을 하지 않지만 설을 쇨 때만은 닷새 동안 도박을 하였다. 설에 도박하는 것은 범법 행위가 아니므로 집집마다 상점마다 할 수 있었다. 초하루부터는 장사를 하지 않고 점포 문을 닫아 안이 깜깜했다. 빠오취앤탕 계산대 안에는 작은 천당**이 하나 있었는데 신농씨(神農氏)를 모시는 곳으로 위에는 천창이 있어 비교적 환했다. 신농씨 초상화 앞에 있는 사각형 탁자를 열고 와르르 소리를 내며 골패와 주사위를 꺼내었다. 마작을 할 때에는 대부분 사회적 신분이 비슷해야 하지만 패구를 할 때 문제가 되지 않았다. 그래서 누구라도 참여할 수 있었다. 빠오취앤탕의 동업자(따오匋 선생과 천시앙 공은 제외), 남을 대신해서 집세를 거두는 룬위앤(掄元), 활어를

---

* 牌九: 네 사람이 저마다 32개의 골패를 8개씩 가지고 서로 패를 내면서 승부를 진행하는 도박.
** 穿堂: 중국 가옥에서 두 개의 뜰 사이에 있어 통로 역할을 하는 당(堂).

파는 눈꺼풀에 흉터가 있는 사람들이 참여하였다. 그는 어려서 피부병이 있었는데 치료하면서 왼쪽 눈에 커다란 흉터가 남게 되었다. 초등학교 학생들은 그에게 "빠앤커라샨(巴顏喀拉山)"이라는 별명을 하나 지어주었다. 그 별명은 퍼졌다. 거리의 사람들이 이것이 무슨 뜻인지 몰랐지만 모두 다 그를 "빠앤커라샨"이라고 불렀다. ─바로 왕얼도 그랬다. 승패가 크다고 말할 수가 없지만 작다고 말하기도 적당하지 않았다. 10적(吊)은 한 번 선이 될 수 있는 돈이었다. 10적은 은화 3원과 같았다. 거는 돈이 좀 클 때는 1천 전을 3 : 3 : 4로 삼분하여 3백, 3백, 4백 전으로 나누었다. 7점이면 한 판 이기고 8점이면 두 판을 이기는데 만약 9점이나 패의 일종인 천지강(天地杠)을 잡으면 선이 1적을 밑졌다. 왕얼는 자주 "3, 3, 4"로 걸었다. 가끔 뜻밖에 모든 판돈인 5적을 한 번에 다 걸었는데 돈 5적을 자신 있게 걸고도 가슴이 두근거리거나 손을 떨지도 않았다. (집세를 거두는 룬위앤은 5백 원을 걸 때면 계속 손을 부들부들 떨었다.) 많이 이기면 그도 선이 될 수 있었다. 패구 놀이는 판돈이 커질수록 숨소리가 거칠어졌는데 왕얼은 그런 일이 많았다.

왕얼은 그의 점포를 이웃인 위앤창으로 이사했는데도 매일 9시 이후에 꼭 찻잔을 받쳐 들고 빠오취앤탕에 가서 앉아서 시간을 보냈다. 아들도 컸고 저녁에는 판매량도 적어 그의 아들 한 사람만으로도 충분했다.

다시 빠오취앤탕에 대해 이야기하자.

빠오취앤탕은 그다지 크지 않은 약국이다. 왜 그런지는 몰라도, 주인은 이 고장 출신의 사람을 쓰지 않고 위부터 아래까지, 관리하는 사람부터 물을 긷는 사람까지 일률적으로 모두 회성인을 고용하였다. 그들은 매년 한 달씩 휴가를 내어 교대로 고향으로 돌아가 2세 낳는 일을 도모하였다. 나머지 11개월은 점포에서만 있었다. 그들의 부인들은 11개월을 과부로 수절하였다. 약국의 '동료'들은 모두 '선생'이라고 불렀다. 선생은 몇 등급으로 분류한다. 최고 등급은 '관사(管事)'로, 즉 지배인이었다. 관사는 종신 직책이어서 주인이 지배인을 해고시켰다는 말은 거의 듣지 못했다. 연로한 지배인이 병고가 있어야만 새 지배인을 초빙할 수 있었다. 관사가 되면 인고(人股)나 신고(身股)라 부르는 공로주(功勞株)를 가질 수 있어 연말에 주식 액수에 따라 이윤을 배당받았다. 이 때문에 그는 부지런하고 성실하고 충성스럽게 일을 하였다. 주인은 상점에 오지 않으면 지배인이 모든 것을 책임졌다. 그는 관례대로 '후거(后柜)'라 부르는 신농씨가 모셔져 있는 뒤쪽 방에서 혼자 기거하였다. 총결산장부, 돈, 물소뿔, 영양, 사향과 같은 귀중한 약재는 모두 이 방 안에 넣고 열쇠를 채웠으며 열쇠는 그의 몸에 지니고 다녔다. ―인삼이나 녹용은 귀한 축에 들지도 못했다. 식사할 때 지배인이 항상 좌석의 끝 말석에 앉았는데 그것은 주인을 대신하여 여러 선생들을 받든다는 의미가 있었다. '관사' 직책을 견딘 사람이 몇 명이겠는가? 성 전체에는 모두 합쳐야 몇 개의 약국밖에 없었다. 빠오취앤탕의 관사는 성이 루(盧) 씨였다. 둘째 등급인 동인들은 "도상(刀上)"이라고 불렀다. 그들은 약재를 자르고 환약을 만들었다. 약국에서는 날마다 잘라야 하는 약들이 많았는데 약재들을 먹기 좋은 크기로 잘랐는지 또는 예쁘게 잘랐는지가 장사에 직접적인 영향을 주었다. 전문가들은 한번 보고도 이 약을 누가 잘랐는지 알았다. '도상'은 기술로는 월급이 가장 많고 상점 내에서의 지위도 가장 높았다. 식사할 때면 그는 관례대로 두번째 상석에 앉았는데―손님이 있을 때를 제외하고 최고 상석은 항상 비워두었다. 설이나 명절을 쇨 때, 약왕(藥王)의 생일에(약왕은 신농씨가 아니고 손사막 孫思邈이다) 술을 준비하여 관사가 잔을 들어 건배를 청할 때도 반드시 '도상'이 먼저 한 모금 마셔야만 모두가 마실 수 있었다. 빠오취앤탕의 '도상'은 현 전체 '도상' 중 최고여서 그가 기운이 쇠하여 사직하면 다른 집에서 경쟁적으로 그를 초빙하려고 하였다. 비록 오만하였고 무뚝뚝했지만 쉽게 성을 내지는 않는 사람이 있었는데 성이 쉬(許) 씨였다. 나머지 사람들은 모두 '동료'라고 불렀다. 발음이 약간 특이했는데 "동" 자를 강하게 말했다. 그들의 임무는 약을 짓고 장부를 쓰는 것이었다. '동료'의 일은 중요한 것이 아니어서 해마다 모두 해고당할 수도 있었다. 해고될 때 관사는 아무 말을 하지 않고 다만 음력 섣달에 송년 술자리를 마련하여 주인이 동인들에게 한 해 동안 고생했다는 말을 하는데 만약 어느 동료에게 좋은 자리로 가도록 청하면 동료는 두말하지 않고 겸손하게 이부자리를 말고는 더 좋은 일자리를 구하였다. 당연히 사전에 약간의 소문이 남으로써 아니 밤중에 홍두깨 맞는 것처럼은 아니었다. 해고당할 동료는 추석 후에 곧 예감한다. 어떤 이는 일찍부터 다른 사람들과 잘 이야기하고 시원스럽게 떠난다. 어떤 이는 다른 사람에게 일자리를 부탁하며 1년 지켜보자고 한다. 후자의 사람들은 아무래도 검토를 해야 하고 다른 면에서 보증을 해야 한다. 다시 찐 소병*은 맞는 법이다. 해고당했으나 나가지 않으면 체면이 떨어지고 몸값도 내려간다. 빠오취앤탕의 타오 선생은 이미 세 차례나 좋은 자리로 옮길 것을 요구받았다. 그는 기침과 천식이 있었고 사람도 총명하지 않았다. 끝끝내 좋은 자리로 옮기지 않고 그가 해고되면 어느 상점에 가겠는가? 어느 상점에서 이렇게 가래가 있는 사람을 쓰겠는가? 이것이 어찌 그의 생계를 위협하지 않겠는가? 라고 한편으로는 쉴 새 없이 동료들의 인정에 호소하였다. 둘째로 그에게 좋은 점도 있었는데, 집에 돌아가지 않는다는 것이다. 그는 40여 세가 되었지만 2세

---

* 燒餅: 밀가루를 반죽하여 원형 또는 사각의 평평한 모양으로 만들어 표면에 참깨를 뿌려 구운 빵의 일종.

를 낳을 일이 없었다. 왜냐하면 그는 결혼을 하지 않았기 때문이었다. 그리하여 타오 선생은 더욱더 근면하고 신중해졌다. 매번 그의 천식이 발작할 때마다 사람들이 말했다.

"타오 선생, 또 요 이틀 동안 몸이 그다지 좋지 않아요?"

그는 숨을 헐떡거리고 기침하면서 "아, 아니야, 아주 좋아, 아주 좋아(그렁그렁), 됐어요!"라고 하였다.

이상은 '선생'의 등급이다. '선생' 아래는 장사를 배우는 사람들이다. 약국에서 장사를 배우는 사람들을 희한하게 '상공(相公)'이라고 불렀다.

이로 인해 이 약국에는 밥을 짓고 물을 긷는 것 외에 '관사' '도상' '동료' '상공'이라는 네 등급의 신분이 있었다.

빠오취앤탕의 '상공' 몇 명은 이미 3년 하고도 한 계절을 보내고 나서 도제 기간이 끝나 돌아갔다. 현재 남아 있는 상공은 천(陳) 씨였다.

천 상공은 머리가 아주 크고 눈은 둥글며 입술은 두툼했다. 말을 할 때면 목소리가 거칠어 정확하지 않았다.

그의 하루 생활은 다음과 같다. 누구보다도 먼저 일어나서 '선생'들의 요강을 붓고 물로 깨끗이 씻어 변소에 놓았다. 바닥도 쓸었다. 탁자, 의자와 계산대를 닦고 곳곳의 먼지를 털었다. 그리고 문을 열었다. 이곳 상점 대부분 '여닫이문'으로—일률적으로 1척 넓이의 두꺼운 문짝이 문틀과 문턱의 홈에 끼워져 있었다. 천 상공은 문짝을 하나하나 꺼내면서 "동일" "동이" "동삼" "동사," "서일" "서이" "서삼" "서사"의 순서에 따라 담장에 기대어 세워놓았다. 또 약재를 말리고 거두어들였다. 햇빛이 뜨면 허 선생이 먹기 좋게 자른 약재와 환약을 바닥이 평평한 바구니에 담아서 머리에 이고 사다리를 타고 올라가 지붕에 있는 건조대에 놓았다. 해 질 무렵이 되면 다시 거두어 내려왔다. 이 시간이 그에게는 하루 중 가장 유쾌한 때이다. 그는 높이 올라가 사방을 바라볼 수 있었다. 많은 상점과 민가의 지붕을 볼 수 있었는데 모두 새까맸다. 멀리 있는 푸른 나무와 푸른 나무 뒤에 천천히 움직이는 돛도 보았다. 비둘기도 보았고 바람에 흔들리는 연도 보았다. 7월의 저녁 무렵에는 기이한 구름도 보았다. 7월의 구름은 변화무쌍하여 이곳에서는 '차오윈(巧云)'이라 불렀다. 구름은 정말 아름다웠다. 회색 구름, 백색 구름, 황색 구름, 붉은 구름들이 금테가 있는데 순간순간 사자, 호랑이, 말, 개와 닮은 구름이 되었다. 이때의 천 상공은 옛 사람이 말한 대로 마음이 트이고 기분이 유쾌하였다. 나머지 시간은 아주 단조롭고 무미건조하였다. 약도 빻았는데, 두 발로 나무판을 밟고 배 모양으로 된 쇠절구에서 빻았다. 만약 후추 같은 것을 빻으면 끊임없이 재채기를 하였다. 종이도 자르는데, 휘어진 큰 칼로 흰 도화지 한 묶음씩을 크고 작은 네모난 크기로 잘라 약을 포장하는 데 사용하였다. 포장지 인쇄도 했다. 그는 또 날마다 의례적으로 하는 두세 가지 일이 있었다. 오전에는 물담배를 피우는 데 사용하는 불쏘시개*를 꼬아야만 했다. 동전을 세는 전판**을 뒤집어 표심지(表心紙)를 이용하여 한 개 한 개씩 꼬았다. 빠오취앤탕에서는 물담배를 피우는 사람이 없었지만 이유는 알 수 없으나 매일 많은 불쏘시개를 꼬았다. 누구라도 모두 몇 개를 가져갈 수 있었고 이것은 이미 '전통'이 되었다. 오후에는 등잔 갓을 닦았다. 약국 안과 밖에는 10여 개의 석유 등잔을 사용했다. 모든 등잔 갓을 날마다 한 번씩 닦아야만 했다. 저녁에는 고약을 폈다. 등불이 켜질 때부터 왕얼가 상점에 와서 한가롭게 앉아 있을 때까지 그는 계속해서 고약을 폈다.

---

 * 紙枚子: 초석을 바른 종이로 속이 빈 끈 모양으로 만든 것. 불을 붙일 때, 특히 물담배를 빨 때 불씨로 사용함.
 ** 錢板儿: 동전을 셀 때 사용하는, 동전 홈이 파인 나무판자.

10시경이 되면 선생들의 요강을 모두 그들의 침대 아래에 놓고 꺼야 할 등불들을 모두 불어서 끄고 문을 닫으면 그제야 잠이 들 준비를 할 수 있었다. 선생들은 모두 뒤에 있는 별채에서 잠을 잤고 천 상공은 상점 안에서 잠을 잤다. 널찍한 판자를 놓고 요와 이불을 펴면 그 사람의 세계가 되었다. 잠자기 전 그는 항상 『탕두가결(湯頭歌訣)』두 편을 암기하였다. 약국의 선생들은 반드시 의술을 조금은 이해해야 했다. 가난한 집에서 병이 나면 의사에게 가지 못하고 약국에 가서 병증을 설명하면 선생들은 아무렇게나 말했다. "시호탕*을 드세요." "곽향정기환** 세 첩을 복용하세요." "칠리산***을 좀 바르시오." 어떤 때는 이불 속에 앉아서 잠시 집을 생각하며 여러 해 동안 과부살이를 해온 어머니를 그리워하고 그의 고향 집 방문 뒤에 붙여 있는 기린****이 아이를 태우고 있는 오래된 세화를 생각하였다. 오래 생각도 못하고 피곤해서 머리를 떨어뜨리고 곧바로 코고는 소리를 크게 내기 시작했다.

천 상공은 이미 한 해 동안이나 장사를 배웠다. 그는 이미 조공신과 신농씨에게 30여 차례나 향을 피웠다. 초하루와 보름에는 언제나 이 신께 향을 피웠는데, 관례대로 천시앙공의 일이었다. 조공신은 금 채찍을 손에 들고 흑호를 타고 있으며 양옆으로는 길이가 8촌인 검은 바탕에 금빛 글씨로 쓴 대련 한 쌍이 있었다. "금 채찍을 손에 들고 보물을 가져오고 검은 호랑이를 타고 재물을 가져오는구나." 신농씨는 곱슬곱슬한 수염에 머리카락을 풀어헤치고 적나라하게 옷을 하나도 걸치지 않았다. 허리에는

---

   * 柴胡蕩: 해열제의 일종.
  ** 霍香正气丸: 주로 여름 감기로 두통이 심하고 온몸이 지치고 메스껍고 설사할 때 복용하는 약의 일종.
 *** 七厘散: 타박상, 멍든 데, 외상 출혈에 바르는 약.
**** 전설상의 동물로, 수컷을 '기(麒)'라 하고 암컷을 '린(麟)'이라 함.

아주 큰 나뭇잎들이 빙 둘리어 있고 손발톱이 모두 길었고 한 손에는 영지를 쥐고 돌 위에 앉아 있었다. 천 상공은 이 두 신을 아주 섬세히 살폈으며 향을 피울 때만은 경건하였다.

천 상공은 언제나 매를 맞았다. 학생들 중 매를 맞지 않는 사람은 없었지만 천 상공이 매 맞는 횟수는 좀 많은 것 같았다. 매 맞는 원인은 대부분 일을 잘못했기 때문이었다. 종이를 비뚤어지게 자르거나 등잔 갓을 닦다가 깨뜨렸다. 이 아이는 별로 총명하지 않고 기억력 또한 좋지 않았고 동작도 느렸다. 주로 그를 때리는 사람은 라오 선생이었다. 라오 선생은 거친 성격은 아니었으나 그를 잘되게 하기 위해 때렸다. 한번은 크게 매를 맞은 적이 있었다. 그가 약을 거두어들여 사다리를 내려오다 발을 헛디뎌 대나무 바구니에 있던 택사(澤瀉)가 모두 시궁창에 빠져버렸다. 이번에 그를 때린 사람은 허 선생이었다. 그는 문의 빗장으로 인정사정없이 그 아이가 "아아" 하고 마구 소리를 지를 정도로 한바탕 두드려 팼다. "아이야! 아야! 다음부터 안 그럴게요! 다음부터 안 그럴게요! 아야! 아야! 제가 잘못했어요! 아이야! 아야!" 누구도 말릴 수 없었다. 왜냐하면 허 선생의 성질이 말리면 말릴수록 더욱 날뛰는 것과 더구나 이번은 그의 잘못이 크다는 사실을 알았기 때문이었다(택사는 귀한 약은 아니지만 자를 때 공력이 많이 든다. 똑같은 두께로 잘라야 하고 모양도 동전과 같이 둥글어야 한다). 나중에 밥을 짓는 라오주(老朱)가 와서 말렸다. 라오주는 여기에 누구보다도 일찍 왔으며 됨됨이가 충실하고 정직하기로 유명하였다. 그는 지금까지 밥 한 끼도 정식으로 먹은 적이 없었다. 대부분 다른 사람들이 먹다 남긴 국과 물에 분 누룽지를 먹었다. 이 때문에 상점의 사람들은 모두 그를 매우 존경하였다. 그는 쉬 선생의 손에서 빗장을 빼앗아 들고 말했다. "그 아이도 부모가 낳아 길러준 사람이오!"

천 상공은 매를 맞을 때는 감히 울지 못했다. 저녁이 되어서 문을 닫게 되자 그는 홀로 한참 동안을 엉엉 소리 내어 울었다. 그는 먼 고향에 계신 그의 어머니를 향해 말했다. "어머니, 저 또 맞았어요! 어머니 그래도 괜찮아요. 2년만 더 맞으면, 어머님을 모시고 살 수 있을 거예요!"

왕얼은 날마다 빠오취앤탕에 왔는데 그곳이 왁자지껄했기 때문이었다. 다른 상점은 9시 정도 되면 아무도 없고 관사 한 사람만이 장부를 결산하고 견습생 한 사람은 졸고 있었다. 그러나 빠오취앤탕은 이 시간이 사람이 가장 붐비는 때이다. 이들 선생들은 모두 돌아갈 집이 없는 홀아비들로 그 시간에 모두 상점으로 모였다. 그 외에도 단골손님 몇 명과 임대료를 징수하는 룬위앤, 살아 있는 물고기를 파는 빠앤커라샨, 사람들에게 아편을 달여주는 라오빙(老炳)과 쨩한(張漢)이 있었다. 쨩한은 맞은편에 있는 간장, 된장, 장아찌 등을 전문으로 만들어 파는 살림집 상점의 친척이면서 식객이었는데 전체 이름은 쨩한쉬앤(張漢軒)이었으나 모두들 그를 쨩한이라고 불렀다. 아마도 그가 식객으로 전락하여 "쉬앤" 자를 붙일 필요가 없다고 여겼기 때문일 것이다. 그는 70세였고 생긴 것이 꼭 프랑스의 볼테르를 닮아 뾰족한 얼굴과 코를 가지고 있었다. 그는 젊었을 때 타지에서 일을 했기 때문에 많은 곳을 다녔으며 식견이 넓어 무엇이든 알고 있는 백과사전이었다. 담배 피우는 것을 예로 들자면, 그는 당신에게 담배에는 다섯 종류가 있다고 말한다. 물담배, 잎담배, 코담배, 아편, 조(潮)가 있으며, '조'는 광둥성의 조주(潮州)에서 나는 잎담배로 이곳 사람들은 아무도 본 적이 없었다. '음주'에 대해 말하자면, 그는 산둥황(山東黃), 쨩위앤홍(狀元紅), 리앤화바이(蓮花白)를 말할 수 있었다. '다도'에 대해 말하자면 그는 중국 스펑(獅峰)에서 생산되는 최고급의 용정차와 쑤저우의 삐루오춘(碧螺春)을 알려줄 것이다. 또 윈난의 '고차(烤茶)'는 어떤 솥에서 볶아지는지를 알려줄 것이며 푸지앤의 공부차(功夫茶)를 담아 마시는 찻잔은 술잔보다 더 작으며 오랜 시간 푹 삶은 돼지의 허벅지 고기를 먹을 때도 석 잔만 마시면 될 정도로 차가 진하다는 것을 알려줄 것이다. 그는 『자불어(子不語)』와 『야우추정록(夜雨秋灯录)』을 숙독하여 많은 귀신과 여우 이야기를 말할 수 있다. 그는 또 윈난에서 독충인 고(蠱)*를 어떻게 사용하는지, 시앙시(湘西)에서 도포를 입은 법사를 시체들이 어떻게 따라가는지 알았다. 그는 또 한발(旱魃)** 강시(僵尸), 여자로 변신한 여우를 직접 보았으며 일시와 장소도 있고 상황도 선명하게 말하였다. 그리고 온갖 직업과 의약, 점〔卜〕, 천문, 관상술을 모두 알았다. 그는 『마의신상(麻衣神相)』, 운명을 점치는 책인 『류장신상(柳庄神相)』을 읽어 둔갑술과 육임(六壬)***과 점치는 방법인 영기경(灵棋经)을 다룰 수 있었다. 그는 항상 9시가 되어서야 나타났는데(낮에 그가 무엇을 하는지는 모른다), 그가 오면 모두들 생기가 빛났다. 그가 오는 저녁에는 그 사람 이야기 소리만 들렸다. 그는 이야기를 매우 잘했는데 기승전결이 있고 목소리의 억양도 완급이 있고 생생하고 실감이 났다. 그가 설서 선생처럼 이야기하다가 중요한 대목에서 멈추고는 담배를 천천히 피우면 모두들 조급해서 그를 재촉하였다. "그다음은? 그다음은요?" 이 시간은 천 상공에게는 하루 중에서 아주 유쾌한 시간이었다. 그는 고약을 펴면서 이야기를 들었다. 때로는 너무 이야기를 빠져들어 고약을 펴는 꼬챙이를 기름종이 위에 붙여버려 고약 한 장을 버리기도 하였다. 그것을 발견하고 서둘러 주머니 속에 몰래 밀어 넣었다.

---

* 전설상의 독충, 그릇 안에 많은 독충을 넣고 서로 물게 하여 최후에 살아남은 독충으로, 음식에 넣어 사람을 해치는 데 사용함.
** 전설상의 가뭄을 일으키는 신.
*** 골패 등을 가지고 길흉(吉凶)을 점치는 한 방법.

이 시간은 발각될 가능성도 없어 매 맞을 가능성도 없었다.

　하루는 좡한이 인생은 천명(天命)이 있음을 말하기 시작했다. 명의 초대 황제 쥐앤좡인 주훙우(朱洪武), 원나라 말 명나라 초기의 부자인 션완샨(沈万山), 판단(范丹)은 같은 해 같은 달 같은 날 같은 시로, 축시 첫닭이 울 무렵에 태어났다. 그러나 같은 축시라도 운명은 세 등급으로 나뉘었다. 하늘 높이 머리를 처든 사람은 주훙우이고, 머리를 숙인 사람은 션완샨이며, 세 사람 중에서 곡절이 가장 많은 사람은 판단이었다. 주훙우는 천자가 되어 존귀하였고 션완샨은 세상에서 가장 부유하였으며 판단은 추위와 굶주림으로 생을 마감하였다. 그는 또 말하길, 무릇 큰일을 이루고 큰일을 행하며 크게 성공한 사람은 대부분 기괴한 용모를 지니거나 또는 특별한 품성을 지녔다고 하였다. 한나라 고조의 리우방(劉邦)은 넓적다리에 일흔두 개의 검은 점, 다시 말해 엉덩이 위에 일흔두 개의 검은 사마귀가 있었는데, 그 누가 이럴 수 있겠는가? 명나라 태조의 쥐앤좡은 태어나서 오악(五岳)이 하늘로 향했다. 양쪽 이마와 두 광대뼈와 아래턱이 모두 튀어나와 생김새가 마치 오악과 같았는데 그런 사람이 있겠는가? 번쾌*는 돼지 다리를 날것으로 먹을 수 있었고 연(燕)나라 사람 좡이덕(張翼德)은 눈을 뜨고 잠을 잤다. 평범한 서민이라도 운이 있는 사람은 반드시 남과 다른 점이 있다. 반드시 평범하지 않는 사람이어야 큰일을 이룬다고 하였다. 모두들 듣고서 자신도 모르게 고개를 끄덕였다.

　좡한이 급히 잎담배를 몇 모금 피우다가 갑자기 화제를 바꾸어 왕얼에게 말했다.

　"바로 왕얼로 말하자면 그는 요 몇 년 동안 벼락출세하여 재산이 많

---

* 樊哙: 서한(西漢)의 대장군.

아졌는데 반드시 그 이병(異秉)을 가지고 있을 것입니다."

"……?"

왕얼은 '이병'이 무엇인지를 이해하지 못하였다.

"바로 남들과는 다른 점, 다른 사람들과 같지 않은 점이요. 말해봐요, 말해봐요!"

모두들 왕얼을 부추겼다. "말해봐요! 말해봐요!"

왕얼은 비록 재물은 모았지만 언제나 자신의 신분을 잊지 않고 이제 껏 분수에 넘치는 행동을 하거나 잘난 체하지 않았다. 모두가 정중히 재촉하자 몸을 앞으로 약간 구부리며 정중하게 말했다.

"저에게는 큰 것과 작은 것을 분명하게 구분하고 이해하는 점이 있습니다." 그는 모두가 이해하지 못할 것을 염려하여 다시 설명하였다. "저는 용변을 볼 때 언제나 먼저 작은 것을 보고 그다음에 큰 것을 봅니다."

쫭한이 이야기를 듣고 한차례 박수를 쳤다. 그리고 말하길, "말인즉 대소변을 함께 보지 않는다는 것 아닙니까, 드문 일이지요!"

이야기하다 보니 이미 10시 반이 지나 모두들 일어나 작별인사를 하였다. 문을 닫아야 했다. 노 선생은 계산대를 보고서 천 상공이 보이지 않자 큰 소리로 외쳤다. "천 상공!"

몇 차례 외쳐도 대답하는 사람이 없었다.

천 상공은 화장실 안에 있었다. 그것을 타오 선생이 발견했다. 뜻하지 않게 화장실로 들어간 그는 그곳에 이미 쪼그리고 앉아 있는 천 상공을 발견했다. 원래, 그 시간은 그 두 사람 모두 큰일을 치를 때가 아니었다.

세한삼우(歲寒三友)

　　이 세 사람은 왕쇼우(王瘦吾), 타오후천(陶虎臣), 진이푸(靳彝甫)다. 원래 왕쇼우가 먼저 털실 가게를 열었고 타오후천는 폭죽 가게를 열었으며 진이푸는 그림을 그리는 사람이었다. 그들은 어렸을 때부터 같이 성장했다. 이들 세 사람은 이도 저도 아닌 사람들이었다. 관리도 아니었고, 수레를 끌며 콩국을 팔러 정처 없이 떠돌아다니는 사람도 아니었다. 그들은 형편이 좋을 때도 있었고 나쁠 때도 있었다. 좋을 때는 탁자 위에 고기 하나, 야채 하나, 이렇게 두 가지 요리가 올랐고, 또 술 두 냥을 데울 수 있었다. 나쁠 때는 죽을 먹고 심지어는 끼니를 거르기도 했다. 그러나 세 사람의 명성은 도리어 모두 좋았다. 그들은 모두 하늘의 이치에 어긋나는 일을 한 적이 없었고, 지금까지 사람들에게 가혹하고 매정하게 대한 적이 없었으며, 그 지역의 공익에 대해서도 수수방관한 적이 없었다. 어느 곳의 다리가 무너져 내리면 수리를 해주려고 하였고 어느 곳에서 노상 객사자를 발견하면 묻어주려고 하였다. 전염병이 돌면 부두의 길목에다 약차(藥茶)를 채워 넣은 항아리를 갖다 놓고 지나가는 행인들에게 베풀어주었다. 큰 불이 일어난 뒤에는 도사를 초청하여 제를 지내고 액막이를 하였다. ……이런 일들을 당하면 기부금이 필요했다. 발기인이 기부금 장부를 그들의 앞에 내밀면 그들은 모두 붓을 들고서 누가 보아도 고개를 끄덕일 만한 금액을 적어 넣었다. 이 때문에 그들이 거리를 걷고 있으면 그들과 안면 있는 사람들이 모두 그들에게 정중하게 머리를 숙여 인사를 하였다.

"안녕하세요!"

"안녕하세요!"

"식사하셨어요?"

"먼저 먹었습니다. 먼저 먹었습니다!"

왕쑈우는 정말로 말랐다. 두 어깨뼈가 장삼 바깥으로 확연하게 보일 만큼 말랐다. 그는 젊었을 때 매우 고상하게 지냈다. 어렸을 때 그에게 글을 가르쳐주던 훈장은 고을의 유명한 시인인 탄피위(談感漁)로, 탄 선생은 그에게 시를 짓는 법을 가르쳐주었다. 그때 털실 가게는 아버지가 경영하고 계셨는데, 장사가 잘되어서 그는 부유하거나 부유하지 않은 유명한 시인을 따라 날씨 좋은 봄가을에 시와 술이 있는 고상한 모임에 참여할 기회를 얻을 수 있었다. 어떤 쟝 씨 어머니, 우(吳) 대부인이라는 분의 80세 생신을 맞이하여 시를 모집하였는데, 역시 칠언 율시 두 수를 보내드렸다. '쑈우(瘦吾)'는 바로 그때 얻은 별명이었다. 아버지가 돌아가시면서부터 그가 온 가족의 생계를 떠맡게 되어 더 이상 시를 짓지 않았고 그러한 시인들과도 더 이상 교류하지 않았다.

그의 털실 가게는 주택 겸용의 그다지 크지 않은 가게였다. 가게 간판에는 비록 "베이징과 광저우의 서양상품, 대소량 도매"라고 씌어져 있었지만 파는 것은 도리어 견사, 실로 납작하게 엮은 끈, 1호 바늘, 2호

바늘, 여인들이 눈썹을 뽑는 족집게, 대팻밥*, 작은 솔**, 청색의 물품, 삶은 푸성귀, 승모표 서양 양초, 태양표 비누, 미부표 전등갓…… 등에 지나지 않았고, 종류는 매우 많았지만 모두 돈 가치가 얼마 안 되는 것들이었다. 매일 저녁 장부를 결산할 때는 동전 한 무더기와 1전, 2전짜리 자잘한 소액 지폐밖에 없어서 1원짜리 하나도 보기 어려웠다.

이런 작은 가게로 한 가정의 생활을 유지하기란 어려운 일이었다. 왕쇼우의 가족 수는 날이 갈수록 점점 많아졌다. 그는 위로는 어머니가 계셨고, 자신에게도 세 명의 아이들이 있었다. 어린 것은 아직 어머니 품속에 안겨 있었고 두 명은 커서 1남 1녀는 이미 초등학교에 다니고 있었다. 입는 옷은 말할 필요도 없고 신는 신발까지 걱정해야 했다.

아들은 비가 오는 것을 제일 싫어하였다. 초등학교의 급우들은 비가 오는 날이면 대부분 고무창을 댄 신발을 신고 등교하는데 오직 그만이 아버지가 신었던, 바닥에 징을 박은 신발***을 신었다. 징을 박은 신발은 매우 둔하고 무거워서, 걸을 때 쾅 쾅 하는 소리가 울렸다. 그가 학교 교문에 들어서면 급우들은 모두 그와 그의 신발을 쳐다봤다. 그는 여러 번 난리를 쳤다. 비가 올 때마다 그는 말했다. "나 학교에 안 갈래!" 엄마가 좋은 말로 그를 달랬다. "내년에, 내년에는 고무창을 댄 신발을 사줄게. 꼭!" — "내년이라고! 그렇게 말한 지 벌써 몇 년째야!" 마지막엔 입이 부

---

* 刨花: 오동나무에서 얇고 길게 대패질하여 이것을 물에 담그면 점성이 약간 생긴다. 과거에 부녀자들이 머리를 빗어 쓸어 넘길 때 그것을 쓰지 않을 수 없었다. ─원주
** 抿子: 대팻밥을 탄 물을 바르는 데 사용하는 작은 솔.
*** 요즘 젊은 사람들은 징 박은 신발조차도 모른다! 징 박은 신발은 신발 가장자리를 겹으로 박은 아주 튼튼한 천 신발이고, 생 소가죽으로 만든 것도 있다. 오동나무 기름을 먹일 때 신발 밑에다 머리가 큰 징을 많이 박는다. 고무창을 댄 신발이 있기 전에, 이것이 비 올 때 신는 신발이었다. ─원주

루퉁한 채로 수리한 낡은 우산을 겨드랑이에 끼고 학교에 갔다. 왕쇼우는 도로에 울려 퍼지는 징을 박은 아들의 신발이 분노하는 소리를 듣고 반나절 동안 아무 말도 안 했다.

딸은 현 전체 초등학교 추계운동회에 참가하여 매스게임을 공연하기 위해 규정된 의상을 입어야만 했다. 흰 윗도리에 검은색 짧은 치마. 이것은 그런대로 해결할 수가 있었다. 어려운 것은 신발이었는데, 일률적으로 하얀 운동화를 신어야만 했다. 딸은 어머니에게 사달라고 했다. 어머니는 "운동화 한 켤레를 사려면 돈이 많이 필요하니까, 우리는 참가하지 말자꾸나. 병났다고 말하렴, 아버지께 결석계를 쓰시라 할게"라고 말하였다. 딸은 오빠처럼 성질을 부리거나 난리를 치지는 않았고, 한마디도 하지 않으면서 하염없이 눈물만 흘렸다. 결국엔 참가하게 되었다. 이 재주 있는 엄마는 이웃집에서 운동화를 한 켤레 빌려 와서, 모양을 본떠서 하얀색 범포를 사용하여 밤을 새워서 한 켤레를 만들었다. 신발 밑바닥이 천인 것을 제외하면 다른 데는 사 온 것과 완전히 똑같았다. 해가 뜰 무렵 엄마가 조용히 불렀다. "딸아, 일어나거라!" 딸이 눈을 뜨자, 침대 앞에 놓여 있는 하얀 운동화 한 켤레를 보고 엄마 가슴에 기대어 울었다. 왕쇼우는 피곤한 표정으로 처량하게 웃는 부인의 얼굴을 보고 마음이 쓰렸다.

그래서 왕쇼우는 늘 돈을 벌고 싶었다.

어떻게 돈을 벌 것인가? 이 작은 털실 가게에 의지해서는 어떤 미래도 기대하기 힘들었다. 그는 다른 방법을 생각해야 했다. 이 성 안의 거리는 저녁 무렵의 부두 같아서 다양한 배들이 가득 들어찼다. 각종 직업이 모두 고정된 기반을 지니고 있어서 끼어들고 싶어도 끼어들기가 아주 어려웠다. 그는 눈을 현성(縣城) 밖으로, 이런 직업 이외의 것으로 돌려야 했다. 그는 수많은 다른 업종에 종사한 적이 있었다. 그는 새우 종자 장사를 했고, 술에 담근 게를 파는 장사를 했으며, 노른자가 두 개 든 오리 알을 소금에 절이기도 했다. 쌍 씨네 마을에서 모과주가 나오면 그가 운송 판매 했다. 본지에서 "희렴(狶薟)"이라 불리는 약재가 나오면, 거두어서 나무배로 상하이까지 싣고 가서(그 자신은 배에 높이 쌓인 약초 더미 위에 앉았다) 약재상에게 팔았다. 삼차하(參叉河)에서는 수선어(水仙魚)가 나와 그는 통조림을 만들어야겠다고 생각한 적도 있었다. ……그가 한 장사는 모두 기발한 데가 있었고 심지어는 현실성 없이 터무니없는 생각이기도 했다. 그는 한 달에 한 번씩 집을 떠나 도시 근처에 있는 작은 읍에 가서 여기저기 뛰어다녔다. 마치 굶주린 새 한 마리가 여기저기 날아가서 아들딸들에게 줄 양식을 구하고 싶어 하는 것 같았다. 돌아올 때는 항상 온몸에 풀 부스러기와 먼지가 가득 묻어 있었고, 그는 갈수록 말라갔다.

나중에 그는 공장을 세워야겠다고 생각했다. 그가 세운 공장은 끈 공장으로, 새끼와 돈꿰미를 생산했다. 도롱이 풀 두 줄을 꼬아서 가는 끈을 만들어 과거에는 엽전을 꿰는 데 사용하여 돈꿰미라고 불렀다. 지금은 엽전을 사용하지 않지만 가게에서는 오히려 그것 없이는 안 되었다. 다과점에서는 과자를 포장할 때 사용하고 돗자리를 파는 가게에서는 돗자리를 묶을 때 사용하며 물고기를 파는 곳에서는 물고기 아가미를 꿸 때 사용한다. 이런 가는 끈을 꼬는 것은 본래 호서 지방의 농민들이 농한기 때 하던 부업으로 한 단씩 한 단씩 짊어지고 성으로 들어와서는 팔러 다녔다. 정해진 사람, 정해진 시간, 정해진 숫자가 없었기 때문에 필요로 할 때는 정작 못 만날 수도 있었다. 이런 공장이 생기면 사용자 입장에서는 훨씬 편리해지는 것이었다. 왕쇼우는 이 공장을 세웠다. 그는 더 이상 여러 곳을 분주하게 뛰어다니지 않았다.

이 공장에는 왕쇼우를 포함하여 모두 네 명이 있었다. 동업자 한 명은 물건을 운반하였고 두 명은 일을 하였다. 기계가 두 대가 있었는데 도대체 너무 뻑뻑한 나머지 오직 손으로 돌려야만 했다. 이 기계 두 대가 철거덕거리는 소리를 내면서 이 거리에다 새로운 소리를 보냈는데, 동 그릇을 두드리는 소리, 소병(燒餠)을 구워 만드는 소리, 점치는 소경의 땡땡 울리는 소리 등과 같이 섞였다. 얼마 안 있어 사람들은 곧 익숙해져서 마치 이 소리들이 본래 있었던 것 같았다.

초이튿날과 십육 일*의 저녁 무렵에는 왕쇼우가 고기 반 근 혹은 생선 한 마리를 들고서 거리에서 집으로 돌아오는 것을 항상 볼 수 있었다.

이 거리에서는 날씨가 쾌청한 날이면 언제나, 오전 10시 정도에, 인청(陰城) 방향에서 전해져 오는 거대한 폭발 소리를 모두 들을 수 있었다.

"핑― 팡!"

사람들은 이것이 타오후천(陶虎臣)이 폭죽을 시험해보고 있는 것임을 알았다. 아이들은 바지를 붙들고 인청을 향해 나는 듯이 달렸다.

인청은 옛 전쟁터다. 한신(韓信)이 이곳에서 무기를 들고 공격해 들어갔다고 전해진다. 지금도 손잡이가 있는 밑바닥이 뾰족한 도자기를 발굴해낼 수 있는데, 그곳에서는 "한병(韓瓶)"이라 불렀고, 전하는 바에 의하면 한신의 부대가 사용한 행군용 물통이라고 한다. 겨울에 이런 도자기 병에다 매화꽃을 꽂으면 매실이 열릴 수 있다고 말한다. 지금 이곳은 연고 없는 무덤이 마구 널려 있는 공동묘지인데 언제부터 "인청"이라 부르기 시작했는지 알 수 없다. 도처에 봉분, 야생나무, 잡초, 갈대, 물억새가 있다. 풀 속에는 개구리와 두꺼비, 야생토끼, 거대한 메뚜기, 쇠귀뚜라

---

* 이것은 가게에서 목구멍의 때를 벗기는 날이다. ―원주

미, 귀뚜라미가 있다. 이른 아침과 저녁 무렵에는 흰목 늙은 까마귀가 수없이 많이 있다. 사람이 걸어가면 까악까악 소리 지르며 날아 올랐다가 곧 다시 연달아 모두 내려온다.

이곳에는 사람이 살고 있는 집이 없다. 오직 낡은 신묘(神廟)만 하나 있는데 안에는 한 촌뜨기가 거주하고 있다. 이 촌뜨기가 어떤 내력이 있는지는 알 수 없다. 그는 개를 죽여 고기를 먹었고―인청에는 야생 개가 매우 많았다. ―또 술을 마셨다.

여기는 오는 사람이 매우 적었다. 단지 아이들만이 한패가 되어 연을 날리고 귀뚜라미를 붙잡았다. 그다음은 타오후천이 와서 폭죽을 시험하였다.

시험하는 것은 천지향(天地響)이다. 이곳에서는 쌍발폭죽을 천지향이라고 불렀다. 땅에서 폭음을 내고, 공중으로 날아 올라 또 폭음을 내고 산산조각 나면서 종잇조각이 휘날리며 떨어지기 때문이다. 타오 씨네의 천지향은 한 번 들으면 바로 알 수 있는데 소리가 매우 크기 때문이다. 두 폭음 사이의 시간 간격 또한 길다. ―높이 솟구쳐 오른다.

"핑―팡!"

"핑―팡!"

그가 일이십 보를 걸으면서 폭죽 하나를 터뜨리자, 뒤로 한 무리의 아이들이 따라왔다. 그중 대담한 한 아이가 자기도 터뜨려보겠다고 하자 타오후천은 그에게 하나를 주었다.

"불이 붙으면 빨리 도망가야 해! 맞아서 아프더라도 울면 안 돼!"

사실은 다칠 수 없었다. 타오후천은 폭죽을 시험할 때마다 그중 몇 개의 도화선을 특별히 더 길게 했는데, 이는 전적으로 이 아이들을 위해 예비한 것이었다. 도화선에 불이 붙으면 "치이익" 하고 불이 뿜어져 나오고 한참 후 비로소 폭음을 들을 수 있었다.

타오 씨 폭죽가게의 입구도 폭죽 숙련공이 폭죽을 만드는 것을 구경하는 아이들로 항상 둘러싸여 있었다. 흰 나무 선반 두 개에 매우 반질반질한 나무판 두 개가 있었다. 마분지처럼 거칠고 두꺼운 종이 한 장을 강철 끝 위에 휘감고 나무판 두 개에 문질러서 끼익 하고 미끄러져 들어가면 바로 폭죽통이 되었다.

아이들은 숙련공이 폭죽을 만드는 것을 보았고 타오후천은 계산대 위에 엎드려서 이런 아이들을 매우 흥미롭게 지켜보았다. 때때로 아이들에게 몇 마디 물어보기도 했다.

"너희 아빠는 집에 계시니? 뭐 하시니?"

"항아리 손님은 다 나았니?"

아이들은 모두 타오 주인이라는 사람이 매우 온화하고 아이들을 좋아한다는 것을 알았기 때문에, 그를 만나면 모두 그를 "타오 아저씨!" "타오 백부!" "어이, 어이" 하고 부르고 싶어 했다.

타오 씨네 폭죽가게는 원래 장사가 잘되었다.

그의 가게는 갖가지 상품이 다 갖추어져 있었다. 일반적인 폭죽 외에 편지도화(遍地桃花)라고 불리는, 다른 가게에서는 만들지 못하는 폭죽도 만들었다. 겉면뿐만 아니라 안의 통까지도 모두 똑같은 담홍색의 종이가 원통형으로 감겨 있었다. 폭죽을 터뜨리면 땅이 온통 붉게 변했는데 땅에 복숭아 꽃잎이 깔린 것 같았다. 만약 새해를 맞이하는데 눈이 내리면 꽃잎이 눈 위에 떨어져 붉은 것은 붉은 대로 흰 것은 흰 것대로 예쁘기 그지없었다.

이런 폭죽은 원가가 매우 비싸서, 주문이 들어올 때를 제외하고는 보통 때에는 구비하지 않았다.

일반적인 폭죽은 타오후천 자신이 직접 만들지 않았다. 그는 꽃 모양의 폭죽(花砲)을 잘 만들었다. 원통형의 커다란 꽃폭죽은 몇 분 동안 계속 터질 수 있었다. 그는 또한 주매(酒梅)라 불리는 아주 특별한 꽃을 잘 만들수 있었다. 구불구불하게 옆으로 기운 나무 한 그루를 자기 그릇에 놓고, 위에다 수많은 각양각색의 작은 꽃폭죽을 끈으로 꿰어서 묶어놓고, 불을붙이면 나무 가득히 꽃이 뿜어져 나왔다. 불꽃이 다 발사되면 나뭇가지위에 아직 남아 있던 매화 송이들이 남빛으로 가물가물 조용하게 피어오르는데 오랫동안 지속되면서 안 꺼졌다. 이는 고량주에 담근 목화로 만든것이었다.

그는 또 하나의 절묘한 기술을 가지고 있었는데, 바로 꽃불(焰火)을 만드는 것이었다. 옛 방식의 꽃불을 어떤 곳에서는 "꽃불을 쏘아 올린다(花盒子)"라고 했다. 그는 가게에서 주매와 꽃불을 만들지 않고 집에서 만들었다. 왜냐하면 여기엔 많은 비법이 있어 외부로 유출되어서는 안 되기때문이었다.

꽃불을 만들 때 원료 배합 외에 관건이 되는 것은 도화선을 꿰는 것이었다. 잘못 꿰면 "쾅" 소리를 내며 화염에 다 타버렸다. 잘못하면 일이날 수도 있었다. 타오후천은 왼쪽 눈을 못쓰게 되었다. 꽃불을 쏘아 올렸는데 고장이 나서 점화가 안 되어 그가 사다리를 세워놓고 선반에 올라가살펴보았는데, 생각지도 못하게 꽃불이 갑자기 소리를 내며 터지면서 불덩이가 눈 속으로 튀어 들어왔기 때문이었다.

타오후천은 한쪽 눈을 못쓰게 되었지만 모습이 그다지 바뀌지 않았고, 일반적으로 불구가 된 사람들이 흔히 흉측하게 보이는 것과는 달랐다. 그는 언제나 환한 얼굴로, 너그러우면서도 자상하게 웃음을 띠고 있었다. 이런 웃는 얼굴은 세상과 싸우지 않고 생활에 쉽게 만족하는 사람만이 가질 수 있는 것이었다.

그러나 그의 이런 만족해하는 표정은 해마다 점점 사라졌다. 폭죽 장사는 수확을 따라가는 것이었다. 날씨가 순조롭고 나라가 태평하고 백성이 편안할 때는 언제든지 폭죽 가게 장사도 잘되었다. 해마다 항상 이럴 수 있을까?

편지도화는 근래에 물품을 주문하는 사람이 매우 줄었다. 지방에서는 몇 년간 폭죽을 터뜨린 적이 없어서 어떤 아이는 꽃불을 터뜨리면 무슨 모양이 되는지 이미 잊어버리게 되었다.

타오후천은 아주 다부지게 생겼다. 그의 이름과 아주 잘 어울린다.

진이푸(靳彝甫)와 타오후천은 같은 골목 안에 사는데 고작 일고여덟 개의 집을 사이에 두고 있었다. 어느 집의 불이 꺼지면 아이들이 장작을 가지고 가서 다른 집에서 불을 붙여 왔다. 그의 집은 알아보기가 매우 쉬웠다. 문 입구에 철로 된 팻말을 못으로 박아놓았는데 붉은 바탕에 검은 글씨로 "진이푸의 그림 그리는 집"이라 씌어져 있었다. 이 성에서 그림을 그리는 사람은 세 부류가 있었다.

한 부류는 화가이다. 이런 사람들은 대부분 밭과 땅을 가지고 있어서 입고 먹는 것을 걱정하지 않았고, 그림을 그리는 것은 단지 자기 소일거리이거나 사람과의 교제를 위한 도구일 뿐이었다. 그들은 돈 때문에 그림을 팔지 않았다. 그림을 원하는 사람은 단지 매우 고상한 선물 몇 개를 보냈다. 상등의 소흥 황주 한 단지, 햄, 준어, 백사 비파, 혹은 의흥(宜興) 자사로 만든 정교한 다구 세트, 혹은 꽃대가 나오고 있는 난초 화분 두 개 정도였다. 그들의 그림은 대부분 사물의 형식보다도 그 내용과 정신에 치중하여 그렸고 혹은 반은 세밀화, 반은 내용에 치중하여 그렸다. 그들은 세밀화를 그릴 만한 인내력이 없었고 그릴 수도 없었다.

다른 한 부류는 환쟁이다. 그들이 그리는 것은 신상(神像)이다. 가장 많이 그리는 것은 '가신보살(家神菩薩)'이다. 이 가신보살은 대가족이다. 첫 번째 층은 관세음보살의 무리이고 두번째 층은 옥황상제와 그의 조정관리 들이다. 세번째 층은 관우와 주창(周倉), 관평이고 가장 밑층은 재신(財神) 이다. 그들은 또 유리 안쪽에다 유성페인트를 사용하여 복(福), 녹(祿), 수 (壽)의 세 신을 그려서(미술사가들은 이런 그림을 "유리유화(琉璃油畵)"라고 칭하였다), 벽에 거는 세로가 긴 유리액자를 만들었다. 그들은 일종의 상 품을 만드는 것이지, 그림을 그린 것이 아니었다. 게다가 분업 작업이라 서, 꽃무늬를 본떠 그리는 사람(밑그림을 따라 본뜬다)이 한 명 있고, 얼 굴 부분을 그리는 사람이 한 명 있고, 나머지 한 명이 색칠을 했다. 그들 의 작업장은 "화장점(畵匠店)"이라고 불렸다. 한 개의 화장점 안에서는 항 상 일고여덟 명의 사람이 동시에 일을 하고 있었지만 어떤 소리도 들리지 않았다. 왜냐하면 화공 대부분이 벙어리였기 때문이었다.

진이푸는 둘 다 아니었다. 둘 사이에 끼어 있는 그런 부류의 사람이 라고 말할 수 있었다. 비교적 적절하게 표현하자면 "화사(畵師)"라고 불러 야 마땅하지만, 이곳에는 이런 표현법이 없으므로 단지 "그림을 그리는 사람"이라고 말했다. 그는 그림을 팔아서 먹고살지만 화장점처럼 그렇게 문 입구 노점에서 장사하거나 문신(門神) 환락(歡樂)*을 파는 지물포에 도매 로 넘기지도 않았다. 그는 방문해서 그림을 부탁하는 사람을 기다렸다. (그래서 '화우畵寓'라는 팻말을 내걸었다.) 그의 그림은 길이에 따라 값을

---

* 조각칼을 사용하여 붉은 종이 위에 구멍을 뚫어서 정교한 길상 꽃무늬를 만들어 문 위에 붙 인다. 작은 것은 적전(吊錢)이라 하고 큰 것은 환락(歡樂)이라 한다. 어느 지방에서는 "적 패(吊挂)"라고도 한다. —원주

결정했는데, 청색과 녹색이 많이 들어가면 별도로 또 받았다. 제목도 붙일 수 있었다. 그림을 부탁하러 오는 사람은 대부분 찻집과 주점, 찻잎 가게, 인삼 가게, 전당포 주인 혹은 책임자였다. 여윳돈이 별로 없어서 비싼 선물을 보내지 못하니 높은 가문의 화가와 친분을 맺을 수 없었고, 또한 집 안에 오로지 소박한 벽만이 4면을 가로막고 있는 것을 달가워하지 않는 그런 중산층 사람들도 있었다. 그들은 늘 그의 그림 그리는 모습을 지켜보는 것을 좋아하였고 진이푸도 흔쾌히 손님들 앞에서 붓을 휘둘러서 주인과 손님 모두가 매우 만족스러웠다. 그는 그림에 서명하지만(환쟁이의 작품은 지금까지 서명하지 않았다), 받는 사람의 이름이나 호를 쓰지는 않았는데, 왜냐하면 호칭하기 어려웠고, 깊어도 안 되고 얕아도 안 되고, 쓴다고 해서 사람들이 반드시 좋아하는 것은 아니었기 때문이다. 그래서 단지 "진이푸명(靳彝甫銘)"이라고 간단하게 네 글자를 썼다. 만약 불상이라면 "근이 손을 씻고 공손히 그림 그리고 새기다"라고 적었다.

진(靳)씨 집안은 삼대째 모두 그림을 그렸다. 집 안에는 쌓여 있는 밑그림이 매우 많았다. 왜냐하면 서로 다른 취향을 맞춰주기 위해 산수, 인물, 조류, 화초 등 무엇이든 다 그렸다. 또 밀화(密畵), 사의(寫意), 천강(淺絳), 중채(重彩) 등에 얽매이지 않았다.

그의 집안에는 대대로 전해 내려온 초상화가 있어서, 행락도(行樂圖)와 희신도(喜神圖)를 모두 그릴 수 있었다. 중국의 초상화에는 요령이 있다. 화가 집안은 모두 대대로 전해 내려오는 '백검도(百臉圖)'를 소장하고 있다. 사람의 두상과 생김새를 분석하고 백 가지 유형을 정해놓았다. 그림을 그릴 때 대상을 자세히 들여다보면서 어느 유형에 속하는지 확인하고 그런 후에 이 기초 위에서 가감을 하여 그려낸 것을 보면 항상 다소 닮기는 하였다. 진이푸는 여러 해 동안 희신(喜神)을 그리지 않았다. 왜냐하면 이런 종류의 형상을 그리는 것은 언제나 죽어가는 사람이 막 숨이 끊어지려 할 때 불려가서 침대 앞에서 대면하고서 묘사해야 하기 때문이었다. 그는 죽는 사람을 보고 싶지 않았다. 그래서 부모형제와 절친한 친구를 제외하고는 이런 일에는 일체 응하지 않았다. 와서 청하는 사람이 있으면 할 줄 모른다고 말하였다. 행락도는 사진관이 생긴 이후부터는 그려달라고 하는 사람이 매우 드물었다.

진이푸 자신이 그리기 좋아한 것은 청록색의 산수화와 밀화 기법으로 세밀히 그린 인물이었다. 청록색의 산수화와 밀화 기법으로 그린 인물화는 1년에 주문이 몇 건이나 들어오겠는가? 이 때문에 매년 단오절을 제외하고는 그는 역귀를 쫓는 각양각색의 신을 수십 장 그려서 골목에 있는 여의루(如意樓) 술집에 걸어놓고 표시된 가격에 따라 팔아 비교적 많은 수입을 올릴 수 있었고, 그 나머지 시간에는 가족 모두가 배고프기도 하고 배부르기도 하였다.

비록 배고프기도 하고 배부르기도 했지만, 그는 즐겁게 살아갔다. 그의 화실에는 작은 편액이 하나 걸려 있었는데 거기에는 "사계절이 아름답고 흥성하다"라고 적혀 있었다. 화실 앞에는 매우 작은 뜰이 있었다. 벽 가까이에 옥병소죽(玉屛蕭竹)이 몇 그루 심겨 있었고, 돌 위에는 동백꽃과 월계화가 놓여 있었다. 균요(鈞窯)라는 가마에서 나온 평평한 접시 속에 영롱하고 투명한 상수석(上水石)을 키웠는데 두께가 반촌이나 되는 녹색 이끼로 덮여 있고 호이초(虎耳草)와 공작 고사리가 자라고 있었다. 겨울에는, 그는 항상 하나의 꽃잎으로 되어 있는 수선화를 몇 송이 길러야 했다. 길이가 세 치가 못 되는 진한 녹색의 잎에, 백옥 같은 꽃들이 무성하게 피었다. 봄에는 연을 날렸다. 그는 번거롭게도 금을 다는 작은 저울을 사용하여 지네 연의 양쪽 발에 있는 닭털의 무게를 달았다(닭털의 무게가 조금이라도 차이가 나면 지네는 하늘에 올라가자마자 뒹굴 수 있다). 여름에는 연밥을 사용하여 연꽃을 심었다. 크지 않은 연잎에 직경이 3촌이 되는 꽃 아래에는 아주 작은 물고기를 키웠다. 가을철에는 귀뚜라미를 키웠다. 그의 집에는 가사도(賈似道)의 이름을 빌려 쓴 『추충보(秋虫譜)』라는 책 한 권이 소장되어 있었다. 귀뚜라미를 기르는 진흙 항아리는 그의 할아버지가 물려준 유물이었다. 매일 저녁 그는 초롱에 불을 켜고 인청에 가서 귀뚜라미를 잡았다. 재신묘의 그 촌뜨기는 늘 술을 마시기도 하고 돼지고기를 먹기도 하면서 한편으로는 이 대담한 화가의 초롱이 가다가 멈췄다가, 올라갔다 내려갔다 하는 것을 지켜보았다.

그에게는 생명처럼 아끼는 물건이 하나 있었는데, 바로 세 개의 전황석(田黃石) 도장으로 이 전황석은 모두 크지 않지만 세 개의 계유석과 똑같아 한 개는 네모나고 한 개는 갸름하고 또 하나는 모양을 이루지 못했다. 모양을 이루지 못한 것이 가장 돈 가치가 있었는데, 거기엔 원산차오(文參橋)*가 새긴 변교**가 있었다. (전자篆字로 쓴 문장은 어떤 무지한 사람이 갈아 없애버렸는지 알 수 없다.) 원산차오로 말하자면, 중국 전체에서 몇 개나 찾아낼 수 있을까? 한 번은 이웃집에 불이 났는데 그는 아무것도 안 가지고 오로지 이 도장 세 개만을 다급하게 챙겨 나왔다. 배부르게 먹지 못하던 시절에 단지 이 도장 세 개를 꺼내어 보기만 해도, 그는 이 세상에 대해 어떤 원망도 없다고 느꼈다.

이번 해에 갑자기 이 세 사람 모두 좋은 운을 만났다.

왕쇼우의 끈 공장은 돈을 벌었다. 그러나 그는 이 상품의 공급원과

---

* 원징밍(文徵明)의 장자로 이름은 핑(彭)이고 자는 쇼우청(寿承)이고, 산차오(蔘校)는 그의 별명이다. —원주
** 邊款: 인장(印章)의 측면이나 윗쪽에 새긴 글자와 도안.

판로에 모두 한계가 있다고 생각하여 일찍이 다른 장사를 생각해놓았다. 이 현의 북쪽 농촌의, 높은 지대에 있는 밭에는 밀을 많이 심어서 좋은 밀짚이 나왔다. 그 지역의 많은 농민들이 부업으로 밀짚으로 끈을 엮었다. 매년 외지에서 행상인이 와서 아주 싼값에 사 갔다. 그리고 약간의 가공을 거쳐 밀짚모자를 만들어 비싼 가격으로 농민에게 팔았다. 왕쇼우는 생각했다. 왜 현지에서는 밀짚모자를 만들 수 없을까? 왜 외지인에게 돈을 벌어가게 하는가? 이미 생각을 정한 그는 곧 끈 꼬는 기계 두 대를 팔아 밀짚모자를 엮는 기계 넉 대를 샀다. 그리고 이 일의 숙련공을 초빙해서 세 명의 견습공을 가르쳤고, 끈 공장의 옛터였던 곳에 밀짚모자 공장을 세웠다. 성안의 상인들은 왕쇼우가 이번 일은 정확히 봤기 때문에 의심할 여지없이 기필코 돈을 벌 것이라고 말하였다. 밀짚모자 공장을 여는 그날엔, 축하하러 온 사람들과 구경하러 온 사람들이 아주 많았다. 밀짚으로 꼰 끈이 숙련공의 손에서 기계 바느질을 통해 '다다다' 하고 소리를 내더니 이내 뚝배기 모양의 밀짚모자가 생겼다. 잠시 후에는 밀짚모자의 테두리가 완성되었다! 밀짚모자들이 한 개 한 개씩 눈 깜짝할 사이에 매우 높이 쌓였다. 이것은 밀짚모자가 아니라 어마어마하게 많은 은화였다! 이날 진이푸는 「득리도(得利圖)」 한 장을 보냈는데, 흰 수염의 어부가 등에 어롱을 짊어지고 금빛 비늘과 적색 꼬리의 큰 잉어 두 마리를 들고 있는 모습을 그렸다. 이 그림을 본 사람은 모두 크게 웃지 않을 수 없었다. 이 늙은 어부의 생김새가 신기하게도 왕쇼우를 빼다 박았기 때문이었다. 타오후천은 특별히 사방을 복숭아꽃으로 대성황을 이루게 할 큰 폭죽을 많이 보냈는데, 폭죽 터지는 소리가 한참 동안 펑펑 울렸다.

타오후천은 이제까지 이렇게 큰 폭죽 장사를 해본 적이 없었다. 이번 해는 큰 홍수가 발생하여 운하와 둑의 높이가 같아졌다. 서북풍이 일어나자 큰 파도가 덮치면서 하천의 제방 위에 있는 푸른 빛깔을 띤 긴 응회암을 모두 휘감기 시작했다. 보아하니, 제방을 무너뜨리지 않으면 안 되었다. 많은 사람들이 뗏목을 묶고 큰 욕조를 준비해놓고, 매일 밤마다 잠을 자지 못하고 제방에서 물이 흘러 내려올 때 구사일생으로 목숨을 건지기를 기다릴 수밖에 없었다. 뜻밖에, 하천 물이 하류에서 아주 빠르게 빠져나가 갑자기 불어났던 강물을 무사히 건너갈 수 있게 되어 수많은 사람과 가축들이 목숨을 보전할 수 있었다. 추수할 때가 이르자 시장 상황이 호황이라서 도시와 농촌이 모두 기뻐했다. 참견하기 좋아하는 몇몇 사람들이 제의하였다. 올해 폭죽을 터뜨립시다! 동서남북 네 개의 성에서 모두 터뜨립시다! 한 번에 일곱 세트씩 네 개의 성이면 스물여덟 세트가 되었다. 타오 씨네 가게가 독점적으로 열네 세트를 만들었고, 나머지는 그가 다른 동업자들에게 고르게 나누어주었다.

사성(四城)의 폭죽은 서로 다른 날짜에 터뜨리도록 했는데 이것은 사람들이 돌아가면서 구경할 수 있게 하기 위해서였다. 동쪽 성은 8월 16일로 정하였다. 장소는 인청이었다.

이날 날씨가 특별히 좋았다. 하늘에 구름 한 점 없었고 온 하늘에 달이 밝았다. 인청의 한가운데에는 높이가 네 장(丈) 이상이 되는 골조 하나가 서 있었다. 어떤 사람은 일찌감치 저녁 식사를 마치고 나무 걸상을 어깨에 메고 와서 기다렸다. 각종 간식거리를 파는 사람들도 모두 왔다. 쇠고기와 고량주를 파는 사람, 소스를 친 말린 두부를 파는 사람, 다섯 가지 향료를 넣은 땅콩 알맹이와 참깨를 넣은 사탕을 파는 사람, 순두부 파는 사람, 삶은 올방개를 파는 사람, 민물에서 나는 신선한 어패류 요리, 자주색 껍질의 신선한 마름열매와 방금 껍질을 벗긴 가시연밥을 파는 사람…… 도처에 폭풍용 램프의 사각 유리등이 있었고, 열기가 사방에 자욱하게 퍼져 있었고 붓순나무의 향기가 코를 찔렀다. 사람들은 친지나 친구에게 가서 이러쿵저러쿵 이야기를 나누었고, 오순도순 왔다 갔다 했다. 인청의 풀이 모두 밟혔다. 사람들의 신발 밑창 또한 가을 풀의 짙은 액 때문에 미끌미끌해졌다.

갑자기 수많은 눈들이 일제히 한 곳을 향했다. 순식간에 사람들의 눈이 크게 떠졌다가 순식간에 가늘어졌다. 사람들의 입도 순식간에 벌어졌다가 순식간에 다물어졌다. 한바탕 함성 소리가 나다가 한바탕 웃음소리가 나고 한바탕 박수 소리가 울려 퍼졌다. 타오후천은 꽃폭죽에 불을 붙였다!

이런 화분(花盆) 모양의 꽃폭죽은 간단한 이야기 줄거리를 가지고 있었다. 가장 떠들썩한 것은 '사주성(泗州城) 폭죽'이었다. 매화, 난초, 대나무, 국화, 네 종류가 먼저 나오고 연이어서 온갖 종류의 꽃폭죽들을 한꺼번에 터뜨렸다. 그런 후에는 중간에 휴식을 했는데 목재 골조 아래가 어두워서 어떤 사람은 이미 다 터뜨렸다고 생각했다. 그런데 뜻밖에 폭죽 터지는 소리가 나면서 꽃불이 또 떨어졌다. 눈이 부신 원형의 불빛 속에 네모난 성 한 채가 있는데 눈이 좋은 이는 성문 위의 사주(泗州)라는 두 글자를 볼 수 있었다. 왜 사주이고 다른 성은 아닌지 알 수 없다. 성 밖에서 안을 향하여 폭죽을 터뜨리고 성안에서 밖을 향하여 폭죽을 터뜨리자 동그란 불빛이 날아다니며 춤을 추고, 펑펑 터지는 소리가 났다. 가장 재미있는 것은 "호봉추랄자(芦蜂追癩子)"인데, 이것은 희극적인 꽃폭죽이었다. 한바탕 폭죽을 쏘아올린 후에 한 사람이 출현했다. 머리가 땅에 닿도록 절하는 진흙 머리의 종이 인형으로, 이것의 머리는 독창에 걸렸고 손에는 찢어진 파초선을 하나 들고 있다. 순식간에 수많은 말벌이 날아드는데 이 꽃불 말벌들이 독창에 걸린 머리를 향해 어지럽게 달려들자, 독창에 걸린 머리는 옆으로 이리저리 피하면서 손에 쥐고 있던 파초선을 끊임없이 춤추듯이 휘저었다. 이것을 보고 온통 웃음바다가 되었다. 고생에 대한 감각이 없을 정도로 늘 힘들게 살아온 이런 사람들은 이렇게 마음을 열고 한번 실컷 웃어볼 기회를 얻기 어려웠다. 마지막 폭죽은 아주 평범하였다. 단지 한 차례의 꽃불이 터진 후에 "태평천하(天下太平)"라는 커다란 네 글자가 내려왔다. 글자는 둥근 불빛이 만들어낸 것이었다. 비록 평범했지만 사람들은 여전히 아쉬워하며 떠나질 못했다. 불꽃이 이글거리다가 점차 사라지자, 사람들은 비로소 부르는 소리를 들었다.

"둘째야, 집에 가자!"

"넷째야, 어디에 있니?"

"할머니, 기다려요. 신발이 벗겨졌어요!"

사람들은 나무 걸상을 만져보고 나서야 비로소 알았다. 아, 이슬이 내려왔구나.

진이푸는 게딱지 모양의 푸른 귀뚜라미 한 마리를 잡았다. 소식은 매우 빨리 퍼져갔다. 매일 귀뚜라미가 든 단지를 몇 개 들고 와서 싸우자고 하는 이들이 있었다. 모두 상대가 되지 않을 뿐만 아니라 단번에 승패가 가려졌다. 게딱지 모양의 푸른 귀뚜라미의 공격법은 매우 특별했다. 그것은 가볍게 입을 열지 않고 울음소리나 낯색을 바꾸지 않으며 진중하게 서 있었다. 그러다가 갑자기 달려들어 한입에 상대방의 배를 물어뜯었다. (귀뚜라미의 공격 방법으로 말하자면 각자 나름대로의 특징이 있는데 이처럼 배를 무는 공격법이 가장 위협적이다.) 그것은 놀란 듯이 소리를 지르며 촉수를 위아래로 흔드는데 마치 연극 무대 위의 무생(武生)이 꿩의 깃털을 흔드는 것 같았다. 부상당한 패장에게 탐자(探子)*를 사용하여 아무리 투지를 자극해보아도 감히 다시 덤비지 못했다. 그리하여 어떤 사람이 그를 흥화에 가도록 부추겼다. 흥화는 귀뚜라미를 기르는 풍속이 매우 성행해서 매년 가을철마다 귀뚜라미 싸움 대회가 있었다. 진이푸는 사람들 때문에 마음이 흔들렸다. 왕쇼우와 타오후천은 노자와 도박 밑천을 모아주었고, 그는 곧 귀뚜라미 몇 단지를 들고 배를 타고 떠났다.

귀뚜라미 싸움 역시 씨름, 권투와 똑같이 우선 선수의 체중을 달아보아야만 했다. 무게가 서로 같아야 비로소 싸움에 들어갈 수 있었다. 만약 상대방에 비해 무게가 적고 스스로 퇴장하기를 원한다면 그렇게 하도록 했다.

생각지도 못하게 귀뚜라미가 싸움에 이겨서 그에게 40원을 벌어다 주었다. 40원이면 초등학교 교사의 두 달치 월급과 맞먹었다! 진이푸는 너무 기뻐서 여의루에서 음식을 주문하고 왕쇼우와 타오후천을 초대하여 술을 마셨다(단신으로 많은 전쟁을 겪은 이 귀뚜라미는 이후에 동지冬至에 천수를 다하여 진이푸가 특별히 아주 작은 은관을 만들어서 인청으로 보내 묻어주었다).

몇 잔 마시지 않았는데 진이푸의 자식이 명함 한 장을 가지고 왔다. 집에 손님이 왔다는 것이다. 타오후천은 명함을 받아서 들여다봤다.

"지타오민(季匋民)!"

"그가 어떻게 나를 찾아왔지?"

지타오민은 현 사람들에게 거만하게 여겨지는 큰 인물이었다. 그는

---

* 탐자는 귀뚜라미의 투지를 자극하는 데 쓰는 도구이다. 북방에서는 주로 돼지털을 사용한다. 남방에서는 네 갈래 풀을 가늘게 수염처럼 만들어서 사용하는데 아홉 번 찌고 아홉 번 말렸다. ─원주

전국에 이름이 알려진 대화가이며 동시에 대수장가요, 큰 부자여서, 좋은 밭과 좋은 땅, 송원 시대의 유명한 고적을 소유하고 있었다. 그는 상하이의 예술전문대학에 교수로 있어서 평소에는 집에 돌아오기가 어려웠다.

"가서 만나보게."

"잠시 실례하겠네."

지타오민과 진이푸는 모두 그림을 그리는 사람들이었지만 얼굴빛은 매우 달랐다. 지타오민의 얼굴은 혈색이 좋았고 두 눈은 빛났으며 긴 수염은 새카맣고 목소리는 우렁찼다. 옷을 아주 편하게 입고 다녔지만 옷감에는 매우 신경을 썼다.

"제가 귀댁에 갑자기 찾아와서 무례를 범했습니다."

"아닙니다. 저의 집이 너무 누추하지요."

"작지만 운치가 있습니다. 크기만 하고 실속이 없는 것보다는 낫지요!"

인사말을 나눈 뒤 지타오민은 방문한 이유를 말했다. 진이푸가 좋은 전황(田黃) 몇 개를 가지고 있다는 말을 듣고서 특별히 보러 왔다고 하였다. 진이푸가 두 손으로 받들고 나오자 그는 손에 받쳐 들고 하나하나 자세히 보았다. "좋아요, 좋습니다, 좋아요. 제가 여태까지 많은 전황을 보았지만 이렇게 윤이 나는 것은 드물었습니다." 그는 가격을 추측건대 지금 시세로 족히 은화 2백 냥의 가치는 된다고 말하였다. 원산차오의 변교(邊款) 한 개가 백 냥의 가치가 나갔다. 그는 진이푸에게 아끼는 것을 넘겨줄 수 있는지 없는지 매우 솔직하게 물었다. 진이푸도 솔직하게 대답하였다. "막다른 골목에 다다르지 않는 한, 이 생명과 같은 것을 버릴 수는 없지요."

"좋습니다! 이것은 마치 붓과 먹을 놀리는 사람이 하는 말 같군요!

기왕 이렇게 된 바에야, 저 도민은 절대로 남이 아끼는 것을 강제로 빼앗지는 않겠습니다. 만약 어느 날 팔아야겠다는 생각이 든다면 제가 제일 우선입니다."

"그러지요."

"그렇게 정한 겁니다."

"그렇게 정하지요."

매매는 이루어지지 않았지만 지타오민은 기분이 별로 나쁘지 않았다. 그는 또한 진이푸 집에서 소장하고 있는 밑그림을 보고 싶다고 말했다. 그는 진이푸 할아버지의 것과 아버지의 것 그리고 진이푸의 자신의 것도 보고 싶어 했다. 그는 그림을 보며 무아지경에 빠져 있다가 그림을 손바닥으로 치면서 말하였다.

"당신의 조부님, 당신의 춘부장, 모두 묻혀버리셨네요! 우리 고향에는 재능이 뛰어난 선비가 아주 많은데 모두 누추한 집에서 궁핍하게 살아가니 명성이 골목길 밖으로 나오지 못합니다. 애석하군요! 슬퍼요!"

그는 진이푸의 그림을 보고 말하였다.

"이보 형, 몇 마디 하겠습니다……"

"가르침을 주십시오."

"당신의 그림을 보니 집안 대대로 전해 내려오는 학풍이 심원합니다. 그러나 솜씨는 있지만 경지가 좀 떨어집니다. 변해야 합니다! 산수(山水)는 잠시 그리지 마십시오. 진정한 산과 강을 얼마나 보았습니까? 인물에 있어서는 개칠향(改七薌)과 비효루(費曉樓)의 뒤를 따르지 마십시오. 예묵경(倪墨耕)은 특히 아첨하고 통속적입니다. 당백호(唐伯虎)를 넘어서야 하고 양송(兩宋)과 남당(南唐)을 뒤따라가야 합니다. 저는 당신에게 '순박하다〔古〕'와 '화려하다〔艶〕'라는 두 글자를 바칩니다. 예를 들면, '양귀비가 목욕하고 나오다(貴妃出浴)'라는 그림은 면사포에 빨간 물감을 사용하고 있어 속됩니다. 주홍색을 쓰면서 자주 빛깔을 더하세요! 색채를 좀더 무겁게 하세요! 얼굴도 이렇게 깨끗하게 하지 말고 꽃 몇 송이를 붙여주세요! 당신은 이렇게 고향에 갇혀 지낼 생각인가요? 아니면 세상으로 나가서 부딪쳐보고 싶은가요? 나가세요! 가세요! 대가들을 사귀고 세상과 만나세요. 상하이에 가면 인재가 많습니다!"

그는 진이푸에게 그림 백 점가량을 뽑아서 상하이로 가 전시회를 열자고 제안하였다. 그는 두오윈쉬앤(朵云軒)을 알기 때문에 그들의 장소를 빌릴 수 있었다. 그는 또한 상하이의 유명인사에게 편지를 몇 통 써서 진이푸를 위해 선전을 잘해달라는 부탁을 할 수도 있었다. 그는 또 진이푸에게 그림을 팔아 돈이 조금 생기면 두 가지 일을 꼭 하라고 부탁했다. 즉 만 권의 책을 읽고 만리길을 가라는 것이었다. 그는 마지막으로 말했다.

"저는 오늘 대단히 기쁩니다. 당신의 조부님과 춘부장의 밑그림을 보고 적지 않은 것을 훔쳤습니다. 제가 그것을 조금 바꾸면 바로 걸작이 되지요! 하하하."

이 대화가는 이렇게 미친 것처럼 "하하" 크게 웃으면서 그의 대나무 지팡이를 들고서 바람같이 가버렸다.

진이푸는 한편으론 그림을 말면서 한편으론 생각했다. 지타오민은 견문이 넓었다. 자신에 대한 그의 지적은 매우 일리가 있고 매우 감탄할 만했다. 그러나 상하이에 가서 전시회를 열고 유명인사들을 사귄다니…… 돈 있는 명사의 말을 어떻게 진짜로 여길 수 있겠는가! 그는 웃었다.

뜻밖에, 사흘 후에 지타오민은 정말로 사람을 보내어 붉은 줄이 그어진 옥판선지에 쓴 소개 편지 일고여덟 통을 보내왔다.

진이푸의 전시회는 반향을 불러일으켰다고 할 수는 없었지만, 그림

몇십 장이 팔려나갔다. 지타오민의 의견에 따라 다시 그린 「양귀비가 목욕하고 나오다(量妃出浴)」는 몇 차례나 반복해서 주문하는 사람이 있었다. 신문에 소식이 실려, 화보에도 그의 그림 두 폭이 뽑혔다. 이것은 모두 그가 생각지도 못했던 것이었다. 왕쇼우와 타오후천은 고향에서 신문을 보고 그를 대신해 매우 기뻐하였다.

"이보가 이름을 날렸네!"

그림을 팔고 진이푸는 지타오민의 제안에 따라 정말로 "만리길을 갔다." 떠난 후 3년 동안 편지도 거의 오지 않았다.

아, 이 3년 동안!

왕쇼우의 밀짚모자 공장은 장사가 아주 잘되었다. 밀짚모자는 문제 삼을 만한 게 없었기에, 사는 사람은 단지 첫째로 튼튼한가를 따졌고 둘째로 가격이 싼가를 따졌다. 그의 공장에서 만든 밀짚모자는 생산과 소비가 현지에서 이루어져 운송비가 절약되었기에, 자연히 외지에서 들여온 것보다 훨씬 쌌다. 상표가 알려지자 장사가 잘되었다. 성 전체에 그의 공장 말고는 밀짚모자를 만들어 파는 다른 공장은 없었기에, 다다 소리를 내며 돌아가는 넉 대의 기계는 밀짚모자를 사고 싶어 하는 돈 가진 손님들을 먼 곳에서부터 불러들였다.

왕포타오(王伯韜)를 우연히 만나리라고는 생각 못했다.

이 왕포타오는 육진행(陸陣行)을 개업한 사람이었다. 이 지방에서는 콩과 밀 및 잡곡을 매매하는 장사를 육진행이라고 불렀다. 사람들은 육진행에 대해 말하려고 하면 모두 슬그머니 머리를 흔들었다. 이 장사를 하는 이들은 두 가지 특징이 있었다. 첫번째는 자본이 풍부해서 대부분 다른 장사를 겸하여 경영하였고, 어떤 장사가 돈을 번다고 하면 바로 그 장사를 시작하였는데, 아주 민첩했다. 두번째로 그들은 모두 불량배였고 모두 조직에 속해 있었다. 이 성안에서 발생한 적이 있는 몇 차례의 대규모 싸움은, 모두 육진행에서 일으킨 것이었다. 싸움의 원인은 모두 다른 사람을 밀어내고 시장을 독점하기 위해서였다. 이런 사람들은 한번 보면 곧 알아볼 수 있었다. 그들의 옷은 일반적인 장사꾼과는 달랐다. 항상 장삼(長衫) 속의 적삼 소매가 밖으로 길게 뒤집혀 나와 있었다. 옷감 역시 성실한 상인이 사용하지 않는 것이었다. 여름에는 격자무늬의 견직물, 겨울에는 플란넬이었다. 발 아래는 검은색의 명주 양말, 네모난 입구에 검은색 고급 가죽을 대고 단단한 밑창을 가진 헝겊 신이었다. 왕포타오와 왕쑈우는 동성동본이었는데, 만나면 항상 "쑈우 형"을 길게 한 번, "쑈우 형"은 짧게 한 번 불렀다. 왕쑈우는 그를 상대하는 것을 좋아하지 않아 가능한 한 그를 피하였다.

그러나 피하기는커녕 오히려 날마다 만나게 될 줄을 누가 알았겠는가? 왕포타오도 역시 밀짚모자 공장을 열었는데 바로 왕쑈우의 밀짚모자 공장 맞은편이었다! 새로 연 그의 밀짚모자 공장에는 기계 여덟 대와 숙련공 여덟 명이 있었고, 상점 앞면과 계산대 모든 것이 다 왕쑈우의 것에 비해 갑절 컸다.

왕포타오는 장사 밑천은 상관하지 않고 도소매 가격을 아주 낮췄다. 왕쑈우가 암만 계산해도 그런 가격으로는 도저히 이익을 볼 수 없었다. 그럼에도 불구하고 그도 뒤따라 가격을 내렸다.

왕포타오는 맞은편 계산대에 앉아 여전히 만면에 웃음을 띠면서, "쑈우 형"을 길게 한 번, "쑈우 형"을 짧게 한 번 불렀다.

왕쑈우는 1년을 버티었으나 정말 더 이상 버틸 수 없었다.

왕포타오는 말을 내뱉었다.

"쇼우가 만약 나에게 기계 넉 대를 넘기기 원한다면 얼마에 샀든지 간에 그 가격에 사겠소."

기계 넉 대는, 재고품과 많은 머리 모양으로 된 끈과 함께 모두 왕포타오에게 넘겨졌다. 왕쇼우는 화가 나서 큰 병이 생겼다. 병이 난 지 1년이 넘었다. 기계를 판 돈은, 작은 털실 가게의 장사 밑천과 함께 전부 약 찌꺼기로 변하여 문밖 길거리에 버려졌다.

어렵게 겨우 일어나 앉을 수 있었고, 문밖으로 겨우 몇 걸음 뗄 수 있었다. 그러나 사람이 마치 종이처럼 말라서 바람이 한 번 불면 바로 쓰러질 것 같았다.

타오후천은?

처음 1년은, 도시 근교를 시끄럽게 하던 무장 토적 떼가 성안에까지 들어와서 강탈 사건 몇 건을 일으켜서, 현 정부와 현지 주둔군이 같이 "겨울철의 치안방비 기간에 폭죽을 쏘아 올리는 것을 엄격히 금한다"는 포고령을 내렸다. 폭죽 가게의 평상시 장사가 제한을 받으면서 모두 연말연시를 기대했다. 이번 겨울철 치안 방비는 타오후천에게 고통을 견디게 했다. 참고 견뎌서 내년을 기약하자.

다음 해! 장제스가 시행한 신생활*은 근본적으로 폭죽을 단속하였다. 성안의 폭죽 가게 몇 개가 모두 문을 닫았다. 타오후천은 달리 다른 방도

---

* "신생활(新生活)"은 장제스가 시행한 '신생활운동'을 가리키는데, "예를 알고 의를 숭상하며 청렴하고 수치를 안다(禮義廉恥)"는 의견을 개진하고 실천했다. "예의겸치가 나라의 네 기둥이며, 이것이 자라지 않으면 나라가 망한다"고 도처에 써놓았다. 행인이 왼쪽 길섶으로 붙어서 걷는 것을 제한했다. 읍하는 것을 폐지하고 악수하는 것을 고치게 했으며, 폭죽을 터뜨리는 것을 금지하는 등, 결론적으로 모두 신생활을 해야 했고, 낡은 생활방식을 허락지 않았다. —원주

가 없었으므로, 단지 황리앤즈(黃烟子)와 모기향을 팔면서 그럭저럭 살아
갔다. 황리앤즈 또한 폭죽과 같은 것이었지만 단지 안에 담겨진 것이 화
약이 아니고 웅황(雄黃)이었으며 겉포장도 노란색이었다. 불을 붙이면 소
리는 안 나오고 다만 뒤꽁무니 부분에서 누런 연기만 뿜어져 나오는데 반
나절은 능히 나왔다. 이런 물건은, 단오절에 사람들이 사서 불을 붙여 침
대의 다리나 찬장 아래에 놓고 연기로 오독*을 중독시켰다. 아이들은 황
색 연기가 나오는 꽁무니를 막고 판자 벽 위에 대고 호(虎) 자를 썼다. 모
기향은 고급 피지로 된 빈 주머니 속에 톱밥을 채워 넣고 유산나트륨과
드렁허리의 뼈 약간을 넣고 똬리를 틀었는데 마치 한 마리의 뱀 같았다.
이것이 타기 시작하면 냄새가 코를 찔러서 사람과 모기 모두 견딜 수 없
었다. 이 두 가지 물건은 본래 폭죽 가게에서 부수적으로 만들던 것인데,
그것에 의지해서 돈을 벌어 밥을 먹고 가족을 부양하겠는가, 그것이 가능
할까? 1년에 단오절이 여러 번 있는가? 모기 역시 사계절 내내 있는 것
은 아니다!

　3년째에 타오 씨네 폭죽 가게는 포달자문**을 달았고 자물쇠가 다시
는 열리지 않았다. 타오 씨네 솥 역시 다시 열리지 않았다. 처음에는 죽
을 마셨는데 멀건 죽이었고, 나중에는 멀건 죽조차 마실 수 없게 되었다.
타오후천의 온 가족은 이미 하루 반을 굶었다.

　한 악랄한 사람이 타오 씨네 집 대문을 두드려 열었다. 이 사람은 성
이 송(宋)이라서 사람들은 송파오장(宋保長)이라고 불렀는데 그는 무슨 일
이든지 모두 해냈고 무슨 돈이든지 대담하게 가져갔다. 그는 중매를 하려

---

* 五毒: 전갈, 뱀, 지네, 두꺼비, 도마뱀 등 독이 있는 다섯 가지 동물.
** 이 지역 가게의 문은 일반적으로 모두 좁고 긴 문짝 조각으로 되어 있고, 문턱 홈 윗부분에
　있는 것을 "포달자"라고 했다. ─원주

고 왔다. 20원에, 타오후천은 딸을 주둔군의 중대장에게 시집보냈다. 이 중대장은 두번째 날 주둔지를 출발하게 되어 있었다. 그는 아무것도 가리지 않고 단지 숫처녀만을 요구하였다. 타오후천은 뛰면서 크게 소리질렀다. "그렇게 듣기 좋게 말할 필요 없소. 이것은 딸을 파는 거야! 모두들, 큰 거리로 나가 징을 치며 소리 지르시오. 나 타오후천이 딸을 팔았소! 당신들도 소리 지르시오! 나는 부끄럽지 않소! 타오후천! 넌 어떻게 된 놈이냐! 타오후천! 내가 너 팔대 증조모를 가질 테다. 너는 이렇게 무능하구나!" 딸의 엄마와 남동생 모두 울었다. 딸은 오히려 울지 않고 반대로 아버지를 위로하였다. "아빠! 아빠! 이러지 마세요. 제가 원해요! 정말이에요! 아빠! 제가 정말로 원하는 일이에요!" 그녀는 아버지와 어머니를 향해 큰절을 하고서, 남동생의 귓가에 대고도 한마디 했다. 그 말은 "배고플 때면 참고 울지 마"였다. 남동생은 줄곧 고개를 끄덕였다. 딸은 아버지 침대 앞으로 걸어가서 말하였다. "아빠! 저 갈게요! 몸조심 하세요." 타오후천은 얼굴을 벽 쪽으로 하고 드러누워서 머리조차 돌리지 않았다. 그의 눈에서 눈물이 주르르 흘러내렸다.

2개월 반이 지났다. 타오 씨네 집은 내내 이 20원을 썼다. 20원이 얼마 남지 않았을 때 딸아이가 돌아왔다. 어머니는 딸아이의 옷을 벗겨보고는 모든 것을 다 알아차렸다. 중대장이 날마다 그녀를 때린 것이다.

딸은 어머니에게 남몰래 말하였다.

"엄마, 저 그 사람에게서 매독이 옮았어요."

눈을 만드는 먹장구름이 잔뜩 끼어 있는 추운 연말, 타오후천은 더이상 살아갈 방도가 없자, 목매달아 죽으려고 인청으로 갔다.

그는 죽지 못하였다. 그가 허리띠를 나무 위에 매고 목을 빼서 밀어넣자 어떤 사람이 그의 허리를 끌어안고 허리띠를 한칼에 잘라버렸다. 이 사람은 재신묘(財神廟)에 거주하고 있는 그 촌뜨기였다.

진이푸가 돌아왔다. 그는 집에 도착하자 타오후천의 일을 듣고 얼굴조차 씻지 않은 채 타오 씨네 집으로 달려갔다. 타오후천은 찢어진 삿자리 위에 누워서 다 해진 이불솜을 끌어안고 있었다. 진이푸는 돈 5원을 꺼내 놓으며 말하였다. "호신, 내 방금 돌아와서 가진 돈이 많지 않네. 하루만 기다려주게!"

뒤이어 그는 또 왕쇼우의 집으로 달려갔다. 쇼우 역시 집 안에 있는 것이라곤 네 벽밖에 없었다. 그는 텅 빈 방 안을 멍하게 보고 있었다. 진이푸는 또 돈 5원을 꺼내 놓으며 말하였다. "쇼우, 하루만 기다려주게!"

사흘째 되는 날, 진이푸는 왕쇼우와 타오후천을 여의루로 초대해서 술을 마셨다. 그가 내의 주머니 속에서 은화 두 꾸러미를 꺼내놓았는데 붉은 종이로 포장되어 있었다. 한 꾸러미가 백 냥이라는 것을 한눈에 알 수 있었다. 그는 두 명의 오랜 친구 앞에 각각 한 꾸러미씩 놓았다.

"우선 쓰게."

"이 돈은?"

진이푸는 웃었다.

둘은 모두 알아차렸다. 이푸가 전황 세 개를 지타오민에게 보냈다는 것을.

진이푸가 손으로 술잔을 받쳐 들며 말했다.

"우리 오늘 한번 취해보세."

둘은 동의하였다.

"좋아, 한번 취해보세!"

이날은 음력 섣달 30일이었다. 이런 때에 술집에서 술을 마시는 사람

140

은 없었다. 여의루는 텅 비어서, 오직 이 세 사람만 있었다.

밖에는 큰 눈이 내리고 있었다.

만반화(晚飯花)

만반화는 야생 말리꽃이다. 황혼에 꽃을 피우고 저녁 식사 전후에 가장 왕성하게 피기 때문에 만반화라고도 부른다.

야생 말리꽃은 도처에 있고 번식하기가 아주 쉽다. 길이 2~3척에 가지와 잎이 나뉘며 거름을 주면 5~6척까지 자랄 수 있다. 말리 같은 꽃은 크게 자라면서 색이 쉽게 여러 가지로 변한다. 콩 같은 씨앗은 매우 검고 줄무늬가 있으며, 가운데 속은 하얗고 꽃가루를 만들 수 있어 분두화(粉豆花)라고도 부른다. 햇볕에 말린 채소로 만들면 데이지와 비슷하다. 큰 뿌리는 주먹만 하고 검고 단단하며, 민간요법에서는 토혈을 치료한다.

— 오기준(吳其浚), 『식물명례도고(植物名實圖考)』

구슬등

이곳에는 부잣집 아가씨가 시집을 가서 두 해가 되는 때에 친정에서 등을 보내는 풍속이 있다. 등을 보내는 것은 아들을 많이 낳기를 기원하는 것이다. 정월 대보름 며칠 전에는 늘상 거리에서 등을 보내는 행렬을 볼 수 있다. 여종 몇몇은 깨끗이 옷을 입고 머리는 단정하게 빗고 희(囍)자가 그려진 붉은 자귀나무꽃 모양의 등을 한 사람당 한 개씩 들고 있다. 앞에서는 악사들이 경쾌한 음악을 연주한다. 등을 보내는 피리 소리가 멀리서 들려오면 많은 집들의 문이 열린다. 아가씨들과 아주머니들이 나와 문에 기대어 구경하면서 낮은 소리로 이런저런 평을 한다. 이것이 정월 대보름의 풍경이다.

등은 보통 여섯 개로 구성된다. 네 개는 비교적 작고 보통 붉은색이나 흰색이 칠해져 있으며 붉은색 꽃이 그려진 양뿔 모양의 유리등이다. 한 개는 기린송자등*이다. 아이가 기린을 타고 있는 모습이 그려져 색칠한 양뿔 모양의 유리가 등에 매달려 있다. 또 한 개는 구슬등이다. 녹색 유리구슬을 꿰어서 만든 아주 큰 궁등**이다. 등의 몸체는 유리 여덟 장에 여러 가지 서체로 쓴 붉은색 수(壽) 자에 옻칠이 되어 있다. 나머지 부분은 모두 구슬로 되어 있고 덮개에는 여덟 개의 구슬로 만든 봉황 머리가 나와 있다. 봉황의 입에는 작은 구슬이 물려 있고 아래로 구슬로 만든 술이 있다. 이 등은 아주 무거워 보낼 때 두 사람이 작은 멜대로 들어야만 한다. 이것은 주등으로 방 정중앙에 걸렸다. 옆에는 기린송자등을 걸었고 유리등은 네 귀퉁이에 걸었다.

대보름 저녁이 되면 등속에 붉은 양초를 넣어 불을 밝힌다. 13일부터 등불을 켜서 18일에 등불을 끄며 며칠 밤 계속 불을 밝힌다. 평소에는 등을 켜지 않는다.

집 안에 등불을 켜면 분위기가 달랐다. 이 등들은 그렇게 밝지 않지만(등불을 켜는 목적은 원래 밝게 하려고 하는 것이 아니다) 아주 부드러웠다. 특히 구슬등은 옅은 녹색 빛이 빛났고 녹색 빛 속에서 술의 그림자가 가볍게 흔들거려 마치 꿈과 같고 물과 같아 몹시 평안한 것 같았다. 대보름의 등불은 길상, 행복과 몽롱한 희망을 퍼뜨렸다.

쑨(孫) 씨 집안의 장녀 쑨쑤윈(孫淑囊)은 왕(王) 씨 집 차남 왕창성(王常生)에게 시집갔다. 그녀 집에서는 등을 여섯 개 걸었다. 그러나 여섯 개 등은 한 차례만 불을 밝혔다.

왕창성은 난징에서 공부하다가 비밀리에 혁명당에 가입하였는데 사

---

* 득남을 축하할 때 쓰이는, 기린이 아이를 태우고 있는 그림이 그려진 등.
** 宮燈: 경축일이나 축제 때 추녀 끝에 걸어두는 등롱(燈籠). 술이 달리고, 팔각 또는 육각형으로 되어, 각 면은 비단을 붙이거나 유리를 끼우고, 여러 가지 색깔로 그림이 그려져 있음. 원래 궁정에서 사용되었음.

상이 아주 참신하였다. 정혼한 이후 그는 매파에게 부탁해 아가씨의 전족을 풀어주라는 말을 전하였다. 쑨 아가씨는 전족을 정말로 풀었는데 아주 잘 풀어져 묶여 있었던 것 같지 않았다.

쑨 아가씨는 재주 있는 여자였다. 쑨 씨 집안의 딸 교육은 매우 특별하였다. 딸에게도 시사(詩詞)를 가르쳤다. 그래서 쑨 아가씨는 『장한가(長恨歌)』『비파행(琵琶行)』 외에 『서상기(西廂記)』 전문을 외울 수 있었다.* 시집을 간 이후에 그녀는 왕창성이 가지고 온 황준시엔(黃遵憲)**의 『일본국지(日本國志)』와 린슈(林紓)의 소설 『가인소전(迦茵小傳)』***과 『춘희(茶花女遺事)』**** 등도 보았다. 부부의 금슬이 아주 좋았고 감정도 좋았다.

예상치 않게 왕창성은 난징에서 중병에 걸려 실려 온 지 반달도 못 되어 사망하였다.

왕창성은 임종할 때 부인에게 유언을 남겼다. "수절하지 마시오."

그러나 말해도 소용이 없었다. 쑨 씨와 왕 씨, 두 집은 선비 집안으로 지금까지 재혼한 여자는 없었다. 개가한다는 생각을 쑨 아가씨는 마음속에 둔 적이 없었다. 절대 불가능한 일이었다.

이때부터 쑨 아가씨는 홀로 세월을 보냈다. 여섯 개의 등도 더 이상 밝히지 않았다.

---

* 『장한가』는 중국 당대 백거이가 쓴 장시로 당 현종과 양귀비의 사랑을 노래한 것이고, 『비파행』은 당나라 백낙천이 심양에 귀양 갔을 때 밤에 강 위에서 장안(長安)의 기생으로 상인(商人)에게 시집와서 남편이 장사하러 간 사이에 비파로 시름을 하소연하는 여인의 비파 소리를 듣고 지은 시이다. 『서상기』는 중국 원대 왕실보가 쓴 잡극(雜劇)의 명작으로 재상의 딸 최앵앵과 백면서생 장생과의 사랑 이야기이다.

** 중국 청말의 외교관 겸 작가.

*** 영국의 라이더 해가드Rider Haggard의 *Joan Haste*를 린슈가 1905년 번안한 애정소설이다.

**** 프랑스 소설가 알렉상드르 뒤마Alexandre Dumas의 소설 『춘희』를 린슈가 번안한 비극적인 남녀 애정소설이다.

그녀는 약간 이상하게 변했는데, 집에 있는 물건을 사람들이 못 옮기게 하였다. 왕창성이 살아 있을 때 모습 그대로, 영원한 모습처럼 조금도 옮기지 못하게 하였다. 왕창성이 쓰던 시계, 탁상시계, 문구류 또 그가 기른 우화석* 모두 다 원래 위치에 그대로 두었다. 쑨 아가씨는 원래 결벽증이 있어서 방 안의 탁자와 의자, 찻주전자와 찻잔을 날마다 깨끗한 물에 세 번씩 씻었다. 그러나 왕창성과 사별한 후부터는 설날 전날 친정에서 시집올 때 데리고 온 하인이 온종일 닦는 것을 직접 감독하는 것 외에는 평소에 닦지 못하게 하였다. 뒷방 온돌 위에 다구가 있었다. 백자로 된 차 쟁반, 찻주전자, 찻잔 네 개였다. 그런데 찻잔은 엎어져 있고 위에는 먼지가 앉아 있었다. 찻주전자는 올방개 모양처럼 둥그렇고 둥그렇게 배가 나와 바닥에 먼지가 떨어져 내릴 수 없어 차 쟁반에 선명하게 둥근 자국이 남아 있었다.

병명은 확실치 않으나 그녀는 병에 걸렸다. 설이나 명절 동안 며칠간 일어나는 것 외에는 온종일 침대에 누워 있었다. 하인 이외에는 누구도 집에 오지 않았다.

그녀는 누운 채 책도 보지 않았고 말도 조금밖에 하지 않아서 집 안에는 조그만 소리도 없었다. 그녀는 누워서 하늘에 연이 나는 소리와 산비둘기가 멀리 나무 위에서 "구구-구, 구구-구" 하며 우는 소리를 들었다. 또한 참새가 처마 앞에서 지저귀는 소리를 들었고 왕잠자리의 투명한 날개가 진동하는 소리도 들었다. 쥐가 이빨로 가구를 갉는 소리도 들었고 또 계속 '똑똑'거리는 소리를 들었는데 그것은 구슬등 술의 실이 풀려서 구슬이 땅으로 떨어지는 소리였다.

---

* 雨花石: 중국 난징 우화대(雨花臺) 일대에서 나는 매끄럽고 무늬가 고운 자갈.

하인은 바닥을 청소할 때면 항상 10~20개의 깨져 흩어진 구슬을 쓸었다.

그녀는 이렇게 10년을 누워 있었다.

그녀는 죽었다.

그녀의 방문을 잠갔다.

잠긴 방 안에서는 언제나 실이 풀려 유리구슬이 뚝뚝 땅에 떨어지는 소리를 들을 수 있었다.

만반화

리샤오롱(李小龍)의 집은 리씨 골목에 있다.

그것은 남북쪽 골목으로 아주 넓어 인력거 두 대가 나란히 갈 수가 있다. 그러나 골목이 길지 않아 몇 가구만이 살고 있다.

서쪽의 북쪽 입구에는 천(陳) 씨 집이 있다. 이 집은 아주 습기가 많아 입구에 항상 물에 젖은 천 냄새가 날려서 사람의 몸에도 이 냄새가 난다. 그 집에는 여러 그루의 큰 석류나무가 있는데 집 처마보다도 높았고 꽃이 필 때면 정원을 모두 빨갛게 물들였다. 석류 열매는 아주 크고 나뭇가지에 늘어져 있으며 설을 지내고 눈이 내릴 때서야 잘라서 땄다. 천 씨 집 남쪽부터 골목의 남쪽 입구까지 모두 리 씨네 집이었다.

동쪽에는 북쪽으로 향한 기름집의 창고가 있는데 석회를 칠한 벽에 "두 배로 피어나는 기름이 향기롭고 마을을 비추어 손님을 보내드린다(双窨香油,照庄發客)"라는 여덟 글자가 검게 씌어져 있다.

남쪽으로 향한 집은 성이 시아(夏) 씨이다. 이 집으로 들어가면 곧바로 부뚜막이 있고 안으로 더 들어가면 큰 정원이 있다. 이 집은 추석 지내는 것을 특별히 중시하였다. 매년 추석에 부근에 사는 아이들은 그 집에 가서 놀았다. 가서 정원에 피어 있는 연꽃, 큰 물푸레나무 몇 그루, 항아리에 기르는 물고기를 구경하였다. 또한 그의 집 정원에 있는 다리가 짧은 탁자와 그 위에 풋콩, 토란, 월병, 술병을 놓아서 달구경 준비하는 것을 보았다.

기름집 창고와 시아 씨 집 사이에는 왕위밍(王玉英)의 집이 있다.

왕 씨 집은 식구가 셋으로 아주 적다. 왕위밍의 아버지는 현(縣) 정부에서 서기로 근무하고 있어 매일 아침 일찍 남색 천으로 만든 필통과 동으로 만든 먹통을 들고 출근하였다. 왕위밍의 남동생은 초등학교에 다닌다. 그래서 왕위밍은 온종일 혼자 집에서 지낸다. 그녀는 언제나 그녀 집 골목에서 바느질을 하였다.

왕위밍의 집에는 문으로 들어오면 길고 좁은 통로가 있다. 3면이 모두 벽이다. 한 면은 기름집 창고의 벽이고 다른 한 면은 시아 씨 집 벽이며 또 다른 면은 그녀 집의 높은 벽이다. 남쪽 벽 끝에는 작은 대문이 있고 그 안이 바로 그녀의 집이다. 그래서 바깥에서는 그녀 집이 보이지 않는다. 그곳에 직사각형 마당이 있는데 1년 내내 햇빛이 들어오지 않는다. 여름에는 아주 시원하였다. 위에는 높은 푸른 하늘이 있고 바로 앞의 높은 벽 아래에서는 만반화가 일렬로 빽빽하게 자라고 있다. 왕위밍은 이 좁고 긴 마당에 있는 만반화 앞에 앉아 바느질을 하였다.

리샤오룽은 날마다 수업이 끝나면 왕위밍의 집 대문 밖을 지나간다. 그는 언제나 왕위밍을 보았다. 그는 천 씨 집에 있는 석류나무를 보았고, 또 "두 배로 피어나는 기름이 향기롭고 마을을 비추어 손님을 보내드린다"란 글씨도 보았고 시아 씨 집의 꽃과 나무도 보았다. 만반화는 매우 왕성하게 피었고 힘을 다해 밖을 향하고 있었다. 마치 미친 것처럼 소리를 지르며 해 질 무렵 공기 속에서 자기 자신을 피웠다. 짙은 녹색의 잎사귀가 아주 많이 달려 있었다. 연지와 같은 진홍색 꽃들도 아주 많았다. 아주 만발했지만 아주 애처로웠다. 조그마한 소리도 없었다. 짙은 초록색의 잎사귀들과 어지럽게 피어 있는 붉은 꽃 앞에서 왕위밍은 앉아 있었다.

이것은 리샤오롱의 황혼이었다. 왕위밍이 없었다면 그에게 있어 황혼은 황혼이 되지 못했을 것이다.

리샤오롱은 왕위밍 보는 것을 아주 좋아했는데, 왕위밍이 예뻤기 때문이었다. 왕위밍의 얼굴은 검었지만 두 눈동자는 아주 빛났고 치아는 새하얬다. 왕위밍의 몸은 아주 아름다웠다. 붉은 꽃, 푸른 잎사귀, 검은 얼굴, 빛나는 눈동자, 하얀 치아는 리샤오롱이 날마다 보는 한 폭의 그림이었다.

왕위밍은 바느질을 하면서 아버지를 기다렸다. 그녀는 밥에 뜸을 들여놓고 아버지가 오면 들어가 채소를 볶았다.

왕위밍은 이미 정혼을 하였다. 그녀의 정혼자는 치엔라오우(錢老五)*이었다. 모두 그를 치엔라오우라고 불렀다. 그의 이름을 직접 부르지 않고 치엔라오우라 불렀는데, 거기에는 깔보는 의미가 담겨 있었다. 노인들은 그가 배움이 좋지 않았다고 말하였다. 사람은 매우 총명하고 그림을 잘 그리고 도장을 팔 줄도 알았지만 일을 처리하는 데는 참을성이 없었다. 초등학교에서는 이틀 동안 가르쳤고 신문사에서도 이틀 동안만 기자 생활을 하였다. 그는 수중에 돈이 넉넉지 않아도 부잣집 도련님들이 몸치장을 하듯이 고급 모피 옷을 입고 번들번들하게 머리에 기름을 발라 빗어

---

* 성은 치엔(錢)이고, 라오우(老五)라는 말에는 '다섯번째라는 서열'이라는 속어적인 의미가 있다.

넘기고 금테 안경을 썼다. 그는 어중이떠중이 친구들과 많이 사귀며 방탕하게 놀면서 정식으로 직업을 갖지 않았다. 그는 어느 과부를 좋아하였는데, 어떤 때는 과부의 집에 살기도 하고 또 과부의 돈을 쓴다는 말도 들렸다.

이런 일들은 왕위밍의 귀에도 전해지고 리샤오룽도 들었는데 왕위밍이 어찌 모를 수 있겠는가? 그러나 왕위밍은 별로 힘들어하지 않고 반신반의할 뿐이었다. 그녀는 결혼한 후에는 그가 좋아지리라 믿었다. 그녀는 치엔라오우를 보고 그의 인품을 매우 좋아하게 되었다.

치엔라오우는 그의 형과 같이 살지 않았다. 그에게는 작은 집 한 채가 있는데 격하 주변에 있었다. 그는 온종일 집에 없었고 문은 항상 잠겨 있었다.

리샤오룽은 치엔라오우가 어디에 사는지 알고 있었다. 그는 학교가 끝나면 항상 지나갔다. 그는 때로 문틈으로 안을 들여다보았다. 안에는 방 세 칸이 있고 작은 정원과 나무 몇 그루가 있었다.

왕위밍 또한 치엔라오우의 집을 알고 있었다. 그녀도 길을 걸을 때면 사람이 있는지 없는지를 살핀 뒤 문틈으로 안을 들여다보았다.

어느 날 꽃가마가 왕위밍을 태우고 갔다.

이때부터 이 골목에서 왕위밍이 보이지 않았다.

만반화는 피어났다.

리샤오룽은 학교가 끝나고 집으로 돌아갈 때 격하를 지나면서 왕위밍이 치엔라오우 집 앞 강가에서 쌀을 씻고 있는 모습을 보았다. 뒷모습만 보일 뿐이었다. 그녀는 머리에 붉은 꽃을 꽂고 있었다.

리샤오룽은 왕위밍이 시집가서는 안 되며 더더욱 치엔라오우에게 시집가서는 안 된다고 생각하였다. 그는 몹시 화가 났다.

이 세상에 더 이상 원래 왕위밍은 없었다.

세 자매 출가

친라오지(秦老吉)는 짐을 메고 다니며 혼돈자(餛飩子)를 파는 사람이었다. 그의 혼돈자 짐은 성 전체에서 유일한 것이었고, 그의 혼돈자 역시 성 전체에서 유일했다.

이 짐은 매우 특별하였다. 한쪽에 나무로 만든 궤짝이 하나 있고, 위에는 납작한 서랍이 일고여덟 개 있었다. 또 다른 한쪽에는 소나무 땔감을 쓰는 작은 항아리 모양의 부뚜막이 목궤 안에 들어 있었는데, 위에는 붉은색 동(銅)으로 만든 운두가 낮은 솥이 하나 얹혀 있었다. 동으로 만든 솥은 두 칸으로 나뉘어, 한 칸에는 뼈 탕이 있었고 다른 칸에는 혼돈자를 넣은 맑은 물이 들어 있었다. 멜대는 두 개의 궤짝 위에 끼운 것이 아니라, 짐을 내릴 때에 궤짝 위에다 내려놓으면 두 궤짝과 한몸을 이루게 되어 있었다. 멜대는 직선이 아니라 휘어져 있어 마치 아치형 다리 같았다. 이 짐은 녹나무 목재로 꽃을 조각해놓았는데 매우 정교하게 조각되어 있어서 아주 보기 좋았다. 이것은 『동경몽화록(東京夢華錄)』 시기의 물건 같았고 리숭(李嵩)의 붓끝에서 그려진 물건 같았다. 친라오지는 아주 먼 곳에서 왔는데 그가 멘 것은 혼돈자 짐 같지가 않고 오히려 무슨 문화재를 메고 있는 것 같았다. 이 짐이 몇 세대 동안 전해 내려왔는지는 알 수 없지만 재질이 단단하고 정교하게 만들어져 아직까지는 상태가 매우 양호했다.

다른 사람이 파는 혼돈자는 오직 한 종류였는데, 즉 잘게 쓴 파에다 돼지고기를 넣어 만든 소였다. 그러나 그의 혼돈자는 돼지고기 소 외에 닭고기 소와 게를 넣은 소도 있었다. 제일 공을 들인 것은 냉이와 겨울 죽순과 잘게 다진 고기로 만든 소였다. 이런 종류의 고기 소는 칼날을 사용하지 않고 칼등을 사용하여 잘게 다졌다! 조미료 또한 특별히 다 갖추고 있었는데 간장과 식초는 물론이요, 또 산초나무 기름과 고추기름, 햇볕에 말린 작은 새우, 김, 파 부스러기, 다진 마늘, 부추꽃, 미나리와 이 지방 사람들은 일반적으로 먹지 않는 고수 등도 있었다. 혼돈자는 여러 개의 서랍 속에 각각 나누어 넣고 조미료는 바깥에 진열해놓아 손님 마음대로 각자의 입맛에 따라 섞어 먹게 하였다.

그의 그릇들 역시 아주 청결하였다. ─그는 소를 버무리는 데 쓰는, 입구가 깊고 큰 접시를 가지고 있었는데, 이것은 옹정(擁正) 때의 청화백자였다.

톡─톡톡, 친라오지는 대나무로 만든 딱따기를 두드리면서 걸어왔다. 그늘진 버드나무 아래에 짐을 내려놓고 쉬면서 대나무로 만든 딱따기를 두들기니 순식간에 사람들이 가득 에워쌌다.

친라오지는 이 짐을 이용하여 세 딸을 길렀다.

친라오지의 처는 일찍 죽었고 그에게 세 딸을 남겼다. 따펑(大鳳), 얼펑(二鳳) 그리고 샤오펑(小鳳)이었다. 이 세 딸들은 사다리에 오르는 것처럼 한 살씩 적었다. 이 계집애 세 명은 똑같이 생겨서 마치 한 거푸집에서 나온 것 같았다. 세 딸은 마치 세 폭의 그림 같았다. 어떤 사람은 친라오지에게 "당신 마누라에게 한 명을 더 낳게 해서 네 폭짜리 병풍을 만들었어야 했는데 말이야!"라고 말하기도 했다.

세 자매는 어렸을 때부터 엄마가 없었기 때문에 서로 보살피며 정이 도타웠다. 가족이 모두 부지런했다. 집에 들어서면 얼마나 청결한지 백반을 가라앉힌 맑은 물처럼 깨끗했다. 어느 집이든지 깔끔하지 못한 마누라를 둔 남편들은 화를 내며 "친라오지 집에 가서 좀 봐!"라고 말하였다. 세 자매는 각자 장기를 살려 일을 분담했다. 재단하고 솜을 한 겹 넣는 것은—친라오지는 겨울에 산양 가죽의 조끼를 입었다—큰언니가 하였다. 부엌에서 물이나 탕을 끓이는 것은 둘째 언니가 하였다. 막내 여동생은 어리고 또 귀여워서 두 언니들은 그녀를 응석받이로 키웠고, 그녀에게 힘든 일은 시키지도 않아서 그녀는 하루 종일 십자수를 놓거나 꽃을 수놓았다. 그녀는 언니들의 온몸을 꽃으로 수놓았다. 앞치마 위, 신발코 위, 손수건 위, 머릿수건 위가 모두 꽃이었다. 이런 꽃들 속에는 반드시 봉황이 똑같이 있었다.

세 자매는 모두 장성했다. 한 명은 열여덟 살, 한 명은 열일곱 살, 한 명은 열여섯 살이었다. 모두 시집갈 때가 되었다. 이 봉황 세 마리는 어느 오동나무 위로 날아가려고 할까?

세 자매에겐 모두 사람이 있었다. 큰딸은 구두장이와, 둘째 딸은 머리를 깎는 사람과, 셋째 딸은 엿을 파는 사람과 약혼했다.

구두장이의 얼굴에는 곰보 자국이 몇 개 있어서 거리의 사람들은 모두 그를 곰보 구두장이라고 불렀다. 그는 동쪽 거리에 있는 "건승화(乾升和)"라는 다과점 낭하의 처마 아래에 구두 수선하는 도구들을 벌여놓았다. 건승화의 문 앞은 매우 넓어서, 계산대를 제외하고도 양쪽에 부서진 대리석으로 된 기초석 위에 큰 글자를 새겨 검게 옻칠한 나무 간판 두 개가 세워져 있었다. 간판 한쪽에는 "제철 과자"라고 썼고 다른 쪽엔 "만주족과 한족 과자"라고 써놓았다. 이것 외에는 어떤 물건도 없어서 구두장이가 구두 수선하는 도구들을 펼쳐놓아도 전혀 방해가 되지 않았다. 곰보 구두장이는 매일 아침 일찍 건승화의 문이 열리면 손잡이가 긴 빗자루를 들고

서 상점을 깨끗하게 청소한 후에야 "만주족과 한족 과자"라는 나무 간판 아래에 도구들을 벌여놓고 신발을 꿰매기 시작하였다. 그는 손발이 매우 빠른 사람이었다. 길을 걷기 시작하면 발이 빨라지고 신발을 꿰매기 시작하면 손이 빨라졌다. 그의 머리카락 사이로 송곳이 두 번 번쩍이는 것만 보일 뿐인데, 송곳이 구두 양쪽 볼과 밑창에 구멍을 뚫고 돼지 털로 끌어낸 밀랍 실 두 가닥이 뚫고 지나가면서, 쓱, 쓱, 두 번에 신발을 꿰맸다. 막힘이 없고 손발이 잘 맞아 균일하고 튼튼하게 잘 꿰매었다. 그가 신발을 꿰맬 때면 언제나 머리를 비스듬히 하고 구경하는 사람이 있었다. 신발 밑창을 꿰매는 것은 원래 볼거리가 없었지만, 곰보 구두장이는 사람을 끌어당겼다. 무슨 일을 하든지 간에 숙련된 솜씨를 내보였고 훌륭하였다. 곰보 구두장이는 손이 빨라서 하루에 다른 구두장이보다 훨씬 더 많은 신발을 꿰맬 수 있었다. 빠를 뿐만 아니라 매우 잘 꿰매었다. 바느질의 땀이 촘촘하고 신발 틀에 끼워 알맞게 늘였기 때문에 발에 신어도 원래의 모양을 잃어버리지 않았다. 그래서 그는 장사가 아주 잘되었다. 또한 이 때문에 "곰보 구두장이"라는 칭호를 얻었다. 사람들은, 신발이 해져서 하인이나 아이들을 시켜 신발을 꿰매려 보낼 때면 언제나 "곰보 구두장이한테 가거라" 하고 신신당부하였다. 이 거리에는 구두장이가 몇 명 더 있었으니, 다른 구두장이한테 잘못 가져갈까 봐 염려하였던 것이다. 그의 얼굴 위에 있는 그 곰보 자국 몇 개가 그의 상징이 되었다. 그의 성은 무엇이었던가? 아마도 마(馬) 씨였던 것 같다.

둘째 딸의 시댁은 성이 시(時)였다. 시아버지의 이름은 시푸하이(時福海)였다. 그는 이발소를 열었다. 이발소 상호 또한 '시푸하이기(時福海記)'였다. 이발은 본래 하류 직업에 속했으나 그의 가게에 매년 붙이는 춘련(春聯)은 도리어 "최상의 사업, 최고의 생애"였다. 만청이 전복되고 민국(民國)

이 건립되면서부터 사람들이 변발을 잘랐기 때문에 그의 이발소에서는 주로 머리를 미는 일을 했는데 "물은 따뜻하고 칼은 빠르다"라며 선전하였다. 시푸하이는 모든 나이 든 이발사와 마찬가지로 귀를 해로 향하게 해서 귀지를 파고 안마를 해서 근육을 풀어주는 데에 뛰어났다. 머리를 다 깎고 난 뒤 두 주먹으로 고객의 등을 '토닥토닥' 안마해주고 (두드리면 다양한 박자에 맞춰 맑고 탁하고 어둡고 밝은 소리가 쟁쟁하게 울려 퍼졌다) 쿵쿵 하면서 어깨 뒤의 "풀린 근육"을 움켜쥐고, 두드리고 잡아당긴 후에는 정말로 "온몸이 상쾌해졌다". 그는 또 "목이 뻣뻣하게 되는 것"을 전문적으로 치료할 수 있었다. 베개를 베고 자다가 목이 비스듬히 돌아가면, 시푸하이는 머리를 활 모양으로 벌린 자신의 허벅지 사이에 놓고, 두 손으로 아래턱을 잡고, 가볍게 두 번 치면, "탁, 뚝 " 하면서 목이 바로 돌아왔다. 옛날 이발사 가운데 반은 의사 뺨칠 정도였다.

이 지방에 어떻게 해서 이와 같은 전통이 생기게 되었는지 알 수 없지만, 이발사의 대부분이 또한 취고수(모든 이발사가 다 취고수는 아니었고 또한 모든 취고수가 다 이발사인 것은 아니다)*였다. 시푸하이 역시 취고수였다. 그가 태평소를 불자 두 볼에 둥근 주머니 두 개가 생겼고 숨을 참아서 온 얼굴이 새빨개졌다. 그는 또한 "들어가는 곡"을 부를 수 있었다. 성안의 취고수들 가운데 아마도 오직 그만이 할 수 있었고, 혹은 오직 그만이 이 공연에 정통한 것 같았다. 사람들이 장례를 지낼 때면 엿새 내지 이레는 조문을 받고, "첫번째 술잔을 올리고," "두번째로 술잔을 올리고" 나면 "나아가는 곡"이라는 항목이 있었다. 진행을 맡은 사회자가 "나아가아는 곡" 하고 큰 소리로 외치면 시푸하이는 올방개북을 손에 들

---

* 구식 혼례나 장례식을 할 때의 악사.

고 고수 두 명과 피리 두 개로 반주를 해주면 노래를 한 곡 불렀다. 노래 가사는 혼곡*에 비해 더 오래되었고, "신선이 도법으로 교화하는" 내용으로 인생무상을 느끼게 했으며, 『해로(薤露)』**와 『호리(蒿里)』***의 뜻이 담겨 있는 것으로 보아 아마도 원대(元代) 산곡(散曲)****인 것 같았다. 시푸하이 자신도 무엇을 부르고 있는 것인지 알지 못했지만, 노래를 부르면서 감회에 사로잡혀 흐느껴 울었고, 마음이 찡했다.

시대가 변하면서 시푸하이는 이런 재주로는 생계를 유지할 수 없게 되었다. 머리를 밀어버리는 사람이 줄어들었고 "물이 따뜻하고 칼은 빠르다"라는 선전도 그다지 힘을 발휘하지 못했다. 위생부에서는 콧구멍을 후비거나 귀지를 파내는 것은 위생적이지 않다고 날마다 선전했다. 안마를 받고 축 늘어진 근육이 잡아당겨지는 즐거움을 누리고 이해하는 사람 역시 많지 않았다. 시푸하이는 갑자기 거동이 느린 노인네로 전락해버렸다.

시푸하이에게는 두 아들이 있었다. 하류 계층의 사람들은 아버지의 이름을 따오는 것을 꺼리지 않아서, 큰아들은 따푸즈(大福子)라 불렸고 작은아들은 샤오푸즈(小福子)라고 불렸다.

따푸즈는 시대의 조류를 아주 잘 따랐다. 그는 점점 암담해져가는 '시푸하이기'의 내부를 새롭게 수리하였다. 문과 창문, 기둥과 벽에다 전부 크림색으로 페인트칠을 새로 했고, 3면에 4척 높이 두 척 넓이의 큰 유리거울을 달았다. 3면의 큰 거울 사이에는 좁고 긴 액자 두 개를 걸었고 그 안에는 자기처럼 푸르고 윤이 나는 밀랍을 먹인 종이 대련을 끼워

---

 * 昆曲: 강소성(江蘇省) 남부와 베이징·하북 등지에서 유행했던 지방 희곡.
 ** 薤露歌: 상여가 나갈 때에 부르는 슬픈 노래. 사람의 목숨이 부추 위에 서린 이슬처럼 덧없이 사라져 없어진다는 뜻의 구슬픈 가사와 곡조로 되어 있음.
 *** 만가(挽歌).
 **** 중국 원(元), 명(明), 청(淸) 시대에 유행한, '賓白(대사)'가 없는 곡.

넣었다. 서법(書法)에 정통한 의사 왕후오지(王厚基)에게 청하여 진한 먹물로 쓴, 대구 되는 글귀 한 폭이었다.

백발이 사람이 늙는 것을 재촉한다고 가르치지 않고(不教白發催人老)
만면에 웃음을 띠고 더욱 기뻐하다(更喜春風滿面生)

그는 또한 '야파여(夜巴黎)'라는 향수와 '사단강(司丹康)'이라는 머릿기름을 구입하였다. 천장에 하얀 천으로 만든 선풍기를 달았고, 끌어당기는 도르래가 있어, 샤오푸즈로 하여금 앉아서 선풍기의 줄을 차례대로 끌어당겨 이발하러 온 사람이 "맑고 신선한 바람이 부드럽게 불어온다"고 느끼게 하여 기분을 아주 상쾌하게 만들었다. 이렇게 해서 '시푸하이기'는 또다시 장사가 잘되기 시작했다.

따푸즈 역시 취고수를 배웠다. 그래서 생황, 퉁소, 피리에 모두 정통했다.

이 지방에 「도반장(倒扳獎)」「질단교(跌斷橋)」「전전화(剪靛花)」와 같은 종류의 『예상속보(霓裳續譜)』『백설유음(白雪遺音)』 시기의 소곡이 어떻게 퍼지게 되었는지 알 수 없다. 보통 때에는 사람들이 노래 부르지 않았고, 노래 부르는 이들은 대부분 이발사, 때밀이, 발가락을 손질해주는 사람, 재봉사, 두부 만드는 젊은이들이었다. 그들은 밤에 항상 시푸하이기에 모여 노래를 불렀고, 따푸즈는 비파를 연주하였다. 시푸하이기 밖에서는 많은 사람들이 서서 듣고 있었다.

얼펑이 시집가려고 하는 사람이 바로 따푸즈였다.

셋째 딸이 약혼한 집은 좀 가난했는데 성은 우(吳)로 우이푸(吳頤福)라 불렀고 유복자였다. 집에는 단지 두 사람이 있었는데, 그중 한 명인 노모는 다리를 절어서 길을 걸어가면 절뚝절뚝거렸다. 모자 두 사람은 서로 의지하며 살아갔다. 어머니는 매우 자애롭고, 아들은 매우 효자였다. 우이푸은 매우 총명한 사람이었는데, 15세가 되자 엿을 팔기 시작하였다. 엿을 판다고 해서 다 같은 엿이 아니었다. 그가 파는 것은 일반적인 깨엿 이나 땅콩엿이 아니었고, "모양이 있는 엿"이었다. 그는 사숙과 함께 기 술 하나를 배웠다. 백설탕을 녹여 틀 속에 부어서 복(福), 녹(祿), 장수〔壽〕 의 세 별과 재물신, 기린이 아이를 태우고 있는 모양을 여러 가지 크기로 만들었다. 큰 것은 2척이고 작은 것은 5촌이었으며, 옷의 무늬가 생동감 이 있고 수염과 눈썹이 또렷했다. 또한 설탕 속에 색을 넣어, 틀을 사용 하지 않고 손으로 만지고 입으로 부는 것에 따라 복숭아, 배, 사과, 불수 감 등 각종 과일 모양을 진짜처럼 만들 수 있었다. 가장 예쁜 것은 호박이 었다. 황금색의 박과 식물, 진초록 꼭지, 또한 담황색의 호박꽃 한 송이 가 피어 있었다. 이런 종류의 엿은 사람들이 사 가지고 가서, 모두 장식 품으로만 쓰고 안 먹었다. —먹어버리면 무슨 의미가 있겠는가, 모두 엿 의 단맛이 아니겠는가! 최고로 많이 팔리는 것은 토끼 모양의 엿이었다. 백설탕에 맥아당을 넣고 끓여서, 잘라서 한 덩이 한 덩이씩 탄창 모양으 로 만들어서, 양 끝을 가위로 잘라서 펴면, 한쪽은 오목한 곳이 배 아래 로 들어가서 다리가 되고, 다른 한쪽은 바로 귀가 되었다. 귀 아래에서 한 번 빚어주면, 바로 토끼 얼굴이 되었다. 양쪽에 누에콩 두 알을 박으 면 토끼 한 마리가 완성되었다! 누에콩은 녹두만 한 크기였는데 하나는 새빨갛고 다른 하나는 새까맸다. 이런 종류의 콩은 약국에서 팔았는데, 평소에 약을 조제할 때는 거의 사용 안 해서 마치 토끼 엿의 눈알용으로 타고난 것 같았다! 이런 토끼 엿은 매우 싸서 보통 아이들이 모두 살 수 있었다. 그것을 먹기도 하고 가지고 놀기도 하였다.

사숙이 죽은 후 이 기술은 특기가 되었고, 성 전체에서 오직 우이푸한 사람만이 할 수 있었기 때문에 그는 장사가 잘되었다.

그는 만들어놓은 이 예술품들을 모두 반짝반짝하게 잘 닦은 유리 상자에 넣고 어깨에 짊어졌다. 엿이 들어 있는 그의 유리상자는 마치 작은 전람회 같아서 어느 곳에서 쉬어도 항상 구경하려는 사람들이 몰렸다.

곰보 구두장이, 따푸즈, 우이푸은 모두 친라오지의 집에서 멀지 않은 곳에 살았다. 그래서 첫째 딸, 둘째 딸, 셋째 딸은 거의 매일 그녀들의 남편을 볼 수 있었다. 세 자매는 때때로 서로를 놀렸다. 셋째 딸 샤오펑은 납취자(鑞嘴子)*같이 웃고 떠들며 큰언니에게 말하였다.

"곰보 자국 열 개 중에 아홉 개는 예뻐, 곰보가 아니었으면 아무도 원하지 않았을 거야."

큰언니는 그녀를 한마디로 호되게 꾸짖었다.

그녀는 또 둘째 언니에게 말했다.

"아가씨, 아가씨는 정말 못생긴 것도 아닌데 취고수한테 시집가네요. 찬밥을 먹고 찬술을 마시고 남의 집 대문 앞에 앉아 있겠네요!"**

둘째 언니 또한 그녀를 호되게 꾸짖었다.

두 언니들은 샤오펑이 이처럼 건방진 것을 용납할 수 없어서 오히려 일제히 샤오펑을 비난하였다.

"징을 두드리는 것이든 엿을 파는 것이든 각자 자기 일하면 되는 거 잖아!"

---

* 납취자는 일종의 새로, 부리가 크고 단단하다. 이곳에서는 입이 날카롭고 혀가 교묘한 아가씨를 납취자라고 말하였지만 사실 납취자는 소리를 안 내고 있을 때가 더 많아서 우는 소리를 잘 내지 못한다. —원주
** 이 지역의 동요다. "찬밥을 먹고 찬술을 마시고"는 또한 "남의 밥을 먹고 남의 술을 마신다"라는 뜻도 된다. —원주

막내 여동생은 말하는 것을 그만두고 주먹으로 두 언니들을 쳤다.

"엿을 파는 것이 어때서! 엿을 파는 것이 어때서!"

친라오지는 밖에서 소를 버무리고 있다가 딸들이 떠드는 소리를 듣고, 엄한 목소리로 타이르며 꾸짖었다.

"재능대로 먹고사는 것은 누구와 비교해도 비천하지 않단다. 참기름에 갓을 버무려도 각자의 마음속에 사랑이 있으면 누구도 다른 누구를 비웃을 수 없는 거란다!"

세 명의 자매는 듣고 모두 혀를 내둘렀다.

세 자매는 같은 날에 출가하였는데 모두 음력 섣달 23일이었다. 꽃가마로 연달아 세 사람을 보냈다. 그러나 시간은 서로 엇갈리게 했다. 제일 첫번째는 샤오펑으로, 해가 지는 유시였다. 두번째는 따펑으로 술시였고, 가장 마지막은 비로소 얼펑이었다. 왜냐하면 따푸즈가 태평소를 불며 처제를 보내야 했고, 또 태평소를 불며 처형을 보내야 했기 때문이었다. 그가 결혼할 차례가 되었을 때 시간은 이미 해시였다. 그에게 태평소를 불어준 사람은 그의 아버지 시푸하이였다. 시푸하이는 단숨에 태평소를 불고서, 예식장에 가서 앉아 결혼식장으로 가 앉아서 절을 받았다.

사흘이 지난 후 처갓집으로 인사하러 왔다. 사위 세 명과 딸 세 명이 모두 왔다. 친라오지는 술상을 차리고 닭, 오리, 생선, 돼지고기 외에 특별히 특제 삼선 소를 넣은 혼돈자를 만들어 크레이프로 쌌고, 사위들에게 그의 요리 솜씨를 맛보게 했다. 맛이 대단히 좋고 상쾌한 향이 난 것은 말할 필요도 없었다.

세 딸의 시댁이 모두 멀지 않아서, 두세 걸음이면 와서 아버지를 볼 수 있었다. 밥을 짓고 청소하고 옷을 빨아 풀을 먹이고 꿰매고 수선을 하는 것이 옛날과 다름없었다. 안 좋은 일이 좀 있거나 하찮은 병이 생겨 머리가 아프고 열이 나면 세 딸이 앞다투어 와서 시중을 들었는데, 출가하지 않았을 때보다 훨씬 정성스러웠다. 친라오지의 마음은 매우 흡족해서 조금도 섭섭한 구석이 없었다. 단지 그는 걱정거리가 조금 있었다. 그가 어느 날 손을 떼면 누가 그의 이 혼돈자 멜대를 전수해갈 것인가?

톡—톡톡, 친라오지는 여전히 멜대를 지고 혼돈자를 팔았다.

정말이지, 누가 그의 이 고전적인, 남송(南宋) 시기의 녹나무로 만든 혼돈자 멜대를 계승할까?

감상가(鑑賞家)

현 전체에서 제일가는 대화가는 지타오민(季匋民)이고 제일가는 감상
가는 예샨(葉三)이었다.

예샨은 과일을 파는 사람이었다. 그가 과일을 파는 방법은 다른 과일
장사꾼과는 달랐다. 가게를 열지 않았고, 노점을 차리지 않았으며, 짐을
메고 다니면서 여기저기 골목길을 돌아다니지도 않았다. 그는 오로지 큰
저택에 과일을 배달하기만 했다. 겨우 이삼십 채 되는 집으로 배달하는
것이 다였다. 그는 이런 집들을 드나드는 것에 매우 익숙했고 문지기와
개도 그를 알아보았다. 정해진 날이 되면, 그가 왔다. 그가 문을 두드리
는 소리를 안에서 들으면 예샨이라는 것을 바로 알았다. 금실 대바구니를
팔에 걸고, 바구니에는 작은 저울을 끼워 넣고서, 안채로 걸어 들어가 소
리 높여 주인을 불렀다. 주인은 어떤 때는 걸어 나와 그를 만났고, 어떤
때는 방문을 사이에 두고 말하였다. "달아드릴까요?"—"다섯 근입니
다." 무슨 과일인지는 볼 필요도 없었다. 왜냐하면 어떤 계절에 어떤 과
일을 배달할지 모두 정해져 있었기 때문이었다. 예샨은 과일을 팔면서 이

제까지 가격을 말한 적이 없었다. 과일을 사는 사람들도 그를 언제나 박대하지 않았다. 어떤 집은 받는 즉시 곧바로 돈을 주었지만 대다수는 명절(단오, 추석, 설날)이 될 때 과일 값을 주겠다고 얘기했다. 예산은 과일을 달아본 뒤 팔선상(八仙床) 위에 올려놓고 "실례했습니다"라고 한마디 한 뒤에 바로 떠났다. 그의 과일은 골라낼 필요 없이 하나하나 모두 다 좋은 것이었다. 그의 과일의 장점은 첫째, 사계절마다 맨 처음 딴 햇과일이라는 것이다. 시장에서는 아직 볼 수 없는 과일들이 벌써 그의 바구니 속에는 있었다. 두번째, 과일이 모두 다 크고 모두 고르며, 매우 향기롭고, 매우 달콤하고, 매우 보기 좋았다. 그의 과일은 전부 다 그의 손을 거치면서 상처가 있는 것, 벌레가 먹어 구멍이 난 것, 광주리의 구석에 눌려 있던 것, 껍질이 벗겨진 것, 색이 변한 것, 너무 작은 것들은 골라내서 다른 과일 행상에게 헐값에 팔렸다. 그의 과일은 모두 원산지에서 포장해서 보내온 것이었다. 어떤 것은 직접 생산지에 가서 구입했는데 모두 "나무에서 잘 익은 것"들이었다. ―쌀겨 속에 넣어놓고 익힌 것이 아니었다. 그는 늘 밖으로 나갔는데, 나가서 과일을 사는 시간이 과일을 파는 시간보다 훨씬 많았다. 그는 또한 사방으로 돌아다니는 것을 매우 좋아했다. 도시 근교의 읍, 어느 과수원, 어느 집에 어떤 이름난 좋은 과일 나무가 있는지 그는 모두 알았고, 게다가 과수원 주인과는 수년간 교제를 해서 마치 친척처럼 친숙했다. ―과일을 파는 다른 사람들은 결코 이런 노력을 들이지 않았고, 이런 방법도 몰랐다. 사방으로 돌아다니면 아름다운 경치를 많이 볼 수 있었고, 각 시골의 풍속을 알 수 있어 화젯거리가 생겼고 몸에도 좋았다. 그는 병에 걸린 적이 거의 없었는데, 이는 길을 많이 걸어 다녔기 때문이었다.

입춘을 전후해서는 푸른 무를 팔았다. "무를 몽둥이로 때려" 땅에 떨어뜨리면 터졌다. 살구, 복숭아가 나올 때는 달걀처럼 큰 향기로운 하얀 살구와, 마치 눈뭉치처럼 하얀 껍질에 주둥이 아래로 한줄기 붉은 선만 있는 "한줄기 주홍" 달콤한 복숭아를 팔았다. 그다음에 나오는 것은 앵두였는데, 붉은 것은 산호 같고 하얀 것은 마노 같았다. 단오절을 전후해서는 비파였다. 여름철에는 박과 식물을 팔았다. 칠팔 월에는 강에서 나는 나물—신선한 마름, 가시연, 연방, 연근—을 팔았다. 말 이빨 모양의 대추를 팔았고 포도를 팔았다. 중양절이 가까워오면 배를 팔았다. 하간부에서 나는 오리알처럼 생긴 배, 내양에서 나는 부드럽고 맛있는, 또한 "황금 귀걸이"라 불리는 향기가 진동하고 그다지 크지 않은 달콤한 배이다. 국화가 꽃을 피우면 금귤(金橘)을 팔고 꼭지 주변에 배꼽이 생긴 복주에서 나는 귤을 팔았다. 입동 이후에는 밤을 팔았고 참마(어린아이의 팔처럼 굵다)를 팔았으며 백합(주먹처럼 크다)을 팔았고 짙은 녹색의 신선한 단향목과 올리브를 팔았다.

그는 또 불수감나무의 열매, 시트론을 팔았다. 사람들은 사 가지고 가서 소반 위에 장식해놓거나 서재에 두고 맑은 향기를 맡으며 감상하였다.

집에만 틀어박혀 외출을 잘 안 하는 많은 사람들은 예산이 배달해 온 과일을 보고서 비로소 지금이 무슨 계절인지를 생각하게 되었다.

예산은 30여 년 동안 과일을 팔아왔고, 그의 두 아들은 모두 성인이 되었다. 그들은 포목점 하는 것을 배웠는데, 모두 배우는 과정을 마쳤다. 둘째 아들은 세번째 지배인이었고 맏아들은 이미 두번째 지배인으로 승진하였다. 누구나 맏아들이 장차 총지배인으로 승진되고, 또 총책임자가 될 것이라고 생각했다. 그는 좋은 재능을 타고났다. 그는 상점에서 주판의 일인자여서, 연말 총결산할 때면 반드시 사무실에 앉아서 며칠 동안 달달달달 주판을 놓았다. 제조업자 손님들을 접대하고 물건 구입을 검토하는 것(물건 구입은 대학문이고 1년 동안의 큰 계획이다. 다음 해에 어떤 물건을 더 들여놔야 할지, 어떤 물건을 적게 들여놔야 할지, 어떤 물건을 반드시 항상 구비해놔야 할지, 어떤 물건을 시험 판매할 수 있는지, 이것들은 모두 한 해 동안의 손익과 관계된다)에 모두 그가 있어야 했다. 둘째 또한 일을 매우 잘했다. 자로 재고 천을 찢을 때(천을 찢을 때 가위를 사용할 필요 없이, 두 손의 두 손가락으로 잡고, 적당히 힘을 주면 쩍 하는 소리와 함께 천이 끝까지 찢어졌다), 깔끔했다. 점원들의 동작 속도 또한 포목점의 얼굴이었다. 고객들은 항상 손발이 민첩한 점원에게서 천을 사길 원했다. 이것은 타고나야 되는 것이지만, 훈련에 의한 것이기도 했다. 어떤 사람은 한평생 굼뜨고 서툰데, 고쳐지지 않았다. 무슨 일을 하든지 간에 사람과 사람을 비교하게 되는데 이것은 어쩔 수 없는 일이었다. 형제 두 사람은 모두 매우 활기차고, 용모가 수려하고, 키가 크지도 작지도 않았다. 포목점의 점원들은 모두 잘 차려입었다. 어떤 옷감이 새로 나오면 그들은 바로 그 옷감으로 옷을 해 입었다. 물론 그들의 옷감은 가격도 싸고 품질도 좋은 것이었다. 그들이 산 옷감은, 옷감을 들여올 때의 가격에 따라 계산하였고 이윤을 붙이지는 않았다. 만약 옷감 자투리가 남으면 또 할인해주었다. 이것은 포목점의 규칙이었고 주인도 기꺼이 그리하였다. 왜냐하면 점원이 유행하는 옷을 입는 것 또한 상점을 장식하는 일이었기 때문이었다. 어떤 고객은 옷감을 사러 와서, 항상 점원의 긴 셔츠 혹은 바깥으로 뒤집혀 나온 짧은 셔츠의 소매를 가리키면서 "당신이 입은 걸로 하나 주세요"라고 말하기도 했다.

두 형제는 모두 이미 가정을 이루었는데 맏아들에게는 이미 아이가 한 명 있었다. —예산은 첫 손자를 보았다.

이번 해는 예산의 쉰 살 생일이어서 온 가족이 어떻게 생신 축하를 할지 의논하였다. 맏아들과 둘째 아들 모두 아버지께 저택에 과일을 팔러 가지 말라고 말하면서 그들이 그를 봉양하겠다고 제의하였다.

예산은 약간 화가 났다.

"내가 너희들 체면을 깎을까 봐 싫으냐? 큰 포목점의 '선생' 두 분께 과일을 파는 아버지를 둔 것이 보기 안 좋아서 그러느냐?"

아들들은 급히 해명하였다.

"아닙니다. 아버지께서는 연세가 많으신데, 늘 바깥에서 바람이 부나 비가 오나, 수로이든 육로이든 돌아다니시니, 아들로서 마음이 불안해서 그럽니다."

"나는 돌아다니는 것이 습관이 되었다. 사람들에게 과일을 배달해주는 것도 습관이 되었다. 치스(季四) 나리 한 사람만을 위해서라도 나는 과일을 팔아야 해."

치스 나리는 바로 지타오민이었다. 그가 할아버지 자손의 장유의 순서에서 네번째여서 성안의 사람들은 모두 그를 '넷째 나리'라고 불렀다.

"너희들도 나에게 생일축하 같은 것 해줄 필요 없다. 너희들이 만약 효심이 있다면, 넷째 나리가 나에게 보낸 그림을 가지고 가서 표구를 해주고 또 생전에 미리 관이나 하나 만들어다오."

이곳에는 미리미리 관을 준비해두는 이런 풍속이 있었는데, 행운이 들기를 바라기 때문이었다. 여기서의 행운은 복이 더해지고 장수하는 것을 의미했다. 그리하여 모두 그의 말을 따랐다.

예산은 여전히 과일을 팔았다.

사실 그는 지타오민 한 사람을 위해 과일을 파는 것이었다. 그가 다른 집에 과일을 배달하는 것은 돈을 벌기 위해서였지만, 지타오민에게 과일을 배달해주는 것은 그의 그림을 좋아해서였다.

지타오민은 그림을 그리면서 술을 마시는 버릇이 있었다. 술을 마실 때는 반찬을 먹지 않고 과일을 먹었다. 두 번 붓질하다가, 주전자 주둥이에 입을 바싹 대고 술 한 모금을 벌컥 들이켰고, 왼손에는 과일 한 조각을 집고 오른손으로는 붓을 쥐고서 계속해서 그림을 그렸다. 그림 한 장을 그리려면 상등의 사오싱황주(紹興黃酒) 두 근을 마셔야 했고 과일 반 근을 먹어야 했다.

예샨은 제일 좋은 과일을 모아서 항상 지타오민에게 가장 먼저 배달했다.

지타오민은 날마다 일어나자마자 바로 그의 작은 서재─화실─로 갔다. 예샨은 통보할 필요 없이 작은 육각문으로 들어가, 자갈을 깔아서 성에처럼 구불구불한 작은 길을 지나, 창 너머에 있는 지타오민을 보고는, 곧바로 신선한 과일을 두 손으로 받쳐 들고 안으로 들어갔다.

"넷째 나리, 백사 비파입니다요."

"넷째 나리, 동황(東墩)의 수박입니다. 껍질, 속, 씨가 모두 하얀 수박이지요! ─이 세 가지가 하얀 수박에는 배꽃 향기가 살짝 나는데, 다른데는 없습니다요!"

그는 지타오민에게 과일을 한 번 배달하러 오면 반나절을 머물렀다. 그는 지타오민에게 먹을 갈아주고 주사가 붙은 것을 물에 헹궈주었으며 석청과 석록을 갈아주고 종이를 펴주었다. 지타오민이 그림을 그릴 때면 그는 옆에서 무아지경에 빠져 바라보았으며, 너무 몰두해서 숨조차도 크게 내쉬지 않았다. 훌륭한 곳을 볼 때 자기도 모르게 숨을 깊이 들이마시었고, 심지어 작은 소리에도 깜짝 놀라 소리를 치기도 했다. 보통, 예샨이 숨을 들이마시거나 깜짝 놀라는 대목은 바로 지타오민이 마음먹은 대로 붓을 잘 놀리고 있을 때였다. 지타오민은 이제까지 대중 앞에서 그림을 그린 적이 없었고, 그림을 그릴 때면 이따금 서재의 문을 잠그기도 했다. 그러나 예샨에게만은 예외여서, 그는 예샨이 이처럼 옆에서 지켜봐주기를 매우 원했고, 예샨은 진심으로 그림을 이해하기 때문에 예샨의 찬사는 폐부에서 우러나는 것이지, 전문가인 체하거나 아첨하는 것이 아니라고 여겼다.

지타오민은 그림에 대해 사람들의 이야기를 듣는 것을 가장 싫어하였다. 그는 친척집에 가서 교제하는 경우가 거의 없었다. 사실 어쩔 수 없어 가는 것이었고, 가더라도, 차 반 잔 마시고는 바로 작별인사를 했다. 왜냐하면 연회석상에는 탁상공론을 일삼는 가짜 명사들이 반드시 있기 때문이었다. 지타오민은 대화가였기 때문에, 이런 인사들은 특히나 그의 면전에서 자기 자신의 고상함과 박식함을 과시하며 글과 그림에 대해 평론하려 들었다. 이런 종류의 비평은 전부 다 남에게서 주워들은 이야기로, 통할 것 같지만 통하지 않았다. 지타오민은 그런 얘기를 듣다 보면 정말 참을 수 없었다. 만약 맞장구를 치며 몇 마디 거들어주면, 그 사람은 다른 연회장에서 그의 탁상공론을 다시 써먹으며, 덧붙여 "여러분, 저의 이 말은 지타오민도 깊이 수긍하였습니다"라고 말할 게 뻔했다.

그러나 그는 예샨에게만큼은 호의를 갖고 대하였다.

지타오민은 리푸탕(李復堂)*에게 가장 탄복하였다. 그는 양저우 팔괴

---

* 리푸탕은 이름은 린(鱗)이고, 자(字)는 종양(宗楊), 푸탕(复堂)은 그의 호(号)이다. 그는 강희황제 시대의 거인이고, 산둥 등현의 현관을 역임했다. 윗사람의 미움을 사서 관직을 박탈당하고 말년에는 화가로만 활동하였다. 그가 그림을 그릴 때는 청대의 유명한 화가인 정판차오(郑板桥)에게 가서 종이를 빌린 것으로 보아 상당히 가난했던 것 같다. 그의 화법은 궁정 화가였던 쟝팅시(莊廷錫)로부터 전수받았다. 후에 양저우로 가서 스승이 전수해준 기법에 안주하지 않고 쉬칭팅(徐靑藤), 빠따(八大), 스타오(石濤)의 영향을 받아 화풍을 크게 변화시켜 스스로 일가를 이루었다. ─원주

중 리푸탕의 솜씨가 가장 깊이가 있다고 여겼는데, 큰 작품과 소품 모두 좋았고 필법과 묵법이 있고 거침이 없었고, 신중했고, 소박하고 중후했으며, 아름다웠다. 게다가 허세를 부리지 않았고 세속적이지도 않았다. 어느 날 하루는 예산이 그에게 리푸탕의 서화첩 네 폭을 줘서 지타오민을 깜짝 놀라게 하였다. 이 서화첩은 진품이었다! 지타오민이 그에게 얼마 주고 샀느냐고 묻자 예산은 돈이 들지 않았다고 말하였다. 그는 어느 날 과일을 세 무더기 쌓아놓고 파는 데에 이르러, 어떤 집의 낮은 장 유리 속에 그림 네 폭이 끼워져 있는 것을 보았다. —그는 넷째 나리의 집에서 리푸탕의 그림을 적지 않게 본 적이 있었기 때문에 리푸탕의 그림을 능히 알아볼 수 있었다. 그래서 그는 「쑤저우편(蘇州片)」* 넉 장을 가지고 그것과 바꾸었다. 「쑤저우편」은 울긋불긋하고 또 최신식이었기 때문에 그 집도 매우 기뻐했다.

예산은 단지 마음속으로 그림을 좋아했을 뿐, 결코 함부로 비평하지 않았다. 지타오민은 그림을 완성하면 벽에 걸어놓고 자신은 뒷짐을 지고 멀리서 바라보며 때때로 예산에게 물었다.

"좋은가? 안 좋은가?"

"좋습니다!"

"어디가 좋은가?"

예산은 대부분 어느 곳이 좋은지를 한마디로 말할 수 있었다.

지타오민은 자줏빛 등나무 한 폭을 그리고는 예산에게 물었다.

예산은 "자줏빛 등나무 안에 바람이 있습니다"라고 말하였다.

---

* 모방한 그림, 꽃이나 새를 세밀하게 많이 그리고, 색칠이 아름답다. 지난날 쑤저우 화공이 많이 그렸고, 그것이 각지로 잘 팔려나가면서 「쑤저우편」이라 불렸다. 「쑤저우편」이 모방이 제일 잘됐고, 속되지도 않았다. ―원주

"오! 그것을 어떻게 알았는가?"

"꽃이 흔들립니다."

"바로 맞혔네!"

지타오민은 붓을 들고 두 구절을 적었다.

깊은 뜰은 사람 하나 없이 고요한데

바람이 스쳐 지나가니 자등꽃이 흔들린다.

지타오민은 쥐 한 마리가 촛대에 올라간 소품 한 장을 그렸다. 예샨은 "이것은 작은 쥐 한 마리로군요"라고 말하였다.

"어떻게 알았지?"

"쥐가 꼬리를 촛대 기둥 위에 돌돌 말았어요. 아주 장난꾸러기예요."

"맞았네!"

지타오민은 연꽃 그리는 것을 가장 좋아하였다. 그가 그린 것은 모두 묵연(墨荷)이었다. 그는 리푸탕의 그림에 탄복했지만 화풍은 푸탕과 같지 않았다. 리 씨의 그림은 엄숙하게 그린 것이 많았지만, 지타오민은 가벼웠다. 리 씨의 그림에서는 중봉*의 필법을 주로 사용한 것에 비해 지타오민은 붓끝을 기울이는 필법을 조금 사용하였다. ―그가 글자를 쓸 때 장초**체로 썼다. 리푸탕은 때때로 수묵이 뚝뚝 떨어지며, 거칠고 어지러워 화가의 의도가 붓을 앞섰다. 지타오민에게는 그렇게 마음 내키는 대로 그리는 거친 면이 없어 그림이 매우 편안한 느낌이었다. 그러나 그리고자 하는 의도는 조화롭게 잘 구현되어 있었고, 매우 깔끔하게 마무리되었으

---

* 中鋒: 붓끝이 바로 서서 한 편으로 기울지 않는 필법.

** 章草: 초서(草書)의 한 종류.

며, 필치도 매우 시원했고 여백미를 살리는 데 능숙했다. 그의 묵연은 쟝따이엔(張大千)의 그림을 참고하였지만 한층 더 활짝 피어 있었다. 그가 그린 연잎은 잎맥이 안 그려져 있었고, 연꽃 줄기에는 가시가 찍혀 있지 않았으며 또한 긴 폭으로 만드는 것을 좋아해서 연줄기가 아주 길었고, 한 번 획을 그으면 끝까지 갔다.

어느 날 예산이 연밥이 들어 있는 송이를 한 무더기 가지고 왔다. 지타오민은 기뻐하면서 묵연 한 폭과 연밥송이를 많이 그렸다. 다 그린 후에 예산에게 "어떠한가?" 하고 물었다.

예산은 말하였다. "넷째 나리, 이 그림은 틀렸습니다."

"틀렸다고?"

"'붉은 연꽃의 연밥, 하얀 연꽃의 연뿌리.' 나리께서 그리신 것은 하얀 연꽃입니다. 그러나 연밥이 들어 있는 송이가 이렇게 크고, 연밥 속이 꽉 차 있으며, 검은색 또한 짙으니 이것은 붉은 연꽃의 연밥입니다."

"그런가? 처음 듣는 이야기네!"

지타오민은 그리하여 8척짜리 화선지 한 장을 펼쳐서, 붉은 연꽃을 그리고 시 한 수를 지었다.

붉은 연꽃의 연밥, 하얀 연꽃의 연뿌리.
과일을 파는 예산은 나의 스승일세.
화가로서 식견이 부족하니 부끄럽도다.
그대 위해 전례를 깨고 연지를 드러낸다.

지타오민은 예산에게 매우 많은 그림을 보냈다. ─때때로 지타오민은 그림 한 장을 그리고 나서 만족스럽지 않으면 뭉쳐서 던져버렸다. 예샨이 주워서 며칠이 지난 후에 지타오민에게 보내서 보게 하면 지타오민 또한 그런대로 괜찮다고 여겨서, 약간 고치고 제목을 붙여서 다시 예산에게 보내주었다. 지타오민이 예산에게 전해준 그림은 모두 상단에 받는 사람의 이름이나 호를 썼다. 예산 또한 학명이 있었는데 그는 오행(五行) 중물이 부족했기 때문에 룬셩(潤生)이라고 이름 지었다. 지타오민은 그에게 자(字)를 하나 지어 "저즈(澤之)"라 부르고 예산에게 보낸 그림에는 항상 "저즈삼형(澤之參兄)의 가르침을 바랍니다"라고 썼다. 때로는 "그림을 예산에게 드린다"라고 바로 썼다. 지타오민은 또한 장유의 순서에 따라 호칭하는 것은 옛 사람들의 풍습이고, 그를 무시하는 게 아니라고 예산에게 설명하여주었다.

때때로 지타오민은 예산에게 그림을 그려주면서 말하였다. "이 그림은 상단에 이름을 쓰지 않았으니, 자네가 가져가서 팔 수 있을 것일세. —상단에 이름이 쓰어져 있으면 팔기가 어렵지."

예산이 말하였다. "상단에 이름을 쓰시든 안 쓰시든 모두 괜찮습니다. 저는 나리의 그림을 팔지 않습니다."

"팔지 않는다고? 한 장도 안 팔 건가?"

그는 지타오민이 그에게 보내준 그림을 모두 자신의 관 속에 넣어놨다. 10여 년이 흘렀다.

지타오민이 죽었다. 예산은 이제 과일을 팔지는 않았지만, 사계절 여덟 절기 동안 여전히 여기저기 돌아다니며 신선한 과일을 찾아 지타오민의 무덤에 바쳤다.

지타오민이 죽은 후, 그의 그림의 가치가 매우 높아졌다. 일본에는 그의 그림을 전문적으로 수집하는 사람도 있었다. 사람들은 예산의 수중에 지타오민의 그림이 매우 많고, 모두 훌륭한 작품이라는 것을 알고 있었다. 매우 많은 사람들이 예샨이 소장하고 있는 그림을 사고 싶어 했다. 예샨은 말하였다.

"팔지 않습니다."

어느 날 외부인 한 명이 예샨을 방문하였다. 예샨이 그의 명함을 보니 이 사람의 성이 매우 특이했다. 성은 "시인(辻)"으로 "시인타오(辻聽濤)"라고 불렀다. 물어보니 일본인이었다. 십청도는 예샨이 수집한 지타오민의 그림을 보려고 특별히 왔다고 말하였다.

멀리서 왔기 때문에 예샨은 할 수 없이 그림을 꺼내 왔다. 시인타오는 매우 경건하게 맑은 물에 손을 씻고, 향 하나를 사르고, 우선 그림 족자를 향해 세 번 절을 한 후에서야 비로소 펼쳐 보았다. 그는 보면서 끊임없이 찬탄했다.

"오! 오! 정말 좋습니다! 정말 뛰어난 작품입니다!"

시인타오는 이 그림들을 사려고 했고, 얼마를 요구해도 다 괜찮다고 했다.

예샨이 말하였다.

"팔지 않습니다."

시인타오는 하는 수 없이 실망하며 돌아갔다.

예샨이 죽었다. 그의 아들들은 아버지의 유언대로 지타오민의 그림을 아버지와 함께 관 속에 넣어 묻었다.

고향의 세 천 씨(故里三陳)

천샤오쇼우

옛날에 우리들이 살던 곳에는 산부인과 의사가 매우 드물었다. 그래서 집에서 아기를 낳을 때는 일반적으로 모두 산파를 불러왔다. 어느 집에서 어느 산파를 부를지는 거의 정해져 있었다. 대갓집의 큰며느리, 둘째 며느리, 셋째 며느리가 낳은 도련님, 아가씨 들은 대부분 같은 산파가 받았다. 산파는 자기 집처럼 안방을 드나들며 허물이 없어야 하는데 낯선 사람에게 어떻게 그렇게 하게 할 수 있겠는가? 산파는 또한 각 집의 상황을 잘 알고 있었다. 어느 나이 든 여자 하인이 자기의 조수를 맡을 수 있는지, 누가 조산원 역할을 맡을 수 있는지, 산파는 모두 알고 있어서, 임시로 급하게 찾을 필요가 없었다. 그리고 일반적으로 사람들은 어느 산파가 "길(吉)해서" 아기를 순조롭게 잘 받을 수 있다는 미신을 모두 가지고 있었다. ―산파집에서는 삼신할머니를 모시고 날마다 향을 피워 치성을 드렸다. 그러니 누가 남자 의사를 불러와 아기를 받도록 하겠는가? 우리

고향에서 의학을 배우는 것은 모두 남자였다. 오직 이화검의 딸이 아버지의 일을 계승하여 전 도시에서는 유일한 여성 의사가 되었다. 그러나 그녀 역시 아기를 받을 줄은 모르고 내과만 진찰할 수 있는 노처녀였다. 남자가 의학을 배워도 누가 산부인과 공부를 하려고 하겠는가? 모두 다 이것이 체면이 서지 않고 장래성이 없는 일이라고 여겼고, 하찮게 봤다. 그러나 한 명도 없는 것은 아니었다. 천샤오쇼우(陳小手)는 바로 유명한 남자 산부인과 의사였다.

천샤오쇼우란 이름을 얻은 이유는, 그의 손이 매우 작기 때문이었다. 그의 손은 일반 여자의 손보다 더 작고 유연하고 보드라웠다. 그는 난산을 잘 처리했다. 가로로 태어나는 것과 거꾸로 태어나는 것을 모두 능히 처리할 수 있었다. (물론 그도 약물과 기계의 도움을 받아야 했다.) 들리는 말로는 그의 손이 작고 동작이 섬세해서 산모의 고통을 많이 줄일 수 있다고 했다. 대부호 가족은 부득이한 상황이 아니면 그를 부를 수 없었다. 중류층과 가난한 집안은 금기가 비교적 적어서, 산모 태아의 위치와 자세가 바르지 않고, 산파도 손을 쓸 수 없으면 산파가 "천샤오쇼우를 부릅시다"라고 건의했다.

물론, 천샤오쇼우에게는 좋은 이름이 따로 있었다. 그러나 사람들은 모두 그를 "천샤오쇼우"라 불렀다.

아기를 받는 일은 시간을 허비하면 안 될 일이었는데, 이것은 두 사람의 생명과 관련된 일이었다. 천샤오쇼우는 말 한 마리를 키우고 있었다. 이 말은 온몸이 눈처럼 희고 잡다한 털이 하나도 없이 잘 달리는 말이었다. 말을 잘 아는 전문가의 말에 따르면, 이 말의 걸음걸이는 "꿩, 버드나무(野鷄柳子)"처럼 빠르고 세심하고 균형이 잡혔다. 우리들이 살던 곳은 물가에 있었기 때문에 말을 기르는 사람이 매우 드물었다. 군대의 기마병이 국경을 넘을 때마다 사람들이 모두 앞다투어 운하 제방 위로 뛰어올라가 기병대를 보며 매우 멋지다고 생각했다. 천샤오쇼우는 항상 백마를 타고 여러 곳에 가서 아기를 받기 때문에 사람들이 모두 백마와 그의 이름을 연결하여 "백마 천샤오쇼우"라 불렀다.

동종업자인 내과의사, 외과의사들은 모두 천샤오쇼우를 업신여겨 그를 의사가 아닌 남자 산파쯤으로 여겼다. 천샤오쇼우는 이런 것들을 문제 삼지 않았다. 사람이 와서 청하면 즉시 그의 날렵한 백마를 타고 나는 듯이 달려갔다. 신음하며 비명을 지르고 있던 산모가 말의 목에 달린 방울의 소리를 듣고 즉시 안정을 찾았다. 그는 말 등에서 내려와 즉각 산실에 들어갔다. 잠시 후(때로는 시간이 상당히 오래 걸리는 경우도 있었다), "응—애" 소리가 들리며 아기가 태어났다. 천샤오쇼우는 땀으로 범벅이 되어 걸어 나와 두 손을 맞잡고 남자 주인에게 "축하합니다! 축하합니다! 산모와 아들 모두 건강합니다!"라고 인사했다. 남자 주인이 활짝 웃으며 붉은 종이 안에 봉한 사례금을 건네주었다. 천샤오쇼우는 보지도 않고 주머니 속에 넣었다. 손을 씻고 뜨거운 차 한 잔 마시고 "실례했습니다"라고 작별인사한 후 문밖으로 나가 말을 탔다. 단지 딸랑딸랑거리는 말방울 소리만 들렸다…… 그는 벌써 멀리 떠났다.

천샤오쇼우가 살린 사람은 매우 많았다.

어느 해, 연합군이 왔다. 우리들이 살던 그곳에서 몇 년 동안 공격해 들어오고 나간 군대는 두 개였다. 하나는 국민 혁명군으로 현지에서는 "당군(党軍)"이라고 불렀다. 당군을 상대하는 것은 쑨촨팡(孫傳芳)의 군대였다. 쑨촨팡은 "오성(五省) 연합군 총사령관"이라고 자칭했고, 그의 군대는 "연합군"이라고 불렀다. 연합군은 천왕묘(天王廟)에 주둔했고 일개 연대가 있었다. 연대장의 부인이(이 부인이 본처인지 첩인지 아무도 모른다) 아기를 낳으려고 하는데 낳지를 못했다. 몇 명의 산파를 불러왔지만 여전히 나오지 않았다. 이 부인은 돼지 잡는 것처럼 소리를 마구 질렀다. 연대장은 사람을 보내 천샤오쇼우를 불렀다.

천샤오쇼우가 천왕묘에 들어왔다. 연대장은 산실 밖에서 끊임없이 "이리저리 걷고" 있는 중이었다. 그가 천샤오쇼우를 보고 말했다.

"산모와 아기 모두 살려야 하네! 살리지 못하면 목을 내놔야 할 것이야! 들어가게!"

그 여자의 몸에 지방이 너무 많아서, 천샤오쇼우는 온갖 고생 끝에 드디어 아기를 꺼냈다. 그 뚱뚱한 여자와 한나절 동안 씨름하느라 그는 기진맥진했다. 그가 산실에서 비틀비틀 걸어 나와 두 손을 맞잡고 연대장에게 인사했다

"연대장님! 축하합니다. 남자애, 도련님입니다!"

연대장은 이를 드러내고 웃으며 말했다.

"수고했네! —이쪽으로 오게!"

밖에는 이미 술자리가 준비되어 있었다. 부관이 모셨다. 천샤오쇼우는 술을 두 잔 마셨다. 연대장이 은화 20원을 꺼내어 천샤오쇼우 앞에 꺼내놓았다.

"이것은 자네에게 주는 것일세! —적다고 섭섭해하지 말게나!"

"너무 많습니다! 너무 많습니다!"

술을 마신 후, 은화 20원을 옷 안에 넣고 천샤오쇼우는 작별인사를 했다.

"실례했습니다. 실례했습니다."

"나가지 않겠네."

천샤오쇼우는 천왕묘에서 나와 말에 올라탔다. 연대장이 총을 꺼내

뒤쪽에서 단 한 방에 그를 맞혔다.

"나의 여자를 어떻게 이리저리 만질 수 있지? 나 말고는 어떤 남자도 그녀의 몸을 만질 수 없어. 이 자식, 나를 너무 만만하게 봤어! 제기랄!"

연대장은 정말 억울하다고 느꼈다.

천스

천스(陳四)는 기와장이였고 별명은 '시앙대인(向大人)'이었다.

우리들이 사는 시내에는 놀잇거리가 별로 없었다. 이야기를 듣거나, 극을 보는 것 외에 모두가 제일 재미있어 한 것은 축제를 보는 것, 신을 맞아들이는 축제인 영신새회*를 구경하는 것이었다. ─우리들이 사는 그곳에서는 "영회(迎會)"라고 불렀다.

맞아들이는 신은 하나는 성황신(城隍神)이고 다른 하나는 도토지신(都土地神)이었다. 성황신은 저승에 있는 어느 현의 주인이지만, 그의 작위는 이승에 있는 현의 지사보다 훨씬 높아 "영응후(靈應侯)"라고 봉해졌다. 그의 위엄 또한 현의 지사보다 훨씬 커야 했다. 현 지사가 바깥으로 나가 순시할 때 어디 이런 위엄과 이렇게 많은 의장대 의식이 있으며, 또한 가무, 요술, 만담 따위의 각종 잡기와 곡예가 동반될 수 있겠는가? 게다가 나는 일을 기록하면서 현의 지사가 순찰하는 것을 본 적이 없는데, 그들은 단지 작은 가마나 혹은 각자가 준비한 인력거에 앉아서 여러 곳으로 인사하러 다녔다. 도토지신은 동서남북 4성에 모두 있는데 국경 내의 백성을 보

---

* 迎神賽會: 민간에서 징을 울리고 북을 치면서 각종 잡극을 연출하며 신(神)을 맞아들이는 풍속.

호하며 지위는 구(區)의 장(長)에 해당했다. 그는 살아 있는 구의 장보다는 기세등등했지만 성황신에 비해서는 차이가 많이 났다. 그의 작위는 "영현백(靈顯伯)"이었다. 도토지신은 모두 이름과 성이 있었다. 내가 거주하고 있는 동쪽 성의 도토지신은 쟝쉰(張巡)이었다. 쟝쉰이 왜 우리 고향으로 와서 도토지신이 되었을까. 그는 우리들이 살던 그곳에서 전사한 것도 아니었다. 나는 지금까지 그 이유를 모르겠다. 쟝쉰은 태수(太守)였는데 죽은 후에는 왜 도리어 강직되어 구의 장이 되었을까? 나는 이 이유도 모르겠다.

도토지신이 바깥으로 순시 나가는 것은 볼만한 게 없었다. 짧게 무리 지어 선 한 무리의 사람이 의장을 띄엄띄엄 내걸고 또 도천신(都天神)을(도토지를 왜 "두천신"이라고 부르는지, 이 점에 대해서도 잘 모르겠다) 쳐들고는 한 바퀴 도는데 아무런 소리도 없이 곧 지나가버렸다. 소위 "축제를 본다"는 것은 실상 성황제를 보는 것을 가리켰다.

내가 기억하는 성황제는 여름과 가을 사이 음력 7월 중순으로 한창 더울 때 열렸다. 그러나 10월 초에도 열렸던 것 같기도 하다.

정말로 수많은 사람들이 집집마다 다 나와서 구경을 하니 성이 미어터질 지경이었다. 그날이 되면 무릇 성황신이 마음껏 웃으며 떠들며 지나가는 곳에 있는 가게는 모두 준비를 마쳤다. 향과 초에 불을 붙이고 궁등*을 걸고 가게 앞과 길거리에 접해 있는 계산대 안에 나무 걸상을 놓고 다층 건물은 창문을 모두 열고, 찻물을 끓여놓고, 주인과 단골손님 가족의 왕림을 기다렸다. 이때는 바로 여러 가지 과일이 나오는데, 쇠뿔 모양으로 생긴 파이, 참외, 속이 붉은 수박, 껍질과 속과 씨가 모두 하얀 수박,

---

* 宮燈: 경축일이나 축제 때 추녀 끝에 걸어 두는 등롱(燈籠).

오리의 알처럼 생긴 배, 돌배, 해당 열매, 석류 등이 모두 시장에 이미 나와 있었다. 맛있는 과일 향이 온 거리에 가득 퍼져 있었다. 각종 먹거리를 파는 사람들이 모두 나와서 앞다퉈 갖가지 소리를 질렀다. 여덟아홉 시가 되면, 할머니, 아가씨, 도련님 등 축제를 구경하려는 이들이 모두 왔다. 할머니는 단향나무로 만든 염주를 손에 쥐고 있었고 아가씨의 옷깃에는 백란화 한 송이를 꽂혀 있었으며 하인의 손에는 찬합이 들려 있는데 안에는 흥화 지방의 둥글납작한 떡, 녹두떡 등 각종 정교한 간식이 들어 있었다.

멀리서 폭죽 터지는 소리와 징과 북소리가 들렸다. "왔다, 왔어!" 그리하여 각자 자기 자리에 앉아서 기다렸다.

우리들이 살았던 그곳의 새회*와 루쉰 선생이 묘사했던 사오싱 지방의 새회는 서로 완전히 같지는 않았다. 선두에 서는 것은 "향을 보고 절을 하는" 사람들이었다. 모두 십육칠 세의 젊은이들로 빡빡 깎은 머리에 화장하지 않은 맑은 얼굴이고 머리에는 검은 천의 띠를 맸으며 앞이마에는 붉은 색실 방울 한 개가 장식되어 있었다. 검은 빛깔의 천으로 된 옷을 입고 맨발에 짚신을 신었으며 손에는 붉은 칠을 한 작은 나무 걸상이 있었다. 나무 걸상의 끝에는 철관을 박고 거기에 안식향 한 개를 꽂아놓았다. 그들은 박자에 맞추어 순서대로 걸어갔고, 열 걸음 걸을 때마다 일제히 고개를 돌려 나무 걸상을 땅에 놓고 한 번 절하고는 즉시 몸을 돌려 다시 걸어갔다. 이것은 모두 병이 난 부모를 위해 성황당에 가서 소원을 비는데, "향을 보고 절을 하는" 것은 소원이 이루어져 감사의 참배를 하는 것이다. "향을 보고 절을 하는" 사람 뒤로는, "향을 걸고 있는" 사람들이

---

* 賽會: 옛날, 의장을 갖추고 풍물을 울리며 고을의 신상(神像)을 모시고 나와 동네를 돌던 마을 축제.

따르고 있는데, 모두 건장한 남자들이었다. 작은 쇠갈고리를 사용하여 좌우 팔뚝의 살 속을 뚫고 나오게 해서 아래로 늘어뜨린 사슬에 주석으로 만든 향로가 매달려 있는데, 향로 안에서는 단향나무가 타고 있었다. 매달려 있는 향로는 많게는 세 개에 이르기도 했다. 이것 역시 소원이 이루어져 감사의 참배를 하는 것이었다. 그 뒤쪽으로는 각종 곡예가 뒤따라왔다.

열 가지 악기로 합주하는 음악 천막. 직사각형의 천막 한 개에, 4면에 수가 놓인 차양이 있고, 아래로는 장식용 술이 늘어뜨려져 있었다. 네 모서리는 대나무 막대를 대고 사람이 받치고 있었다. 그 안에는 악사가 있는데, 하나같이 생황과 퉁소 등 맑고 경쾌한 소리를 내는 악기를 걸어가며 연주하였다. 타악기를 덮는 덮개는 모두 57개로, 곡예 한마당이 펼쳐지는 간격마다 덮개가 하나 있었다.

찻짐. 금칠한 나무통. 통을 펼치면 위에는 고급 자기 찻잔이 있고 통 속과 잔 안에는 모두 향기로운 차가 담겨 있었다.

꽃짐. 신선한 꽃으로 장식한 짐.

찻짐과 꽃짐을 맨 멜대가 아주 약해서 한 걸음 옮길 때마다 흔들렸다. 걸음걸이는 균일하게 세 보 전진 일 보 후퇴를 하며 각각 박자에 맞춰야 했고 틀리게 걸어서는 안 되었다. 찻짐과 꽃짐에는 비록 아주 어려운 기교는 없었지만, 몇십 개의 짐이 동시에 질서정연하게 전진과 후퇴를 하는 것 또한 상당히 아름답고 흥취가 있었다.

춤추는 용.

춤추는 사자.

중과 부인의 탈을 쓰고 노는 춤.*

---

* 즉, 당송(唐宋)시대 여러 극 중 『월명화상희유취(月明和尙戱柳翠)』. 중을 연기하는 사람은 종이로 만든 거대한 중 머리—흰색 머리에 담청색의 두피—를 쓰고 히히 웃고 있었다. 우

두 사람이 배 타는 시늉을 하며 추는 춤.

인력거를 타는 시늉을 하며 추는 춤.

가장 우아하고 근사한 것은 "높은 어깨에 서는 것"이었다. 아래에는 키와 덩치가 큰 튼튼한 남자가 가슴을 펴고 호흡을 가다듬고서 온화하게 걸어가고 있고, 어깨 위에는 대여섯 살에 불과한 아이를 세우고 있었다. 아이들은 모두 청사(靑蛇), 백사(白蛇), 법해(法海), 허선(許仙), 관장(關張), 조(趙), 마(馬), 황(黃), 이삼낭(李三娘), 류지원(劉知遠), 교제랑(咬臍郎), 화공두로(火公竇老) 등으로 분장하고 있었는데, 별 동작은 없고 단지 어른의 어깨 위에 서 있기만 하였다. 그러나 옷과 장신구가 산뜻하고 아름다웠으며 아이들의 용모가 모두 수려하고 총명하게 생겨 사람들에게 귀여움을 느끼게 했다. "높은 어깨"는 이 성(城)에 있었던 것이 아니라 많은 돈을 들여 양저우로부터 초빙해온 것이었다.

뒷쪽은 나무다리*였다.

다시 그 뒤로는 도판(跳判)을 하였다. 판(判)에는 두 가지 종류가 있는데 하나는 '지판(地判)'으로 문인 한 사람과 무인 한 사람이 손에 조홀(朝笏)**을 쥐고 걷기도 하고 뛰기도 했다. 다른 한 종류는 "태판(抬判)"이었다. 두 개의 삼나무 장대 위에는 특별히 제작한 팔걸이가 붙은 둥근 의자가 묶여 있고 네 사람이 들고 있었다. 의자 위에는 판관 한 명이 웅크리고 앉아 있었다. 아래에는 어떤 사람이 가늘고 길쭉한 얇은 대나무 조각 위에 묶여 있는 붉은 명주로 만든 박쥐를 쳐들고 판관을 희롱하고 있었다.

리들이 살았던 그곳에서는 중의 법명이 월명이라는 것은 모르고, 단지 그를 "큰 머리 중"이라고 불렀다. ─원주

* 高蹻: 죽마(竹馬) 놀이의 일종으로, 극 중에서 전설상의 인물로 분장한 배우가 두 다리에 각각 긴 나무 막대기에 묶고 걸어가면서 공연하는 민속놀이이다.

** 조정에 나아가거나 황제를 알현할 때 드는 홀.

대나무 조각이 매우 부드럽고 탄성이 있어 올라갔다 내려갔다 하니 판관이 박쥐를 쫓으면서 여러 가지 춤 같은 동작을 하였다. 그는 어떤 때는 의자 등받이 위로 뛰어 올라가기도 하고 심지어는 위쪽에서 한 발을 재빠르게 차올리는 무술 동작을 할 수도 있었다. 태판은 단지 땅 위에서 익살스러운 동작만을 하는 지판과는 달라서, 약간의 "간단한 기술"이 필요했다. 어느 해인가 그 축제를 볼 때, 태판을 하는 사람이 바로 나의 초등학교 때의 같은 반 친구라는 것을 발견하고는 나도 모르게 놀라서 입을 벌렸다.

신을 맞아들이는 각종 곡예는 여기서 끝이 났다. 이런 곡예들을 펼치는 극단이 큰 가게의 문 앞에 도착하면 가게는 폭죽을 터뜨리며 환영했고 그들은 멈춰 서 잠시 공연을 하거나 혹은 두 바퀴를 돌았다. 가게에서는 항상 수고했다며 포상을 하였다. 남쪽 상점에서는 꿀에 잰 대추 몇 봉지를 보냈고 다과점에서는 떡이나 과자를 보냈고, 약국에서는 열병을 치료하는 약과 서양 인삼을 보냈고 비단 가게에서는 각 극단에 붉은 비단을 걸어주었고, 금융업을 하는 가게에서는 화끈하게 동전이 든 판을 받쳐 들고 나와 군중들에게 나누어주었다.

뒤쪽이야말로 정말로 성황 어르신(성황신은 "어르신" 혹은 "보살"로도 편하게 부를 수 있다) 자신의 의장대였다.

앞에서는 징이 길을 열었다. 수십 개의 큰 징이 동시에 울렸다. 징이 너무 커서 장대 위에 매달아놓고 앞에서 한 사람이 어깨 위에 짊어지고, 뒤에 있는 사람이 장대의 다른 끝을 짊어지고 두들겼다. 큰 징의 리듬은 매우 단조로웠다. 쾅(징채 머리로 한 번 친다). 딩딩(징채 손잡이로 징을 두 번 친다). 쾅 딩딩 쾅, 쾅 딩딩 쾅 딩딩 쾅…… 이와 같이 반복하며 절대 변화가 없었다. 단조롭기 때문에 매우 장엄하게 보였다.

뒤쪽엔 호랑이 머리 팻말이 있었다. 직사각형의 나무 팻말인데, 하얗게 칠해져 있었고, 위쪽에는 호랑이 머리를 그렸고, 납작한 명조체로 검게 "정숙" "회피" "칙명으로 영응후로 봉한다" "나라와 백성을 보호한다" 라고 크게 썼다.

뒤쪽은 우산, 만민산*이었다. 우산은 자루가 많았는데 모두 각각의 동업조합에서 바친 것으로 색무늬 비단에 수를 놓았고 금은 색실로 수를 놓아 각자 특색이 있었다. 우리 현에서 가장 공들인 우산은 종이 우산이었다. 이것은 협석(硤石)에서 나온 것이었다. 하얀 화선지 위에 아주 작은 것으로 찔러 미세한 구멍을 많이 만들어서 미세한 구멍의 허와 실을 이용해 곤충, 물고기, 꽃, 새를 놓은 수가 도드라지게 하였다. 이 화선지 우산은 나중에 성황당의 도사가 훔쳐내어 하나씩하나씩 뜯어 팔았는데 나의 부친께서 일찍이 몇 개를 거두어들이셨다. 그래서 나는 종이 우산의 남겨진 조각들을 일찍이 본 적이 있는데 정말 더할 나위 없이 정교했다.

제일 마지막은 성황 어르신의 "어가(大駕)"였다. 여덟 명이 메는 큰 가마인데, 가마를 메는 사람은 모두 성 전체에서 제일 훌륭한 가마꾼이었다. 그들은 좁은 보폭으로 발을 내디디며 건실하게 걸어갔다. 가마 꼭대기 사면에 늘어뜨린 황금색 장식용 술이 일정하게 흔들렸다. 성황 어르신은 매끄럽고 하얀 큰 얼굴에 성긴 눈썹과 가는 눈, 다섯 가닥의 긴 수염, 망포**에 옥띠를 두르고 손에 매우 커다란 쥘부채를 쥐고 단정하게 가마 속에 앉아 있었다. 이때, 사람들의 얼굴이 모두 엄숙해지기 시작하는데 바로 루쉰 선생이 말한 바와 같았다. "황공무지로소이다, 매우 황공하게 명을 기다립니다."

---

* 萬民傘: 옛날, 백성들이 덕이 높은 관리에게 선물로 보내던 우산. 우산에 작은 비단을 많이 붙여 백성들의 이름을 수놓았기 때문에 붙여진 이름.
** 명청시대에 대신들이 입던 예복으로 황금색의 이무기를 수놓은 것.

성황 어르신은 행궁(이것 또한 절이다)에서 반나절 머물다가 해질 무렵에서야 비로소 "회궁(回宮)"했다. 회궁할 때는 적은 수의 사람만이 남아 의장을 받쳐 들고 행차를 주관했는데, 가마를 메고 나는 듯이 거리를 지나가서 본 사람이 없었다.

한편, "나무다리"에 대해 이야기해보겠다.

나는 몇몇 지방의 나무다리를 본 적이 있는데, 모두 우리들이 살던 그곳의 나무다리 같지 않았다. 우리들이 있었던 그곳의 나무다리는 첫째, 높이가 높아서 1장 2척에 이르렀다. 높은 나무다리를 타는 춤을 추다가 중간에 휴식하려면 모두 집 처마에 앉았다. 우리들 현에서 높은 나무다리 춤을 추는 사람은 모두 기와장이들로, 예외가 없었다. 기와장이는 높은 데를 무서워하지 않았다. 두번째, 많은 재주를 부릴 수 있었다.

나무다리를 하는 대열 앞에는 "길을 여는" 대열이 두 무리가 있었다. 하나는 손에 방망이 두 개를 들고 쉬지 않고 "딱딱, 딱딱" 두들겼다. 다른 하나는 손에 작은 징을 쥐고 "광광, 광광" 두드렸다. 그들의 소리가 하나로 합쳐지니 "딱딱, 광광, 딱딱, 광광"이었다. 나는 항상 이 "길을 여는" 의식의 기원이 상당히 오래되었을 것이라고 생각했다. 멀리서 "딱딱, 광광" 하는 소리가 들리면 나무다리가 온다는 것을 알고 사람들의 기분이 고조되기 시작했다.

나무다리 대열에서 선두에 서는 것은 어부, 나무꾼, 밭 가는 사람, 책을 읽는 사람이었다. 그중에서 어부와 어부의 아내가 가장 시선을 끌었다. 그들은 나무다리 위에 몸을 낮춰 쭈그리고 앉아 횡으로 왔다 갔다 뛰면서 물고기를 낚고 그물을 치는 동작을 하였는데, 중심 잡기가 매우 힘들었다. 뒤쪽엔 희문(戱文)* 몇 개가 공연되었다. 희문 중에서는 「소상문(小上墳)」이 제일 감동적이었다. 어릿광대(小丑)와 여자 배역은 모두 "꽃으로

184

장식한 딱따기"를 힘주어 밟으며 잰걸음으로 걸을 수 있어야 했다. 이 장면에는 노래가 같이 나왔다. 노래의 곡조는 버드나무 가지 곡조였다. 그 중에는 "지아(賈) 지사 나리님"이라는 장면이 있었다. 이 지아 지사 나리가 어떤 사람인지는 알 수 없지만, 관아에서 부리던 하인 하나가 그를 놀리면 지아 지사 나리는 방에서 쓰는 요강으로 술을 마셨다. 그의 어리숙함은 언제나 보는 사람으로 하여금 큰 웃음을 자아내게 하였다. 제일 마지막에 공연된 것은 「시앙대인(向大人)을 불로 태우다」였다. 배역이 세 개가 있는데 하나는 티에공지(鐵公鷄)이고 다른 하나는 쟝지아시앙(張嘉祥)이며 또 다른 하나가 시앙대인이었다. 시앙대인은 명성이 높은 청 말의 대장이었다. 태평천국의 난을 진압한 공이 있어서 사후에 작위를 받았다. 공연을 보는 사람들은 그가 도대체 누구인지 신경 쓰지 않았고, 또한 공이 있는지 없는지도 문제 삼지 않았고, 오직 시앙대인으로 분장하여 연기하는 '배우'의 연기력만을 보았다. 그것은 매우 어려운 것이었다. 시앙대인은 나무다리 위에서, 말에서 미끄러지는 연기를 하고, 또 가마를 타야 했다. ─두 손은 앞으로 팔장을 껴 몸을 '보호'하고 두 발(두 "나무다리")로 빨리 걸었는데, 마치 무대 위에서 난쟁이가 달리는 것 같았다. 그는 또 나무다리 위에서 "바다를 탐험하고" "기러기를 활로 쏘는" 시늉을 할 수 있었는데, 이것들은 평지에서도 하기 어려운 고난이도의 동작이었다(이것은 정말로 "고난이도"로, 나무다리 위는 높아서 어렵다). 불에 탈 때에 이르러서는 몸을 좌우로 피하면서 머리를 뒤흔들고 수염을 휘날리며 끊임없이 맴돌았다. 이 장면에 이르면 양쪽 가게 안에서 이것을 구경하던 사람들이 천둥처럼 큰 목소리로 "좋아" 하고 소리치기 시작했다.

---

* 남송의 희곡.

시앙대인 연기에 정통한 사람은 오직 천스(陳四)뿐이었는데, 다른 사람들은 모두 그만 못하였다.

공연 기간이 되면 천스는 현 정부 소재지에서 한 차례 공연하는 것 외에 또 산두오(三垛)로 한 차례 달려가야 했다. 현 정부 소재지에서 산두오까지는 45리였다. 천스는 분장한 옷을 벗거나 화장을 지우지도 않고 나무다리 위에 올라가 청즈(澄子)의 하천 둑을 따라 서둘러 갔다. 거기에 서둘러 도착하면 일을 그르치지는 않았다. 산두오 공연에서 천스의 그림자가 보이지 않으면 보살의 어가가 일어나지 않았다.

어느 해, 성안의 공연이 막 끝났을 때 천둥을 동반하는 폭우가 내려 하천 둑 위를 걸어가기가 힘들었다. 그는 급하게 가려다가 하마터면 물에 빠져 죽을 뻔했다. 산두오에 도착했을 때는 이미 시간에 늦었다.

산두오의 공연 대표인 차오산(喬三) 나리는 천스의 뺨을 꼬집고 또 그가 군중 앞에서 무릎을 꿇고 선향을 피우도록 벌을 줬다.

천스는 화가 나서 큰 병이 났다. 그는 이제부터 다시는 나무다리로 걸어 다니지 않겠다고 맹세하였다.

천스는 여전히 기와장이 일을 하였다.

겨울이 되자 등을 팔았다.

겨울에는 기와장이가 할 만한 일이 없어서 우리들이 살았던 그곳의 기와장이들은 겨울에는 대부분 풀로 종이를 붙여 등을 만드는 부업을 했고, 정월 대보름이 되기 전에 노점을 차려놓고 팔았다. 천스의 등 가판대는 빠오취앤탕 복도 처마 아래에 차려놓았다. 그가 풀로 붙인 등은 매우 정교했다. 연꽃 등, 수를 놓은 공 모양의 등, 토끼 등. 그가 풀로 붙인 두꺼비 등은 녹색이고 배는 하얀색이었으며 등 위에는 하얀 분을 사용하여 얼룩덜룩한 모양을 만들어냈다. 네 개의 발은 살아 있는 듯해서 손에 쥐

면 이리저리 버둥거릴 것처럼 솜씨가 아주 뛰어났다. 나는 매년 그에게서
두꺼비 모양의 등을 사곤 했는데, 여러 해 동안 연거푸 샀다.

천니치우

우리가 살고 있는 현에 인접한 다른 현의 사람들은 모두 우리 현 사
람들의 엉덩이가 까맣다고 말해왔다. 성이 쑨 씨인 나의 학교 친구 하나
가, 한 번은 화가 나서 많은 사람들 앞에서 바지를 벗고 사람들에게 엉덩
이를 보여줬다. "너희들 봐봐! 까맣니?" 물론 우리들은 모두 엉덩이가 까
맣지 않았다. 까만 엉덩이가 말하는 바는 일종의 구조선이었다. 이 배는
전문적으로 거대한 풍랑이 몰아치는 호수에서 사람과 배를 구했고, 배의
꼬리가 검게 칠해져 있었기 때문에 검은 엉덩이로 불렸다. 말하자면 '배'
이지 사람이 아니었다.

천니치우(陳泥鰍)는 이런 구조선에서 일하는 보통 선원이었다.

그는 수영 기술이 아주 좋아서 미꾸라지라고 해도 손색이 없었다. 칭
수이탄(淸水潭)이라는 운하가 하나 있었다. 민국 10년, 민국 20년, 모두
이곳에서 제방이 터졌기 때문에 하천의 밑바닥을 쳐서 커다란 깊은 못을
하나 만들었다. 들리는 말에 의하면 이곳의 수심은 삿대 세 개를 가지고
도 밑바닥을 칠 수 없다고 했다. 이곳까지 배를 몰려면 삿대질로는 할 수
없었고 오직 노를 저어야만 올 수 있었다. 물살이 매우 급하게 흐르고 수
면 위에는 소용돌이들이 어지러웠다. 그래서 이제까지 감히 여기서 수영
하는 사람은 없었다. 한 번은 천니치우가 다른 사람과 한 번에 왕복으로
수영하는 내기를 하였다. 수영하던 도중, 어느 곳에서 그는 오랫동안 머

리를 내밀지 않았다. 암만 기다려도 그러하니 해안가에 있던 사람들은 그가 밑바닥에 가라앉았다고 생각했는데, 생각지도 못한 어느 순간, 그가 히죽히죽 웃으며 해안가로 올라왔다!

그는 통후차오(通湖橋) 아래에 살았다. 풍랑이 거셀 때가 아니면 구조선은 보통 출동하지 않았다. 그는 날씨를 보고, 호수에서 무슨 일이 일어나지 않을 것이라고 생각되면 집에 머물렀다.

그는 의롭기도 하고 이문도 따졌다. 호수에서 큰 배에 사고가 나면 물에 들어가 사람을 구하였는데 이때는 사례금을 염두에 두지 않았다. 한번은 콩을 실은 배가 비파 수문에서 폭발해서 산산조각이 나버렸다. 배 밑에 있는 작은 틈으로 물이 새어 들어와 물이 콩에 배어들면서, 콩이 물을 먹고, 갑자기 일제히 팽창하면서 "펑" 하는 소리와 함께 배가 폭발한 것이라는 것을 나중에야 알았다. —그 힘은 대단히 큰 것이었다. 배는 부서지고 사람은 물속에 빠졌다. 이때 물속에 뛰어들어 사람을 구하는 데 돈을 요구할 수 있겠는가? 민국 20년에 운하의 둑이 터지자 천니치우는 거센 파도 속에서 수많은 사람들을 구해냈다. 구조된 사람들은 모두 이미 집과 가족을 잃어 아무것도 가진 게 없어서, 천니치우는 사람의 이름조차 물어보지 못했으니, 하물며 사례금에 대해서는 말도 꺼낼 수 없었다. 그는 살아 있는 사람의 몸에는 값을 부를 수 없을지언정 죽은 사람의 몸에는 오히려 적지 않은 돈을 요구했다.

사람이 익사하면 시신을 찾을 수 없게 되는데, 피해자 집에서는 첫째, 시신이 부풀어 올라 팽창해서 물 위로 떠오를 때까지 기다리는 것을 원하지 않았다. 둘째, 시신이 "사수날자(四水撈子)"*로 끌어 올려져 엉망진

---

* 물속에서 물건을 건져내는 도구이다. 4면에는 철로 만든 닻 같은 구부러진 갈고리가 있는데 갈고리 끝이 매우 예리하다. —원주

창이 되는 것을 원하지 않았다. 이때는 천니치우를 찾아왔다. 천니치우는 수영 기술이 좋을 뿐만 아니라 물속에서 눈을 뜨고 사물을 볼 수 있었다. 그는 사건이 일어난 부근에서 물이 흐르는 방향을 살펴본 후 물속에 뛰어들어 물 밑으로 가서 손을 뻗어 탐색했다. 몇 번의 자맥질 후에 그는 어김없이 죽은 시체를 밀어 올렸다. 그러나 물속에서 건져내면 술값을 얼마나 줄 것인지를 사전에 분명하게 해야만 그는 비로소 물속에 들어갔다. 어떤 때는 흥정하느라 반나절을 소모하기도 했다. 천니치우는 서둘지 않았는데, 어차피 사람은 이미 죽었기에, 물속에 좀더 둔다고 해서 문제 될 게 없어서였다.

천니치우는 평생 동안 애써서 적지 않은 돈을 벌었지만 부동산을 사지 않았으며 저축해놓은 것도 하나도 없었다. 그는 돈을 펑펑 썼는데, 돈이 생기면 바로 술을 마시고 오줌을 싸고, 도박을 해서 돈을 다 잃었다. 어떤 때는 또 남몰래 외로운 노인들을 도와주었으나 절대로 밖에다 누설하지 말 것을 당부했다. 그는 또한 아내를 얻지 않았다. 어떤 사람이 그에게 장가를 가라고 권하면, 그는 "물동이는 결국 우물에서 깨지고, 장군은 언젠가는 싸움터에서 전사하게 마련입니다. 익사하는 사람은 수영을 할 줄 하는 사람이지요. 하늘과 물이 시끄럽게 노는 것을 보면, 용왕님이 언제 나를 데려가실지 알 수 없습니다. 처자식을 남기고 내가 죽으면 저승에서도 마음이 편치 않을 것입니다. 이렇게 지내는 게 얼마나 좋습니까, 배부르게 먹고 굶지 않으니, 아무 근심 걱정이 없습니다!"라고 답했다.

통후차오에 있는 아치형으로 된 구멍에서 여자 시체 한 구가 발견되었다. 어떻게 여자 시체라는 것을 알았을까? 그녀의 긴 머리카락이 구멍 밖으로 나풀거렸기 때문이었다. 지나가던 사람이 촌장에게 알렸고 촌장은 보갑제도(保甲制度)의 빠오쟝(保長)에게 알렸으며 빠오쟝은 지방의 공익회(公益會)에 가서 알렸다. 사람들이 구경하려고 다리 아래위로 둘러쌌다. 통후차오는 운하의 큰 댐을 직통하는 다리였는데, 운하의 물은 다리 밑에서 청즈 강으로 흘러 들어갔다. 이 다리의 아치형으로 된 구멍은 매우 높이 있었고 구멍의 길이도 매우 길었지만, 너무 좁아서 사람의 어깨 넓이만 했다. 다리 서쪽에서 다리 동쪽으로는 수면의 낙차가 매우 크고, 물살이 매우 세찼고, 부글부글 끓으면서 파도가 일었고, 멀리서 쾅 하는 물소리가 마치 천둥이 치는 것 같았다. 모두가 모여 의논하였다. 이 여자 시체는 틀림없이 큰 댐의 수문에서 쓸려 내려왔을 텐데 어떻게 교각 사이의 아치형 구멍에 끼었는지 알 수 없었다. 그녀가 이렇게 구멍 안을 틀어막고 있게 할 수는 없었다. 그러나 누구도 방법을 생각해내지 못했고 누구도 감히 내려가지 못했다.

천니치우를 찾아갔다.

천니치우가 와서 보았다. 그는 교각 사이의 구멍 안에 모서리가 뾰족 튀어나온 돌이 하나 있다는 것을 알고 있었다(그는 어렸을 때 늘 구멍 속으로 들어갔다 나왔다 했기 때문에, 구멍 속에 있는 모든 돌들에 대해 잘 알고 있었다). 이 여자는 아마도 몸 위에 걸친 옷이 이 뾰족한 모서리에 걸린 것 같았다. 이것은 공교롭기는 했지만 만약 그렇지 않았으면 이렇게 세찬 물살이 일찌감치 그녀를 휩쓸고 내려갔을 것이다.

"은화 10원을 주면 제가 그녀를 꺼내오겠습니다."

"10원?" 공익회의 사람이 깜짝 놀랐다. "너무 많이 요구하는군!"

"좀 많지요. 제가 급히 쓸 데가 있어요. 이것은 목숨을 걸고 하는 일입니다! 제가 다리 밑에 있는 구멍의 서쪽 입구에서 교각 사이에 있는 구멍의 서쪽 입구에서 물을 따라 구멍 속으로 들어가서 단 한 번에 그녀를 밀어젖혀 움직여야만 일이 제대로 됩니다. 바로 이 한 번입니다. 한 번에 밀어젖혀 움직이지 못하면 저도 구멍에 끼어 다시는 나올 수가 없습니다! 당신들도 모두 알다시피 구멍은 겨우 어깨 넓이밖에 되지 않아서 몸을 돌릴 방법이 없습니다. 물살이 이렇게 세차니, 돌아 나올 수도 없습니다. 그러면 저는 그녀와 동반할 수밖에 없습니다."

모두가 말했다. "10원이면, 10원에 합시다! 이것은 딱 한 번밖에 없는 마지막 방법이니까!"

천니치우는 온몸의 옷을 모두 벗어버리고 "실례하겠습니다!"라고 한 마디 하고서 물속으로 몸을 날렸고 물의 흐름에 따라서 곧바로 구멍 속으로 들어갔다. 모두들 손에 땀을 쥐었다. 쿵 하는 소리만 들렸는데 여자 시체가 쓸려 나왔다. 연이어 천니치우가 동쪽 구멍 입구에서부터 수면으로 높이 솟아나왔다. 모든 사람들이 한목소리로 "대단한 수영 솜씨야!"라고 소리쳤다.

천니치우는 해안가로 뛰어 올라와 옷을 입고 10원을 집어 들고서 "실례하겠습니다! 실례하겠습니다!"라고 말하고는 몸을 돌려 가버렸다. 모든 사람들이 그가 또 도박장이나 술집에 간다고 생각했지만 아니었다. 그는 곧장 천우(陳五) 할머니 댁으로 갔다.

천우 할머니는 여러 해 동안 과부로 지내왔다. 그녀에게는 아들이 하나 있었는데 작년에 죽었고 며느리는 아이 하나를 남겨놓고 재가하였다. 천우 할머니가 어린 손자를 키우면서 살아왔는데 생활 형편이 몹시 어려웠다. 이 아이는 급성뇌막염에 걸려 온몸이 뜨거웠고 거친 숨결을 따라 콧방울이 흔들렸다. 사지에 경련을 일으키니 천우 할머니는 눈의 초점을 잃고 허둥지둥하며 어쩔 줄 모르고 있었다. 천니치우가 그녀의 손에 10원을 건네주며 말했다. "우선 완치앤탕(萬全堂)으로 빨리 가서, 영양의 뿔을 조금 사서 아이에게 갈아 먹이고 다시 왕탄런이 있는 그곳으로 안고 가서 보입시다!"

그는 말하면서 아이를 안았고, 천우 할머니를 잡아끌고 갔다. 천우 할머니 또한 어디에서 나오는 힘인지 몰라도 그를 따라나서는 듯이 같이 갔다.

가만히 들려오는 드넓은 대지의 언어

중국 당대문학의 지형도

중국 당대소설은 시대의 변화에 따라 새로운 문학 담론을 수용하면서 변화를 거듭해왔다. 1950년대부터 1970년대까지는 이데올로기 편향적이고 현실주의 창작 관념이 주류 담론으로 채택된 시기였다. 그러나 1980년대에 이르러 중국 내 정치 환경의 변화와 외국의 사상이 대량으로 번역 소개되면서 중요한 변화를 겪게 되었다.

중요한 변화 중 하나는, 모더니즘이 문학을 기존 현실주의 창작 방법론에서 일탈하여 새롭게 인간의 내면을 탐구하는 유심주의(唯心主義)적이고 비이성주의(非理性主義)라는 탈현실주의 경향으로 발전시킨 것이다.

그중 1980년대 초반 왕멍(王蒙)의 '의식의 흐름 기법 소설'「봄의 소리(春之聲)」(『베이징 문학』 1980년 5기), 「나비(蝴蝶)」(『시월』 1980년 4기), 1980년대 중반 중국 모더니즘 소설 「당신은 선택할 수 없다(你別無選擇)」(리루쑤라(劉索拉), 『인민문학』 1985년 3기), 「무주제 변주(無主題變奏)」(쉬싱(徐

星),『인민문학』1985년 7기),「산 위의 작은 집(山上的小屋)」(찬쉐(殘雪),『인민문학』1985년 6기), 1980년대 후반 실험성이 뚜렷한 선봉소설(先鋒小說)「겐디스의 유혹(岡底斯的誘惑)」(마위엔(馬原),『상하이 문학』1985년 2기),「1934년의 도망(一九三四年的逃亡)」(쑤퉁(蘇童),『수확』1987년 5기) 등은 탈현실주의 입장에서 허구와 상상을 운용하여 서사 기교를 개척한 대표적인 예라고 할 수 있다.

1970년대와 1980년대 사이의 문학적 변화와 마찬가지로 1980년대와 1990년대 사이에도 변화가 존재한다. 문학사상 1980년대 중국문학을 문화대혁명에 의해 단절된 '5·4' 이래의 현실주의 문학 전통의 부활로 볼 수 있다면, 1990년대 중국 문학은 20세기 마지막 10년이란 시점에서 세기를 지배해오던 문학 전통의 주류에서 이탈하여, 독립적이고 자유롭게 문학 본연의 자율성에 기초한 미학적 추구와 다양한 서사적 방식을 찾아가는 새로운 출발이라고 할 수 있다.

1990년대 중국 문학은 상흔문학(傷痕文學), 반사문학(反思文學), 개혁문학(改革文學), 심근문학(尋根文學), 선봉문학(先鋒文學) 등 1980년대의 단선적인 틀을 탈피하면서 다원 공존의 개방성을 적극적으로 관철하였다. 구체적으로 정치 종속적인 문학에서 탈정치적인 문학으로, 러시아 위주의 단일한 영향 창구에서 다양한 영향 창구로, 현실주의 서사 원칙에서 현실주의 서사를 해체하는 방향으로, 권위적이고 중심적인 주제의 선택에서 다양한 탈중심적인 제재를 선택하는 방향으로, 사회적 자아인식의 여성문학에서 개인적 자아인식의 문학으로, 욕망을 억압하는 문학에서 욕망을 재현하는 문학으로 변화해왔다. 이 모든 변화를 통합하는 주된 골간은 현실주의 창작 방법론이 해체되고 탈현실주의 문학 방법론을 수용한 것이라 할 수 있다.

그러나 문학은 전(前) 시대를 완전히 부정하고 새로운 패러다임 속에서 문학의 새로운 틀을 짜는 것이 아니라 다분히 전 시대의 문학 유산을 비판적으로 계승하면서 시대의 요구에 부합하는 새로운 문학담론을 창조해왔다. 문학이 변화한다고 해서 현실주의가 그 유효성을 상실하는 것이 아니라 여전히 신사실소설(新寫實小說)이나 신역사소설(新歷史小說)에서 차원을 달리하여 생명력을 유지하고 있다. 예를 들어 신사실소설이 현실을 반영한다는 점에서는 현실주의 영향의 자장권 안에 있지만, 사회를 비판적으로 묘사하지 않고 작가가 비판성을 견지하지 않은 채, 작가의 감정을 드러내지 않는 '영도의 글쓰기'로 현실을 묘사한다는 측면에서는 반현실주의 경향을 지니고 있으며, 또한 제재를 선택하는 기준이 탈정치적이라는 측면에서 주변화되어 있다. 즉, 현실주의 소설에서는 강력한 작가의 권위가 신사실소설에서는 그 권위를 상실하고 있다.

종합하자면, 중국 당대소설은 1980년대와 1990년대를 거치면서 중심·거대·집단적인 서사 담론에서 주변·미시·개인적인 서사 담론으로 전환되는 특성을 보여준다. 1980년대 이전의 문학, 즉 '17년 문학', '문혁 10년 문학', '신시기 문학'은 당, 국가, 집단의식 등 거대 담론이 소설의 서사를 지배한 반면, 1990년대의 신사실소설과 신역사소설은 거대 담론을 거부하고 주변, 미시, 개인 담론을 지향했다고 할 수 있다.

낭만주의 소설의 대가 션총원과의 만남

1939년 왕정치(汪曾祺)가 션총원(沈從文, 1902~1988)이 교수로 재직 중이던 쿤밍(昆明)의 시난(西南)연합대학교 중문과에 입학하고, 션총원의 강의

「명문체 습작」「창작 실습」「중국소설사」를 모두 수강하면서 둘의 문학적 만남이 시작되었다. 션총원과의 만남을 통해 왕정치의 문학은 전통, 낭만, 언어에 독특한 풍격을 지니게 되며, 중국 낭만주의 계보를 형성하는 문학사적인 성과를 도출하게 된다.

왕정치 스스로도 션총원의 영향이 지대했음을 고백하고 있으며, "언어는 소설의 본류이며 부수적인 것이 아닌 필수적인 것이다. 이런 의미에서 소설을 쓴다는 것은 곧 언어를 쓰는 것이라 할 수 있다"고 한 바 있다. 이 말에서도 알 수 있듯, 언어 구사에 특별히 비중을 둔 사실을 확인할 수 있다.

션총원의 대표 중편소설 「변성(邊城)」은 본인의 고향인 샹시(湘西)의 변경지방인 차동(茶峒)과 샨청(山城)을 중심으로 아직 문명하되지 않은 한 시골 마을을 배경으로 사공 노인, 손녀 취취, 취취를 연모하는 두 형제의 슬픈 사랑과 죽음을 묘사하고 있으며, 향촌의 생활과 삶, 사람을 서정적으로 묘사한 중국 현대 낭만주의 문학의 최고봉이라 평가되고 있다.

션총원 소설의 평이하면서도 아름다운 언어는 왕정치의 소설 창작에 많은 영향을 끼쳤으며, 「변성」과 「따니아오 호수 이야기(大淖記事)」 등은 모두 공통적으로 간결하고 절제된 구조를 보여준다. 두 작가는 모두 소박한 일상언어, 정확하고 함축미 있는 문장을 통해서 전통문화가 살아 있는 향촌을 묘사하고 현대적으로 재해석하였으며, 현실주의 문학의 반영론적인 관점의 한계를 문학성으로 극복하였다.

중국 신시기 문학의 진정한 개척자이자
1940년대와 1980년대의 문학적 매개자

　중국 당대 문학사에서 일반적으로는 리우신우(劉心武)의 「반주임(班主任)」이 문화대혁명 이후 신시기 소설의 장을 연 작품으로 평가받지만, 진정한 의미에서의 신시기 소설의 출발점은 1980년 10월에 발표한 왕정치의 「계를 받다(受戒)」에서 찾기도 한다. 그 근거에는 상흔문학의 대표적인 「반주임」이 17년 문학(1949년 인민공화국 건국에서 1966년 문화대혁명 발발 전까지)의 틀에서 벗어나지 못하고 있다는 점에 기인한다. 이에 반해 「계를 받다」는 스승 선총원의 문학적 지향성을 계승한 결과 제재, 관념, 언어 등에서 17년 문학과는 현격히 다른 경향을 보이고 있다.

　이와 같이 왕정치는 현실주의 기반의 폭로성, 고발성 문학이 아닌 문학의 문학성을 중시한 신시기 소설문학의 방향성을 정립했다는 측면에서 그에게 진정한 개척자의 지위를 부여할 수 있다. 왕정치의 소설 미학에는 선총원의 경파문학의 낭만주의 전통을 현대적으로 계승·발전시킨, 문학의 문학성을 견지해온 정신이 깃들어 있다. 이는 문학이 정치 도구화되던 시기에 문학의 문학성을 견지해온 한 노작가의 신념이라 할 수 있으며, 영국의 문학 이론가 테리 이글턴Terry Eagleton이 정의한 "문학은 역설적으로 중심화하려는 모든 시도를 부정하는 중심이요, 모든 진리를 해체시키는 진리가 된다"와 일맥상통한다고 할 수 있다.

　이외에도 평론가와 문학사가들은 왕정치를 "서정적인 인도주의자", "중국 최후의 사대부", "마지막 경파작가" 등으로 수식하면서 문학사적 의미를 부여하고 그 업적을 찬양하고 있다.

당대 심근문학과 왕정치

당대 문학 유파 중 하나인 심근문학(尋根文學)은 1976년 문화대혁명의 종결 후 상흔문학과 반사문학의 단계를 지나 1980년대 중기 문단에 등장한다. 1982년 콜롬비아 작가 가르시아 마르케스의 노벨문학상 수상의 영향과 1985년 소설가 한샤오궁(韓少功)이 『문학의 뿌리(文學的 '根')』를 발표하면서 본격적으로 심근소설이 등장한다. 한샤오궁은 "문학에는 뿌리가 있으니 문학의 뿌리는 마땅히 민족 전통문화의 토양 속에 깊이 자리 잡아야 하는데, 뿌리가 깊지 않으면 잎이 무성하기 어렵다"고 주장한다. 또한 그는 "작가들의 책임은 현대적 관념으로 민족적 자아를 다시 주조하고 밝게 도금하는 것"이라 주장한다. 즉, 중국 문학은 깊이 있는 민족문화를 발굴하는 가운데 세워져야만 한다는 것이며, 중국 문화에 대한 새로운 인식과 발굴이 있을 때에만 중국 문학은 세계와 대화할 수 있다는 것이다.

왕정치는 1980년대 초 자신의 고향인 장쑤(江蘇) 성 가오유(高郵) 현의 풍습과 인심 등을 제재로 한 「계를 받다」(『베이징 문학』1980년 10기), 「따니아오 호수 이야기」(『베이징 문학』1981년 4기) 등을 발표하면서 본격적으로 소설 창작에서 심근문학의 시작을 알린다. 왕정치 이외에 자핑와(賈平凹)의 「상주초록(商州初錄)」, 아청(阿城)의 「바둑왕(棋王)」, 정이(鄭義)의 『오래된 우물(老井)』, 한샤오궁의 「아빠아빠아빠(爸爸爸)」도 심근문학의 흐름에 합류한다.

심근문학 작가 중 왕정치는 「계를 받다」「따니아오 호수 이야기」 등의 작품에서 자기 고향의 짐꾼, 주석 세공인, 가게 주인, 점원, 화가와 같은 인물을 발굴했다. 인물을 둘러싼 풍물과 풍속에 대한 발굴을 통해서 중국

민족문화를 새롭게 조명했으며, 민간의 삶의 아름다움과 건강한 인성에 대해서 묘사하였다.

전통문화의 발굴과 인성의 해석

왕정치는 작품을 통해 소설의 격조와 분위기, 등장인물에 대한 심리 속에서 전통문화를 발굴하였다. 이 작품들은 문화대혁명 이후 출현한, 리얼리즘에 기반한 상흔문학이나 반사소설과는 차별성이 있다. 왕정치가 선택한 제재는 그의 고향 마을의 과거에서 발굴된 것들이었다.

「계압명가(鷄鴨名家)」(1947)는 "조금 전 그 두 노인은 누구일까?" "그 두 노인은 누구일까?" "그들은 무엇을 보는 것일까?" "이 두 노인은 어떻게 이곳으로 오게 되었을까? 그들은 어떻게 지내고 있을까"라는 연속된 질문을 제시하며, 절제된 언어로 주변을 담백하게 묘사한 작품이다.

「남과 다른 점(異秉)」(1980)은 보전당 약국 주변에 있는 훈소를 파는 왕얼, 약국의 타오 선생, 약국의 도제인 천시앙 공의 일상을 담담하게 묘사하고 있으며, 「계를 받다」(1980)는 왕정치의 작품 중 가장 지명도가 높은 작품으로 삐치앤에 있는 밍하이, 런샨, 런하이의 사찰생활, 밍하이의 수계, 밍하이와 절 아랫마을에 살고 있는 샤오잉즈와의 사랑 이야기를 종교적 금기를 넘어 낭만적으로 묘사하고 있다.

「세한삼우(歲寒三友)」(1980)는 털실 가게를 운영하는 왕쇼우, 폭죽 가게를 운영하는 타오후천, 화가인 진이푸의 일상생활을 묘사하였고, 「따니아오 호수 이야기」(1981)는 니아오(淖)라는 호숫가에서 생활하고 있는 짐꾼들과 주석 세공인들의 삶, 리앤즈와 황하이차오의 딸인 차오윈과 시일즈 간의 사랑을 핍진하게 서술하고 있다.

「만반화(晩飯花)」(1981)는 쑨 씨 집 장녀인 쑨쑤윈의 비극적인 결혼생활을 그린 '주자등', 리샤오롱과 왕위밍, 치엔라오우의 운명을 서술한 '만반화', 혼돈자를 팔고 있는 친라오지 세 자매의 출가와 결혼생활을 묘사한 '세 자매 출가'의 짧은 삽화로 구성된 소설이다.

「감상가(鑒賞家)」(1982)는 현 최고의 화가 지타오민과 최고의 감상가 예샨의 흥미진진한 인연과 그림에 대한 철학을 우회적으로 묘사하였고, 「고향의 세 천 씨(故裏三陳)」(1982)는 고향에 있는 세 사람의 천 씨, 즉 산부인과 의사 천샤오쇼우, 기와 장인 천스, 구조선 보통 선원 천니치우의 일상을 묘사하였다.

이 단편들은 평범하지만 아직까지 발굴되지 않은 수많은 건강한 인물들과 그들의 일상을 진솔하게 묘사하고 있으며, 사라져가는 전통문화를 재현하고 그 여운을 문학적으로 형상화한 작품들이라 할 수 있다.

왕정치의 작품은 이야기보다는 인물의 특성과 문화를 발굴하고 묘사하는 데 주력했기에 일반적인 소설과는 달리 좀 생소하고 어렵게 생각될 수 있다. 이는, 역으로 말하자면, 이야기 위주의 소설이 놓칠 수 있는 부분을 얻을 수 있다는 말이다. 선총원 소설을 명명하는 '시화소설(詩化小說)'의 특징으로도 환원될 수 있을 것이다.

왕정치는 심근문학을 대표하는 비중 있는 작가임에도 불구하고 그동안 번역이나 출판이 시도된 적이 없었다. 작품이 섬세하고 난해하여 번역에 상당한 공력이 들어갈 수 있다는 부담과 더불어, 한국의 독자들에게 낯선 작가라는 대중성의 부족이 원인으로 작용하지 않았을까 조심스레 추측해본다. 필자는 이 책의 번역에 중국 학자들의 조언과 고증을 구하는 과정을 수차례 거쳤으며, 번역본의 완성도를 위해서 많은 시간과 노력을 들여 최선을 다해 경주해왔다. 그러나 여전히 부족한 부분은 후학 연구자들과 독자의 몫으로 남겨놓는다.

문학의 발전과 소통을 위해 그동안 지루한 번역 과정을 인내심 있게 기다려준 대산문화재단과 문학과지성사에 송구스러운 마음과 감사의 인사를 전한다.

작가 연보

1920   3월 5일, 중국 장쑤(江蘇) 성 가오유(高郵) 현에서 출생. 한아버지 왕
지아쉰(汪嘉勳)은 청조 때 관리등용시험에 합격한 사람이며, 아버지
왕쥐셩(汪菊生)은 예술감각이 뛰어난 사람으로 왕정치의 예술적 감각
의 바탕이 되기도 하였다.

1923   생모 양(楊) 씨가 병환으로 세상을 뜸.

1925   현의 소학교에 입학.

1926   어문을 가장 좋아해 어문 시험은 반에서 줄곧 1등을 차지하였다. 어
문, 글씨 쓰기, 그림 그리기 등을 가장 좋아하였다.

1931   가오유에 1만여 명이 사망하는 초대형 수재 참사가 일어남. 후에 왕
정치의 작품 속에서 이 광경이 자주 묘사됨.

1932   소학교 졸업, 가을에 중학교에 입학함. 가오유에는 고등학교가 없었
기 때문에 중학교가 최고 학부였다. 문학에 천부적인 재능이 있었으
며, 회화, 서예, 전각 등에도 재능을 보였다.

1935   중학교 졸업 후 장인(江陰) 현의 난징(南菁)중학교 고등학교 과정에 입학.

1936	의붓어머니 장(張) 씨가 폐병으로 사망.
1937	17세, 일본이 장난(江南) 점령. 고등학교 2학년 때 난징중학교를 떠나 3개 중학교를 전전해가며 겨우 졸업을 한다. 이때 『선총원(沈從文) 소설선』을 입수하여 읽었으며, 이를 계기로 문학에 대해 본격적인 관심을 갖기 시작하였다. 후일 작가는 『선총원 소설선』을 도스토옙스키의 『사냥꾼 수기』와 같이 평생 간직했다고 고백했다. 부친이 세 번째 결혼을 하였으며, 할아버지가 72세로 사망하였다.
1939	상하이에서 쿤밍(昆明)에 도착, 시난(西南)연합대학 중문과에 입학한다. 그 당시 중문과에는 주즈칭(朱自淸), 원이뚜오(聞一多), 선총원(沈從文) 등과 같은 저명한 작가들이 있었다.
1940	선총원이 1학년 과목을 강의하지 않기 때문에 2학년이 되어 드디어 만나게 된다. 선총원이 개설한 「명문체 습작」 「창작 실습」 「중국소설사」를 모두 수강하였다. 선총원은 학생들에게 자유스러운 글쓰기를 유도하였는데, 강의 수강 중 처녀작 「등불 아래(燈下)」를 창작한다. 이 소설은 선총원의 지도와 수정을 거쳐 후에 「남과 다른 점(異秉)」으로 개작되었다. 또한 소설 「복수(複仇)」 초고를 완성하였다.
1941	교내 잡지 『문취(文聚)』를 창간하고 잡지에 시, 소설을 발표하였다. 여기서부터 왕정치의 문학세계가 본격적으로 시작된다.
1943	여름 학기에 대학을 졸업할 예정이었으나, 체육과 영어 성적이 좋지 않아 한 학기를 더 다니게 된다.
1944	체육과 영어를 통과하였으나, 이해 대학 졸업생은 미군 통역관을 필수적으로 거쳐야 했는데 왕정치는 참전하지 않아 졸업장을 받지 못했다. 생계를 위해 연합대학에서 설립한 중국건설중학에서 교사 생활을 하였다.

1945   교사로 지내면서 소설 「초등학교의 종소리(小學校的鍾聲)」를 창작하고
          「복수」를 개작한다. 왕정치의 초기 작품은 앙드레 지드, 사르트르,
          버지니아 울프 등의 영향을 받았으며, 중국 현대문학의 초기 의식류
          작품을 대표한다. 후에 선충원의 추천으로 상하이에 있는 『문예부
          흥』에 발표한다. 「직업」 「곤경(落魄)」 「노씨(老魯)」를 창작하였다. 중
          국건설중학교 교사 시송칭(施松卿)과 연애를 시작한다.

1946   쿤밍에서 상하이로 이주하여 즈위앤(致遠) 중학교에서 2년간 교사로
          재직한다. 「계압명가(溪鴨名家)」 「따이 장인(戴車匠)」을 창작.

1948   상하이를 떠나 베이핑(北平)에 가서 베이징대학 외국어학과 조교수인
          시송칭을 만난다. 왕정치는 베이징대학에 임시 거주하며 베이징 역
          사박물관에 취직한다.

1949   인민해방군이 베이징에 입성하고 해방을 선언하였다. 3월 광저우에
          가서 제2여자중학교에서 교사 주임으로 일한다. 4월 첫번째 소설집
          『해후집(邂逅集)』을 현대작가 빠진(巴金)이 주편으로 있는 문화생활출
          판사에서 출판한다. 이 소설집에는 「복수」 「노씨」 「예술가(藝術家)」
          「따이 장인」 「곤경」 「죄수(囚犯)」 「계압명가」 「해후」를 수록하였다.
          후에 작가는 이 소설집의 제재가 우연적이기 때문에 "해후집"으로
          명명했다고 밝힌 바 있다. 봄에 시송칭과 결혼한다.

1950   베이징으로 돌아와 설립된 문련(文聯)에서 창간한 『베이징 문예』의
          편집인을 역임한다. 가을에 베이징 문련을 떠나 『민간문예』 편집인
          을 지낸다.

1957   산문 창작을 시작, 반우파 투쟁이 시작된 후 비판을 받게 된다.

1958   우파로 규정되며, 가을에 하방되어 장자커우(張家口) 농업과학연구소
          에서 노동을 시작한다.

1959	부친 왕쥐성이 62세로 사망한다.
1960	우파 혐의에서 벗어나 노동 개조를 그만두고 농업과학연구소에서 계속 근무하게 된다.
1961	다시 소설 창작을 시작하며, 성장 환경과 성격이 다른 농장 아이 네 명의 일상생활을 서술한 「양우리의 하룻밤(羊舍―夕)」을 『인민문학』에 발표한다. 베이징 경극단의 극작가를 맡는다.
1963	「양우리의 하룻밤」을 『양우리의 밤(羊舍的夜晚)』으로 개명하여 두번째 작품집을 출판한다.
1964	4월 27일, 경극 「갈대밭의 불씨(蘆蕩火種)」를 류사오치(劉少奇), 저우언라이(周恩來), 주더(朱德), 덩샤오핑(鄧小平)이 참석한 가운데 성공적으로 연출한다.
1966~1976	문화대혁명이 발발한다. 문혁이 시작되자 왕정치는 우파로 규정되어 비판을 받게 된다. 장칭(江靑)이 「갈대밭의 불씨」를 모범극으로 개편하면서 1968년에 우파 혐의에서 벗어나게 된다.
1970	경극 「모래가 집(沙家浜)」의 개작에 참여한 공로로 천안문 광장 성루에 오른다. 왕정치는 이 시기의 특수한 경험에 대해, "내가 이 시기 모범극을 쓰게 된 것은 평소에 나를 높게 평가하고 있던 장칭이 어느 날 갑자기 '왕정치를 제어하여 활용할 수 있다'고 선언하여 우파 혐의를 벗게 되었기 때문"이라고 술회한 바 있다. 문혁 중에 모범극 극단 일원으로 쓰촨(四川), 네이멍구(內蒙), 시짱(西藏) 등지를 다녔으나 경직된 문예방침 때문에 성과를 내지는 못했다.
1977	4인방이 타도된 후 4인방과의 관계를 의심받았으나 무혐의 판정을 받는다.
1978	12월, 공산당의 11기 삼중전회가 무사히 개최되어 창작에 대한 열

기가 고조된다.

1979   11월, 소설 「기마병 열전(騎兵列傳)」을 『인민문학』에 발표, 문혁 후 발
        표한 첫번째 작품이 된다.

1980   소설 「계를 받다(受戒)」를 『베이징 문학』 10월호에 발표한다. 이 소
        설이 발표되자 독자들의 열렬한 반응과 비평가들의 호평이 잇따랐
        다. 「계를 받다」로 베이징문학상을 받는다.

1981   1월, 「남과 다른 점(異秉)」을 『우화(雨花)』에 발표. 이 작품은 원래
        1948년 『문학잡지』 제2호에 발표되었던 것이다. 당대 작가 까오샤
        오성(高曉聲)은 "이 소설이 발표된 후 나의 시야가 확장되었고 사유가
        계발되었다. 문학의 전통을 이해하게 해준 작품"이라고 평가하였다.
        4월, 「따나이아오 호수 이야기(大淖記事)」를 『베이징 문학』에 발표한다.
        이 작품은 1981년 전국우수단편소설상과 베이징문학상 등을 수상하
        였으며, 여러 국가에 번역 소개되었다.
        이해부터 우수한 작품들을 연이어 창작 발표하게 된다. 「세한삼우」
        를 『10월(十月)』 제3기에, 「고향사람(故鄕人)」을 『우화』 제10기에, 「이
        동(徙)」을 『베이징 문학』 제10기에 발표하였다. 이 소설들은 왕정치
        의 고향을 배경으로 사람들의 생활을 묘사한 작품들이다.

1982   연이어 소설 「고향잡기(故裏雜記)」(『베이징 문학』 제2기), 「감상가」
        (『베이징 문학』 제5기), 「만반화」(『10월』 제10기) 등을 발표하였다.
        베이징출판사에서 베이징문학창작총서 시리즈로 『왕정치단편소설
        선』을 출간, 여기에는 총 16편의 소설이 수록돼 있다. 수록된 작품
        은 문학사에서 선총원의 낭만주의 계열의 성과를 계승한 작품들로
        그 의미를 평가받았다.

1983   왕성한 창작열로 전국 각지에 소설, 산문, 평론 20여 편을 발표하였

다. 소설 「직업」(『문휘월간(文彙月刊)』 제4기), 「고향의 세 천 씨」(『인민문학』 제9기) 등이 대표작이다.

1984   산문 「라오서 선생(老舍先生)」이 베이징문학상을 수상하였다.

1985   65세, 중국작가협회 제4기 전국대표대회에서 이사로 선임. 1981년부터 1983년까지 창작한 소설 19편을 수록한 『왕정치단편소설선』 제2권을 출간.

1986   산문 「고향의 음식(故鄕的食物)」(『우화(雨花)』 제5기), 소설 「고향 옛일(故人往事)」(『신원(新苑)』 제1기), 「다리소설 세 편(橋邊小說三篇)」(『수확(收獲)』 제2기), 「안락거(安樂居)」(『베이징 만보(北京晚報)』 연재) 등을 왕성하게 발표하여 문학계의 호평을 받았다.

1987   13수의 시와 14편의 산문이 수록된 『왕정치자선집(汪曾祺自選集)』을 리장(漓江)출판사에서 출간하였다.

1988   논문집 『만취문담(晚翠文談)』을 저장(浙江)문예출판사에서 출판하였으며, 신시기 이후 문학평론 42편을 수록하였다.

1992   『왕정치소품』과 『중국당대작가선집총서 왕정치』가 중국인민문학출판사에서 출판되었다.

1993   『왕정치산문수필선집』이 선양출판사에서 출판되었다. 『왕정치문집』이 장쑤문예출판사에서 출간되었다. 이 문집은 총 네 권으로 소설 42편이 수록되었다. 이 문집은 초판 3천 권이 순식간에 매진되어 3쇄에 돌입, 장쑤 인민정부에서 제3회 문학예술상을 수상하기도 했다.

1994   『남과 다른 점— 왕정치인생소설선』이 깐수(甘肅)문화출판사에서 출판되었다.

1996   중국작가협회 제5차 전국대표자대회에서 고문으로 추대됨.

1997   5월 16일, 77세 되던 해, 지병으로 타계함.

'대산세계문학총서'를 펴내며

2010년 12월 대산세계문학총서는 100권의 발간 권수를 기록하게 되었습니다. 대산세계문학총서의 발간은 앞으로도 계속될 것이고, 따라서 100이라는 숫자는 완결이 아니라 연결의 의미를 지니는 것이지만, 그 상징성을 깊이 음미하면서 발전적 전환을 모색해야 하는 계기가 된 것은 분명합니다.

대산세계문학총서를 처음 시작할 때의 기본적인 정신과 목표는 종래의 세계문학전집의 낡은 틀을 깨고 우리의 주체적인 관점과 능력을 바탕으로 세계문학의 외연을 넓힌다는 것, 이를 통해 세계문학을 바라보는 우리의 시각을 전환하고 이해를 깊이 해나갈 수 있도록 한다는 것이었다고 간추려 말할 수 있습니다. 그리고 궁극적으로는 우리의 인문학을 지속적으로 발전시켜나갈 수 있는 동력이 될 수 있기를 희망하는 것이었습니다. 이러한 기본 정신은 앞으로도 조금도 흩트리지 않고 지켜나갈 것입니다.

이 같은 정신을 토대로 대산세계문학총서는 새로운 변화의 물결 또한 외면하지 않고 적극 대응하고자 합니다. 세계화라는 바깥으로부터의 충격과 대한민국의 성장에 힘입은 주체적 위상 강화는 문화나 문학의 분야에서도 많은 성찰과 이를 바탕으로 한 발상의 전환을 요구하고 있습니다. 이제 세계문학이란 더 이상 일방적인 학습과 수용의 대상이 아니라 동등한 대화와 교류의 상대입니다. 이런 점에서 대산세계문학총서가 새롭게 표방하고자 하는 개방성과 대화성은 수동적 수용이 아니라 보다 높은 수준의 문화적 주체성 수립을 지향하는 것이며, 이것이 궁극적으로 한국문학과 문화의 세계화에 이바지하게 되리라고 믿습니다.

또한 안팎에서 밀려오는 변화의 물결에 감춰진 위험에 대해서도 우리는 주의를 게을리하지 말아야 할 것입니다. 표면적인 풍요와 번영의 이면에는 여전히, 아니 이제까지보다 더 위협적인 인간 정신의 황폐화라는 그늘이 짙게 드리워져 있는 것이 사실입니다. 대산세계문학총서는 이에 대항하는 정신의 마르지 않는 샘이 되고자 합니다.

'대산세계문학총서' 기획위원회

대 산 세 계 문 학 총 서